主　编◎乔继堂

编　委◎鄢晓霞/李剑霞/李晓丽/崔人元

中华散文百家

散文百家

中华散文百家

李大钊◎著

李剑霞◎选　编

李大钊散文

上海图书馆馆藏经典阅读

上海科学技术文献出版社

出版说明

在中国文学史上，散文具有突出的地位，这恐怕是谁也不能否认的。在文体以有韵无韵区分的时代，散文与韵文相对，固然得占大半壁江山；即使是到了诗歌、散文、小说、戏剧四大文学体裁齐备的时代，散文亦是一方重镇。近世以来，其他文学样式尤其是小说等长足发展，但散文依然焕发着耀眼的光彩，不但有作家钟情此种文体，专事散文随笔的创作而卓成大家，即使以其他体裁创作为主的作家，也或多或少地从事过散文写作；而且由于散文体裁较为广泛的适用性，众多不以作家名世的人也留下了丰富的散文作品。这些散文作品不仅是我们的文学遗产，也是我们的思想文化遗产，其所蕴涵的滋育我们的营养真可谓“无穷无尽”。正是为了较为系统地整理这笔宝藏，挖掘其丰富营养，我们编辑出版了这套丛书。

这套丛书计划以二十世纪初为起点，以人为单位，从我国历代散文作家中选取名家精品，汇成丛集。入选作者除专门的散文家之外，自然也包括其他作家，甚至不以作家名世的作者；与此相应，不仅选取狭义的纯粹散文作品，也选取那些在历史上曾经影响甚巨但不那么纯粹的大散文作品，从而不仅体现散文的文学价值，更体现散文创作在思想文化方面的价值。也可以说，这是这套散文丛书最为突出的特色——不仅是文学的，更是思想文化的；不仅关乎写作技巧，更是关乎素质养成；不仅可供了解作家作品，更可以由此体察历史洪流、社会巨变的大风景……

丛书所选各家散文的编排，或按其原集编排，或重新分辑编排，一视作者原作情况而定。选文除作必要的技术处理外，其余一仍其旧，以见作品原貌。为了阅读的方便，对一些于今天的读者不太熟悉的专门术语等作了适当的注释。关于具体的编选情况，以及作者及其作品的情况，每一集后缀以编后语，给以简略的说明。

丛书计划分批相对集中出版，先期推出二十世纪上半叶的名家名作，随后向两个方向延伸，陆续成其规模，期于有所贡献。

愿广大读者襄助之；愿广大作者襄助之。

上海科学技术文献出版社

目　录

庶民的胜利[①]

我们这几天庆祝战胜，实在是热闹的很。可是战胜的，究竟是那一个？我们庆祝，究竟是为那个庆祝？我老老实实讲一句话，这回战胜的，不是联合国的武力，是世界人类的新精神。不是那一国的军阀或资本家的政府，是全世界的庶民。我们庆祝，不是为那一国或那一国的一部分人庆祝，是为全世界的庶民庆祝。不是为打败德国人庆祝，是为打败世界的军国主义庆祝。

这回大战[②]，有两个结果：一个是政治的，一个是社会的。

政治的结果，是"大……主义"失败，民主主义战胜。我们记得这回战争的起因，全在"大……主义"的冲突。当时我们所听见的，有什么"大日尔曼主义"咧，"大斯拉夫主义"咧，"大塞尔维主义"咧，"大……主义"咧。我们东方，也有"大亚细亚主义"、"大日本主义"等等名词出现。我们中国也有"大北方主义"、"大西南主义"等等名词出现。"大北方主义"、"大西南主义"的范围以内，又都有"大……主义"等等名词出现。这样推演下去，人之欲大，谁不如我？于是两"大"的中间有了冲突，于是一"大"与众"小"的中间有了冲突，所以境内境外战争迭起，连年不休。

"大……主义"就是专制的隐语，就是仗着自己的强力蹂躏他人欺压他人的主义。有了这种主义，人类社会就不安宁了。大家为抵抗这种强暴势力的横行，乃靠着互助的精神，提倡一种平等自由

---

① 本文系1918年11月底李大钊在北京中央公园的演讲。

② 大战：指第一次世界大战。

的道理。这等道理，表现在政治上，叫做民主主义，恰恰与“大……主义”相反。欧洲的战争，是“大……主义”与民主主义的战争。我们国内的战争，也是“大……主义”与民主主义的战争。结果都是民主主义战胜，“大……主义”失败。民主主义战胜，就是庶民的胜利。社会的结果，是资本主义失败，劳工主义战胜。原来这回战争的真因，乃在资本主义的发展。国家的界限以内，不能涵容他的生产力，所以资本家的政府想靠着大战，把国家界限打破，拿自己的国家做中心，建一世界的大帝国，成一个经济组织，为自己国内资本家一阶级谋利益。俄、德等国的劳工社会，首先看破他们的野心，不惜在大战的时候，起了社会革命，防遏这资本家政府的战争。联合国的劳工社会，也都要求平和，渐有和他们的异国的同胞取同一行动的趋势。这亘古未有的大战，就是这样告终。这新纪元的世界改造，就是这样开始。资本主义就是这样失败，劳工主义就是这样战胜。世间资本家占最少数，从事劳工的人占最多数。因为资本家的资产，不是靠着家族制度的继袭，就是靠着资本主义经济组织的垄断，才能据有。这劳工的能力，是人人都有的，劳工的事情，是人人都可以作的，所以劳工主义的战胜，也是庶民的胜利。

民主主义劳工主义既然占了胜利，今后世界的人人都成了庶民，也就都成了工人。我们对于这等世界的新潮流，应该有几个觉悟：第一，须知一个新命的诞生，必经一番苦痛，必冒许多危险。有了母亲诞孕的劳苦痛楚，才能有儿子的生命。这新纪元的创造，也是一样的艰难。这等艰难，是进化途中所必须经过的，不要恐怕，不要逃避的。第二，须知这种潮流，是只能迎，不可拒的。我们应该准备怎么能适应这个潮流，不可抵抗这个潮流。人类的历史，是共同心理表现的记录。一个人心的变动，是全世界人心变动的征兆。一个事件的发生，是世界风云发生的先兆。一七八九年的法国革命，是十九世纪中各国革命的先声。一九一七年的俄国革命，是二十世纪中世界革命的先声。第三，须知此次平和会议中①，断不许持“大……主义”的阴谋政治家在那里发言，断不许有带“大……主义”臭味，或伏“大……主义”根蒂的条件成立。即或有之，那种人的提议和那种条件，断归无效。这场会议，恐怕必须有主张公道破除国界的人士占列席的多数，才开得成。第四，须知今后的世界，变成劳工的世界。我们应该用此潮流为使一切人人变成工人的机会，不该用此潮流为使一切人人变成强盗的机会。凡是不作工吃干饭的人，都是强盗。强盗和强盗夺不正的资产，也是一种的强盗，没有什么差异。我们中国人贪惰性成，不是强盗，便是乞丐，总是希图自己不作工，抢人家的饭吃，讨人家的饭吃。到了世界成一大工厂，有工大家作，有饭大家吃的时候，如何能有我们这样贪惰的民族立足之地呢？照此说来，我们要想在世界上当一个庶民，应该在世界上当一个工人。诸位呀！快去作工呵！

（原刊 1918 年 11 月 15 日《新青年》第 5 卷第 5 号
［实际出版日期为 1919 年 1 月］）

---

① 平和会议：指第一次世界大战后的善后会议巴黎和会。

Bolshevism 的胜利[①]

“胜利了！胜利了！联军胜利了！降服了！降服了！德国降服了！”家家门上插的国旗，人人口里喊的万岁，似乎都有这几句话在那颜色上音调里隐隐约约的透出来。联合国的士女，都在街上跑来跑去的庆祝战胜。联合国的军人，都在市内大吹大擂的高唱凯歌。忽而有打碎德人商店窗子上玻璃的声音，忽而有拆毁“克林德碑[②]”砖瓦的声音，和那些祝贺欢欣的声音遥相应对。在留我国的联合国人那一种高兴，自不消说。我们这些和世界变局没有很大关系似的国民，也得强颜取媚：拿人家的欢笑当自己的欢笑；把人家的光荣做自己的光荣。学界举行提灯。政界举行祝典。参战年余未出一兵的将军，也去阅兵，威风凛凛的耀武。著《欧洲战役史论》主张德国必胜后来又主张对德宣战的政客，也来登报，替自己作政治活动的广告；一面归咎于人，一面自己掠功。像我们这种世界上的小百姓，也只得跟着人家凑一凑热闹，祝一祝胜利，喊一喊万岁。这就是几日来北京城内庆祝联军战胜的光景。

但是我辈立在世界人类中一员的地位，仔细想想：这回胜利，究竟是谁的胜利？这回降服，究竟是那个降服？这回功业，究竟是谁的功业？我们庆祝，究竟是为谁庆祝？想到这些问题，不但我们不出兵的将军、不要脸的政客，耀武夸功，没有一点趣味，就是联

---

① Bolshevism：布尔什维主义。

② 克林德碑：光绪末年清政府迫于德国政府的压力为被义和团杀死的德国驻华公使克林德立的碑坊。第一次世界大战中德国战败后，此碑改为“公理战胜”碑，后又改为“保卫和平碑”。

合国人论这次战争终结是联合国的武力把德国武力打倒的，发狂祝贺，也是全没意义。不但他们的庆祝夸耀，是全无意味，就是他们的政治运命，也怕不久和德国的军国主义同归消亡！

原来这次战局终结的真因，不是联合国的兵力战胜德国的兵力，乃是德国的社会主义战胜德国的军国主义。不是德国的国民降服在联合国武力的面前，乃是德国的皇帝、军阀、军国主义降服在世界新潮流的面前。战胜德国军国主义的，不是联合国，是德国觉醒的人心。德国军国主义的失败，是 Hohenzollern 家（德国皇家）[①]的失败，不是德意志民族的失败。对于德国军国主义的胜利，不是联合国的胜利，更不是我国徒事内争托名参战的军人，和那投机取巧卖乖弄俏的政客的胜利，是人道主义的胜利，是平和思想的胜利，是公理的胜利，是自由的胜利，是民主主义的胜利，是社会主义的胜利，是 Bolshevism 的胜利，是赤旗的胜利，是世界劳工阶级的胜利，是廿世纪新潮流的胜利。这件功业，与其说是威尔逊（Wilson）等的功业[②]，毋宁说是列宁（Lenin）、陀罗慈基（Trotsky）、郭冷苔（Collontay）的功业[③]；是列卜涅西（Liebknecht）、夏蝶曼（Scheidemann）的功业[④]；是马客士（Marx）的功业[⑤]。我们对于这桩世界大变局的庆祝，不该为那一国那些国里一部分人庆祝，应该为世界人类全体的新曙光庆祝；不该为那一边的武力把那一边的武力打倒而庆祝，应该为民主主义把帝制打倒，社会主义把军国主义打倒而庆祝。

---

① Hohenzollern：霍亨索伦，德国家族，勃兰登堡—普鲁士（1415—1918）及德意志德国的统治家族。

② 威尔逊（W. wilson，1856—1924）：美国第 28 任总统。

③ 陀罗慈基：即托洛茨基。郭冷苔：通译柯伦泰（1872—1952），俄国革命者，斯大林时代成为世界第一位女大使。

④ 列卜涅西：即李卜克内西（1826—1900），德国工人运动活动家，德国社会民主党创始人和领导人之一。著有《法国革命史》。夏蝶曼（Scheimann）：通译谢德曼（1865—1939），德国社会民主党领导人之一，魏玛共和国第一届政府总理。

⑤ 马客士：即马克思。

Bolshevism 就是俄国 Bolsheviki 所抱的主义①。这个主义，是怎样的主义？很难用一句话解释明白。寻他的语源，却有“多数”的意思。郭冷苔（Collontay）是那党中的女杰，曾遇见过一位英国新闻记者，问他 Bolsheviki 是何意义？女杰答言：“问 Bolsheviki 是何意义，实在没用，因为但看他们所做的事，便知这字的意思。”据这位女杰的解释，“Bolsheviki 的意思，只是指他们所做的事。”但从这位女杰自称他在西欧是 Revolutionary Socialist，在东欧是 Bolshevika 的话，和 Bolsheviki 所做的事看起来，他们的主义，就是革命的社会主义；他们的党，就是革命的社会党；他们是奉德国社会主义经济学家马客士（Marx）为宗主的；他们的目的，在把现在为社会主义的障碍的国家界限打破，把资本家独占利益的生产制度打破。此次战争的真因，原来也是为把国家界限打破而起的。因为资本主义所扩张的生产力，非现在国家的界限内所能包容；因为国家的界限内范围太狭，不足供他的生产力的发展，所以大家才要靠着战争，打破这种界限，要想合全球水陆各地成一经济组织，使各部分互相联结。关于打破国家界限这一点，社会党人也与他们意见相同。但是资本家的政府企望此事，为使他们国内的中级社会获得利益，依靠战胜国资本家一阶级的世界经济发展，不依靠全世界合于人道的生产者合理的组织的协力互助。这种战胜国，将因此次战争，由一个强国的地位进而为世界大帝国。Bolsheviki 看破这一点，所以大声疾呼，宣告：此次战争是 Czar 的战争，是 Kaiser 的战争，是 Kings 的战争，是 Emperors 的战争，② 是资本家政府的战争，不是他们的战争。他们的战争，是阶级战争，是合世界无产庶民对于世界资本家的战争。战争固为他们所反对，但是他们也不恐怕战争。他们主张一切男女都应该工作，工作的男女都应该组入一个联合，每个联合都应该有的中央统治会议。这等会议，应该组织世界

---

① Bolsheviki：布尔什维克。

② Czar：沙皇。Kaiser：直译为凯撒，意思是独裁者。Kings：国王们。Emperors：皇帝们。

所有的政府，没有康格雷，没有巴力门[1]，没有大总统，没有总理，没有内阁，没有立法部，没有统治者，但有劳工联合的会议，什么事都归他们决定。一切产业都归在那产业里作工的人所有，此外不许更有所有权。他们将要联合世界的无产庶民，拿他们最大、最强的抵抗力，创造一自由乡土，先造欧洲联邦民主国，做世界联邦的基础。这是 Bolsheviki 的主义。这是廿世纪世界革命的新信条。

伦敦《泰晤士报》曾载过威廉氏（Harold Williams）的通讯，他把 Bolshevism 看做一种群众运动，和前代的基督教比较，寻出二个相似的点：一个是狂热的党派心，一个是默示的倾向。他说："Bolshevism 实是一种群众运动，带些宗教的气质。我曾记得遇见过一个铁路工人，他虽然对于至高的究竟抱着怀疑的意思，犹且用'耶典'的话，向我极口称道 Bolshevism 可以慰安灵魂。凡是晓得俄国非国教历史的人，没有不知道那些极端的党派将要联成一大势力，从事于一种新运动的。有了 Bolshevism，于贫苦的人是一好消息，于地上的天堂是一捷径的观念，他的传染的性质和权威，潜藏在他那小孩似的不合理的主义中的，可就变成明显了。就是他们党中的著作家、演说家所说极不纯正的话，足使俄国语言损失体面的，对于群众，也仿佛有一种教堂里不可思议的仪式的语言一般的效力。"这话可以证明 Bolshevism 在今日的俄国，有一种宗教的权威，成为一种群众的运动。岂但今日的俄国，廿世纪的世界，恐怕也不免为这种宗教的权威所支配，为这种群众的运动所风靡。

哈利逊氏（Frederic Harrison）也曾在《隔周评论》上说过："猛厉，不可能，反社会的，像 Bolshevism 的样子，须知那也是很坚、很广、很深的感情的发狂。——这种感情的发狂，有很多的形式。有些形式，是将来必不能避免的。"哈氏又说："一七八九年的革命，唤起恐怖，唤起过激革命党的骚动：但见有鲜血在扫荡世界的革命潮中发泡，一种新天地，就由此造成。Bolshevism 的下边，

---

① 康格雷：西文音译，意为代表大会。巴力门：西文音译，即议会。

潜藏着一个极大的社会的进化，也与一七八九年的革命同是一样，意大利、法兰西、葡萄牙、爱尔兰、不列颠都怵然于革命变动的暗中激奋。这种革命的暗潮，将殃及于兰巴地和威尼斯，法兰西也难幸免。过一危机，危机又至。爱尔兰独立运动，涌出很多的国事犯。就是英国的社会党，也只想和他们的斯堪的那维亚、日耳曼、俄罗斯的同胞握手。”

陀罗慈基在他著的《Bolsheviki 与世界平和》书中，也曾说过：“这革命的新纪元，将由无产庶民社会主义无尽的方法，造成新组织体。这种新体，与新事业一样伟大。在这枪炮的狂吼、寺堂的破裂、豺狼性成的资本家爱国的怒号声中，我们应先自而进，从事于此新事业。在这地狱的死亡音乐声中，我们应保持我们清明的心神，明了的视觉。我们自觉我们将为未来唯一无二创造的势力。我们的同志现在已有很多，将来但可更多。明日的同志，多于今日。后日更不知有几千万人跃起，隶于我们旗帜的下边。有数千万人，就是现在，去共产党人发布檄文已经六十七年，他们只须丢了他们的绊锁。”从这一段话，可知陀罗慈基的主张，是拿俄国的革命做一个世界革命的导火线。俄国的革命，不过是世界革命中的一个，尚有无数国民的革命将连续而起。陀罗慈基既以欧洲各国政府为敌，一时遂有亲德的嫌疑。其实他既不是亲德，又不是亲联合国，甚且不爱俄国。他所亲爱的，是世界无产阶级的庶民，是世界的劳工社会。他这本书，是在瑞士作的。着笔在大战开始以后，主要部分，完结在俄国革命勃发以前。书中的主义，是在陈述他对于战争因果的意见。关于国际社会主义与世界革命，尤特加注意。通体通篇，总有两事放在心头，就是世界革命与世界民主。对于德奥的社会党，不惮厚加责言，说他们不应该牺牲自己本来的主张，协助资本家的战争，不应该背弃世界革命的信约。

以上所举，都是战争终结以前的话，德奥社会的革命未发以前的话。到了今日，陀氏的责言，已经有了反响。威、哈二氏的评论，也算有了验证。匈奥革命，德国革命，勃牙利革命[1]，最近荷兰、瑞典、西班牙也有革命社会党奋起的风谣。革命的情形，和俄国大抵相同。赤色旗到处翻飞，劳工会纷纷成立，可以说完全是俄罗斯式的革命，可以说是廿世纪式的革命。像这般滔滔滚滚的潮流，实非现在资本家的政府所能防遏得住的。因为廿世纪的群众运动，是合世界人类全体为一大群众。这大群众里边的每一个人、一部分人的暗示模仿，集中而成一种伟大不可抗的社会力。这种世界的社会力，在人间一有动荡，世界各处都有风靡云涌、山鸣谷应的样子。在这世界的群众运动的中间，历史上残余的东西，——什么皇帝咧，贵族咧，军阀咧，官僚咧，军国主义咧，资本主义咧，——凡可以障阻这新运动的进路的，必挟雷霆万钧的力量摧拉他们。他们遇见这种不可当的潮流，都像枯黄的树叶遇见凛冽的秋风一般，一个一个的飞落在地。由今以后，到处所见的，都是 Bolshevism 战胜的旗。到处所闻的，都是 Bolshevism 的凯歌的声。人道的警钟响了！自由的曙光现了！试看将来的环球，必是赤旗的世界！

我尝说过："历史是人间普遍心理表现的记录。人间的生活，都在这大机轴中息息相关，脉脉相通。一个人的未来，和人间全体的未来相照应。一件事的朕兆，和世界全局的朕兆有关联。一七八九年法兰西的革命，不独是法兰西人心变动的表征，实是十九世纪全世界人类普遍心理变动的表征。一九一七年俄罗斯的革命，不独是俄罗斯人心变动的显兆，实是廿世纪全世界人类普遍心理变动的显兆。"俄国的革命，不过是使天下惊秋的一片桐叶罢了。Bolshevism 这个字，虽为俄人所创造，但是他的精神，可是廿世纪全世界人类人人心中共同觉悟的精神。所以 Bolshevism 的胜利，就是廿世纪世界人类人人心中共同觉悟的新精神的胜利！

（原刊 1918 年 10 月 15 日《新青年》第 5 卷第 5 号）

---

① 勃牙利：即保加利亚，源于日文汉字的旧译名。

我的马克思主义观

一

一个德国人说过，五十岁以下的人说他能了解马克思的学说，定是欺人之谈。因为马克思的书卷帙浩繁，学理深晦。他那名著《资本论》三卷，合计二千一百三十五页，其中第一卷是马氏生存时刊行的，第二、第三两卷是马氏死后他的朋友昂格思替他刊行的[①]。这第一卷和二、三两卷中间，难免有些冲突矛盾的地方，马氏的书本来难解，添上这一层越发难解了。加以他的遗著未曾刊行的还有很多，拼上半生的工夫来研究马克思，也不过仅能就他已刊的著书中，把他反复陈述的主张得个要领，究不能算是完全了解"马克思主义"的。我平素对于马氏的学说没有什么研究，今天硬想谈"马克思主义"已经是僭越的很。但自俄国革命以来，"马克思主义"几有风靡世界的势子，德奥匈诸国的社会革命相继而起，也都是奉"马克思主义"为正宗。"马克思主义"既然随着这世界的大变动，惹动了世人的注意，自然也招了很多的误解。我们对于"马克思主义"的研究，虽然极其贫弱，而自一九一八年马克思诞生百年纪念以来，各国学者研究他的兴味复活，批评介绍他的很多。我们把这些零碎的资料，稍加整理，乘本志出"马克思研究号"的机会，把他转介绍于读者，使这为世界改造原动的学说，在我们的思辨中，有点正确的解释，吾信这也不是绝无裨益的事。万

---

① 昂格思：今通译恩格斯。

一因为作者的知能谫陋，有误解马氏学说的地方，亲爱的读者肯赐以指正，那是作者所最希望的。

二

我于评述“马克思主义”以前，先把“马克思主义”在经济思想史上占若何的地位，略说一说。

由经济思想史上观察经济学的派别，可分为三大系，就是个人主义经济学、社会主义经济学与人道主义经济学。

个人主义经济学，也可以叫作资本主义经济学。三系中以此为最古。著《原富》的亚丹·斯密（Adam Smith）是这一系的鼻祖①。亚丹·斯密以下，若马查士（Malthus）、李嘉图（Ricardo）、杰慕士·穆勒（James Mill）等②，都属于这一系。把这一系的经济学发挥光大，就成了正系的经济学，普通称为正统学派。因为这个学派是在模范的资本家国的英国成立的，所以英国以外的学者也称他为英国学派。这个学派的根本思想是承认现在的经济组织为是，并且承认在此经济组织内，各个人利己的活动为是。他们以为现在的经济组织，就是个人营利主义的组织，是最巧最妙、最经济不过的组织。从生产一面讲，各人为自己的利益，自由以营经济的活动，自然努力以致自己的利益于最大的程度。其结果：社会全体的利益不期增而自增。譬如各人所有的资本，自然都知道把他由利益较少的事业，移到利益较多的事业上去。社会全体的资本，自然也都舍了那利益较少的事业，投到利益较多的事业上去。所以用不着什么政治家的干涉，自由竞争的结果，社会上资本的全量自然都利用到社会全体最有利的方面去。而事业家为使他自己的利益达于最

① 亚丹·斯密：今通译亚当·斯密（1723—1790），英国古典经济学家。所著《原富》也译《国民财富的性质及其分配原理》。

② 马查士：今通译马尔萨斯（1766—1834），英国人口学家、经济学家，著有《人口学原理》等。杰慕士·穆勒：即詹姆斯·穆勒（1806—1873），英国思想家，著有《妇女论》、《自由论》等。

大的程度，自然努力以使他自己制品全体的价增大，努力以求其商品全体的卖出额换回很多的价来。社会全体的富是积个人的富而成的。个人不断的为增加自己的富去努力，你这样作，他也这样作，那社会全体的富也不期增而日增了。再从消费一面讲，我们日用的一切物品，都不是在自己家内生产的，都是人家各自为营利、为商卖而生产的。自己要得一种物品：米、盐、酱、醋，乃至布匹、伞、屐、新闻、杂志之属，都不是空手向人家讨得来的。依今日的经济组织，都是各人把物卖钱，各人拿钱买货。各人按着自己最方便的法子去活动，比较着旁人为自己代谋代办，亲切的多，方便的多，经济的多。总而言之，他们对于今日以各人自由求各自利益为原则的经济组织，很满足，很以为妥当。他们主张维持他，不主张改造他。这是个人主义经济学。也就是以资本为本位，以资本家为本位的经济学。

以上所述个人主义经济学，有二个要点。其一是承认现在的经济组织为是；其二是承认在这经济组织内，各个人利己的活动为是。社会主义经济学正反对他那第一点。人道主义经济学正反对他那第二点。人道主义经济学者以为无论经济组织改造到怎么好的地步，人心不改造仍是现在这样的贪私无厌，社会仍是没有改善的希望，于是否认经济上个人利己的活动，欲以爱他的动机代那利己的动机；不置重于经济组织改造的一方面，而置重于改造在那组织下活动的各个人的动机。社会主义经济学者以为现代经济上、社会上发生了种种弊害，都是现在经济组织不良的缘故，经济组织一经改造，一切精神上的现象都跟着改造；于是否认现在的经济组织，而主张根本改造。人道主义经济学者持人心改造论，故其目的在道德的革命。社会主义经济学者持组织改造论，故其目的在社会的革命。这两系都是反对个人主义经济学的，但人道主义者同时为社会主义者的也有。

现在世界改造的机运，已经从俄、德诸国闪出了一道曙光。从前经济学的正统，是在个人主义。现在社会主义、人道主义的经济学，将要取此正统的位系，而代个人主义以起了。从前的经济学，是以资本为本位，以资本家为本位。以后的经济学，要以劳动为本位，以劳动者为本位了。这正是个人主义向社会主义、人道主义过渡的时代。

马克思是社会主义经济学的鼻祖，现在正是社会主义经济学改造世界的新纪元，“马克思主义”在经济思想史上的地位如何重要，也就可以知道了。

本来社会主义的历史并非自马氏始的，马氏以前也很有些有名的社会主义者，不过他们的主张，不是偏于感情，就是涉于空想，未能造成一个科学的理论与系统。至于马氏才用科学的论式，把社会主义的经济组织的可能性与必然性，证明与从来的个人主义经济学截然分立，而别树一帜，社会主义经济学才成一个独立的系统，故社会主义经济学的鼻祖不能不推马克思。

三

“马克思主义”在经济思想史上的价值，既如上述，我当更进而就他的学说的体系略为大体的分析，以便研究。

马氏社会主义的理论，可大别为三部：一为关于过去的理论，就是他的历史论，也称社会组织进化论；二为关于现在的理论，就是他的经济论，也称资本主义的经济论；三为关于将来的理论，就是他的政策论，也称社会主义运动论，就是社会民主主义。离了他的特有的史观，去考他的社会主义，简直的是不可能。因为他根据他的史观，确定社会组织是由如何的根本原因变化而来的；然后根据这个确定的原理，以观察现在的经济状态，就把资本主义的经济组织，为分析的、解剖的研究，豫言现在资本主义的组织不久必移入社会主义的组织，是必然的运命；然后更根据这个豫见，断定实现社会主义的手段、方法仍在最后的阶级竞争。他这三部理论，都有不可分的关系，而阶级竞争说恰如一条金线，把这三大原理从根本上联络起来。所以他的唯物史观说："既往的历史都是阶级竞争的历史。"他的《资本论》也是首尾一贯的根据那"在今日社会组织下的资本阶级与工人阶级，被放在不得不仇视、不得不冲突的关系上"的思想立论。关于实际运动的手段，他也是主张除了诉于最后的阶级竞争，没有第二个再好的方法。为研究上便利起见，就他的学说各方面分别观察，大概如此。其实他的学说是完全自成一个有机的有系统的组织，都有不能分离不容割裂的关系。

四

请先论唯物史观。

唯物史观也称历史的唯物主义。他在社会学上曾经，并且正在表现一种理想的运动，与前世纪初，在生物学上发现过的运动，有些相类。在那个时候是用以说明各种形态学上的特征、关系的重要，志在得一个种的自然分类，与关于生物学上有机体生活现象更广的知识。这种运动既经指出那内部最深的构造，比外部明显的建造，若何重要，唯物史观就站起来反抗那些历史家与历史哲学家，把他们多年所推崇为非常重要的外部的社会构造，都列于第二的次序；而那久经历史家辈蔑视，认为卑微暧昧的现象的，历史的唯物论者却认为于研究这很复杂的社会生活全部的构造与进化，有莫大的价值。

历史的唯物论者观察社会现象，以经济现象为最重要，因为历史上物质的要件中，变化发达最甚的，算是经济现象。故经济的要件是历史上唯一的物质的要件。自己不能变化的，也不能使别的现象变化。其他一切非经济的物质的要件，如人种的要件、地理的要件等等，本来变化很少，因之及于社会现象的影响也很小，但于他那最少的变化范围内，多少也能与人类社会的行程以影响。在原始未开时代的社会，人类所用的劳作工具，极其粗笨，几乎完全受制于自然。而在新发见的地方，向来没有什么意味的地理特征，也成了非常重大的条件。所以历史的唯物论者，于那些经济以外的一切物质的条件，也认他于人类社会有意义，有影响。不过因为他的影响甚微，而且随着人类的进化日益减退，结局只把他们看作经济的要件的支流罢了。因为这个缘故，有许多人主张改称唯物史观为经济史观。

唯物史观，也不是由马氏创的。自孔道西（Condorcet）[①]依着器械论的典型，想把历史作成一科学，而期发见出一普遍的力，把那变幻无极的历史现象，一以贯之，已经开了唯物史观的端绪。故孔道西算是唯物史观的开创者。至桑西门（Saint－Simon）[②]把经济的要素，比精神的要素看得更重。十八世纪时有一种想象说，说法兰西历史的内容不过是佛兰坎人与加利亚人间的人种竞争。他受了此说的影响，谓最近数世纪间的法国历史不外封建制度与产业的竞争，其争以大革命期达于绝顶。而产业初与君国制联合，以固专制的基础，基础既成又扑灭王国制。产业的进步是历史的决定条件，科学的进步又为补助他的条件。Thierry、Mignet及Guizot辈继起[③]，袭桑西门氏的见解，谓一时代的理想、教义、宪法等，毕竟不外当时经济情形的反映。关于所有权的法制，是尤其重要的。蒲鲁东[④]亦以国民经济为解释历史的钥匙，信前者为因，后者为果。至于马氏用他特有的理论，把从前历史的唯物论者不能解释的地方，与以创见的说明，遂以造成马氏特有的唯物史观，而于从前的唯物史观有伟大的功绩。

唯物史观的要领，在认经济的构造对于其他社会学上的现象，是最重要的；更认经济现象的进路，是有不可抗性的。经济现象虽

---

① 孔道西：今通译孔德（1798—1857），德国实证主义哲学家，社会学的创始人。

② 桑西门：今通译圣西门（1760—1825），法国思想家、社会改革家，空想社会主义者。著有《日内瓦书简》等。

③ Thierry：梯叶里（1795—1856），法国历史学家，曾是圣西门的秘书。Mignet：米涅（1796—1884），法国历史学家，著有《法国革命史》等。Guizot：基佐（1787—1874），法国政治家、历史学家，1847—1848年间任首相。著有《法国文明史》。

④ 蒲鲁东（1809—1865），法国政治学家、经济学家，被称为“无政府主义之父”。

用他自己的模型，制定形成全社会的表面构造（如法律、政治、伦理，及种种理想上、精神上的现象都是），但这些构造中的那一个也不能影响他一点。受人类意思的影响，在他是永远不能的。就是人类的综合意思，也没有这么大的力量。就是法律他是人类的综合意思中最直接的表示，也只能受经济现象的影响，不能与丝毫的影响于经济现象。换言之，就是经济现象只能由他一面与其他社会现象以影响，而不能与其他社会现象发生相互的影响，或单受别的社会现象的影响。

经济构造是社会的基础构造，全社会的表面构造，都依着他迁移变化。但这经济构造的本身，又按他每个进化的程级，为他那最高动因的连续体式所决定。这最高动因，依其性质，必须不断的变迁，必然的与社会的经济的进化以诱导。

这最高动因究为何物，却又因人而异。Loria[①] 所认为最高动因的，是人口的稠庶。人口不断的增加，曾经决定过去四个联续的根本状态，就是集合、奴隶所有、奴仆（Servile）、佣工。以后将次发生的现象，也该由此决定。马克思则以“物质的生产力”为最高动因：由家庭经济变为资本家的经济，由小产业制变为工场组织制，就是由生产力的变动而决定的。其他学者所认为最高动因的，又为他物。但他们有一个根本相同的论点，就是：经济的构造，依他内部的势力自己进化，渐于适应的状态中，变更全社会的表面构造，此等表面构造，无论用何方法，不能影响到他这一方面，就是这表面构造中最重要的法律，也不能与他以丝毫的影响。

有许多事实，可以证明这种观察事物的方法是合理的。我们晓得有许多法律，在经济现象的面前，暴露出来他的无能。十七、八世纪间那些维持商业平准，奖励金块输入的商法，与那最近英国禁遏脱拉斯（Trust）[②] 的法律都归无效，就是法律的力量不能加影响于经济趋势的明证。也有些法律，当初即没有力量与经济现象竞

① Loria：洛里亚（1857—1943），意大利社会学家、经济学家。

② 脱拉斯：即托拉斯。

争，而后来他所适用的范围，却自一点一点的减缩，至于乌有。这全是经济现象所自致的迁移，无与于法律的影响。例如欧洲中世纪时禁抑暴利的法律，最初就无力与那高利率的经济现象竞争，后来到了利润自然低落，钱利也跟着自然低落的时候，他还继续存在，但他始终没有一点效果。他虽然形式上在些时候维持他的存在，实际上久已无用，久已成为废物。他的存在全是法律上的惰性，只足以证明法律现象远追不上他所欲限制的经济现象，却只在他的脚后一步一步的走，结局惟有服从而已。潜深的社会变动，惟依他自身可以产生，法律是无从与知的。当罗马帝国衰颓时代，一方面呈出奴隶缺乏，奴价腾贵的现象；一方面那一大部分很多而且必要的寄生阶级造成一个自由民，与新自由民的无产阶级。他们的贫困日益加甚，自然渐由农业上的奴仆劳动、工业上的佣工劳动，生出来奴隶制度的代替，因为这两种劳动全于经济上有很多的便利。若是把废奴的事业全委之于当时的基督教、人类同胞主义的理想，那是绝无效果的。十八世纪间英人曾标榜过一种高尚的人道主义的宗教。到了资本家经济上需要奴隶的时候，他们却把奴制输入到美洲殖民地，并且设法维持他。这类的事例不胜枚举，要皆足以证明法律现象只能随着经济现象走，不能越过他，不能加他以限制，不能与他以影响。而欲以法律现象奖励或禁遏一种经济现象的，都没有一点效果。那社会的表面构造中最重要的法律，尚且如此，其他如综合的理想等等，更不能与经济现象抗衡。

五

迄兹所陈是历史的唯物论者共同一致的论旨。今当更进而述马氏独特的唯物史观。

马氏的经济论，因有他的名著《资本论》详为阐发，所以人都知道他的社会主义系根据于一定的经济论的。至于他的唯物史观，因为没有专书论这个问题，所以人都不甚注意。他的《资本论》，虽然彻头彻尾以他那特有的历史观作基础，而却不见有理论的揭出他的历史观的地方。他那历史观的纲要，稍见于一八四七年公刊的《哲学的贫困》，及一八四八年公布的《共产者宣言》[①]。而以一定的公式表出他的历史观，还在那一八五九年他作的那《经济学批评》的序文中。现在把这几样著作里包含他那历史观的主要部分，节译于下，以供研究的资料。

（一）见于《哲学的贫困》中的：

经济学者蒲鲁东氏，把人类在一定的生产关系之下制造罗纱、麻布、绢布的事情，理解的极其明了。可是这一定的社会关系，也和罗纱、麻布等一样，是人类的生产物，他还没有理解。社会关系与生产力有密切的连络。人类随着获得新生产力，变化其生产方法；又随着变化生产方法，——随着变化他们得生活资料的方法——他们全变化他们的社会关系。手臼造出有封建诸侯的社会。蒸汽制粉机造出有产业的资本家的社会。而这样顺应他们的物质的生产方法，以建设其社会关系的人类，同时又顺应他们的社会关系，以作出其主义、思想、范畴。

（二）见于《共产者宣言》中的：

凡以前存在的社会的历史都是阶级竞争的历史。希腊的自由民与奴隶，罗马的贵族与平民，中世的领主与农奴，同业组合的主人与职工，简单的说，就是压制者与被压制者，自古以来，常相反目，而续行或隐然，或公然，不断的争斗总是以全社会革命的变革，或以相争两阶级的共倒结局的一切争斗。试翻昔时的历史，社会全被区别为种种身分者，社会的地位有多样的等差，这类现象我们殆到处可以发见。在古代罗马则有贵

① 《共产者宣言》：今通译《共产党宣言》。下文的《经济学批评》，今通译《政治经济学批判》。

族、骑士、平民、奴隶；在中世则有封建诸侯、家臣、同业组合的主人、职工、农奴；且于此等阶级内更各分很多的等级。由封建的社会的崩坏，产出来的近世的社会，仍没把阶级的对立废止。他不过带来了新阶级、新压制手段、新争斗的形式，以代旧的罢了。

可是到了我们的时代，就是有产者本位的时代，却把阶级的对立简单了。全社会越来越分裂为互相敌视的二大阵营，为相逼对峙的二大阶级：就是有产者与无产者。

……依以上所述考之，资本家阶级所拿他作基础以至勃兴的生产手段及交通手段，是已经在封建社会作出来的。此等生产手段及交通手段的发展达于一定阶段的时候，封建的社会所依以营生产及交换的关系，就是关于农业及工业封建的组织，简单一句话就是封建的所有关系，对于已经发展的生产力，久已不能适应了。此等关系，现在不但不能奖励生产，却妨阻生产，变成了许多的障碍物。所以此等关系不能不被破坏，果然又被破坏了。

那自由竞争就随着于他适合的社会的及政治的制度，随着有产者阶级的经济的及政治的支配，代之而起了。

有产者阶级，于其不满百年的阶级支配之下，就造出比合起所有过去时代曾造的还厚且巨的生产力。自然力的征服，机械、工业及农业上的化学应用，轮船、火车、电报，全大陆的开垦，河川的开通，如同用魔法唤起的这些人类——在前世纪谁能想到有这样的生产力能包容在社会的劳动里呢？

把这样伟大的生产手段及交通手段，像用魔法一般唤起来的资本家的生产关系及交通关系，——资本家的所有关系——现代的资本家的社会，如今恰与那魔术师自念咒语唤起诸下界的力量，而自己却无制御他们的力量了的情事相等。数十年的工商史，只是现代的生产力，对于现代的生产关系，对于那不外有产者的生活条件及其支配力的所有关系，试行谋叛的历史。我们但举那商业上的恐慌——因隔一定期间便反复来袭，常常胁迫有产社会的全存在的商业恐慌——即足以作个证明。……有产者阶级颠覆封建制度的武器，今乃转而向有产者阶级自身。

有产者阶级不但锻炼致自己于死的武器，并且产出去挥使那些武器的人——现代的劳动阶级、无产者就是。

人人的观念、意见及概念，简单一句话，就是凡是属于人间意识的东西，都随着人人的生活关系，随着其社会的关系，随着其社会的存在，一齐变化。这是不用深究就可以知道的。那思想的历史所证明的，非精神上的生产随着物质上的生产一齐变化而何?

（三）见于《经济学批评》序文中的：

人类必须加入那于他们生活上必要的社会的生产，一定的、必然的、离于他们的意志而独立的关系，就是那适应他们物质的生产力一定的发展阶段的生产关系。此等生产关系的总和，构成社会的经济的构造——法制上及政治上所依以成立的、一定的社会的意识形态所适应的真实基础——物质的生活的生产方法，一般给社会的、政治的及精神的生活过程，加上条件。不是人类的意识决定其存在，他们的社会的存在反是决定其意识的东西。

社会的物质的生产力，于其发展的一定阶段，与他从来所在那里面活动当时的生产关系，与那不过是法制上的表现的所有关系冲突。这个关系，这样由生产力的发展形式变而为束缚。于是乎社会革命的时代来。巨大的表面构造的全部，随着经济基础的变动，或徐，或激，都变革了。

当那样变革的观察，吾人非常把那在得以自然科学的论证的经济的生产条件之上所起的物质的变革，与那人类意识此冲突且至决战的，法制上、政治上、宗教上、艺术上、哲学上的形态，简单说就是观念上的形态，区别不可。想把那样变革时代，由其时代的意识判断，恰如照着一个人怎样想他自己的事，以判断其人一样，不但没有所得，意识这个东西宁是由物质生活的矛盾，就是存在于社会生产力与生产关系间的冲突，才能说明的。

一社会组织，非到他的全生产力，在其组织内发展的一点余地也没有了以后，决不能颠覆去了。这新的，比从前还高的生产关系，在这个东西的物质的生存条件于旧社会的母胎内孵化完了以前，决不能产生出来。人类是常只以自能解决的问题为问题的。因为拿极正确的眼光去看，凡为问题的，惟于其解决所必要的物质条件已经存在，或至少也在成立过程中的时会，才能发生。

综其大体而论，吾人得以亚细亚的、古代的、封建的及现代资本家的生产方法，为社会经济的组织进步的阶段。而在此中，资本家的生产关系，是社会的生产方法之采敌对形态的最后。——此处所谓敌对，非个人的敌对之意，是由各个人生活的社会的条件而生的敌对之意，——可是在资本家社会的母胎内发展的生产力，同时作成于此敌对的解决必要的物质条件。人类历史的前史，就以此社会组织终。

（以上的译语，从河上肇博士①）

据以上所引，我们可以略窥马克思唯物史观的要领了。现在更把这个要领简单写出，以期易于了解。

马克思的唯物史观有二要点：其一是关于人类文化的经验的说明；其二即社会组织进化论。其一是说人类社会生产关系的总和，构成社会经济的构造。这是社会的基础构造。一切社会上政治的、法制的、伦理的、哲学的，简单说，凡是精神上的构造，都是随着

① 河上肇（1879—1946）：日本马克思主义经济学家、哲学家。著有《贫乏物语》。

经济的构造变化而变化。我们可以称这些精神的构造为表面构造。表面构造常视基础构造为转移，而基础构造的变动，乃以其内部促他自己进化的最高动因，就是生产力，为主动；属于人类意识的东西，丝毫不能加他以影响；他却可以决定人类的精神、意识、主义、思想，使他们必须适应他的行程。其二是说生产力与社会组织有密切的关系。生产力一有变动，社会组织必须随着他变动。社会组织即社会关系，也是与布帛菽粟一样，是人类依生产力产出的产物。手臼产出封建诸侯的社会，蒸汽制粉机产出产业的资本家的社会。生产力在那里发展的社会组织，当初虽然助长生产力的发展，后来发展的力量到那社会组织不能适应的程度，那社会组织不但不能助他，反倒束缚他、妨碍他了。而这生产力虽在那束缚他、妨碍他的社会组织中，仍是向前发展不已。发展的力量愈大，与那不能适应他的社会组织间的冲突愈迫，结局这旧社会组织非至崩坏不可。这就是社会革命。新的继起，将来到了不能与生产力相应的时候，他的崩坏亦复如是。可是这个生产力，非到在他所活动的社会组织里，发展到无可再容的程度，那社会组织是万万不能打破。而这在旧社会组织内，长成他那生存条件的新社会组织，非到自然脱离母胎，有了独立生存的运命，也是万万不能发生。恰如孵卵的情形一样，人为的助长，打破卵壳的行动，是万万无效的，是万万不可能的。

以上是马克思独特的唯物史观。

六

与他的唯物史观很有密切关系的，还有那阶级竞争说。

历史的唯物论者，既把种种社会现象不同的原因，总约为经济的原因，更依社会学上竞争的法则，认许多组成历史明显的社会事实，只是那直接，间接，或多，或少，各殊异阶级间团体竞争所表现的结果。他们所以牵入这竞争中的缘故，全由于他们自己特殊经济上的动机。由历史的唯物论者的眼光去看，十字军之役也含着经济的意味。当时繁盛的义大利共和国中，特如 Venice 的统治阶级[①]，实欲自保其东方的繁富市场。宗教革新的运动，虽然戴着路德的名义[②]，其时的民众中，也似乎有一大部分是意在免去罗马用种种方法征课的重税（那最后有道理的赎罪符也包在内）。基督教的传布，也是应无产阶级的要求作一种实际的运动。把首都由罗马迁至 Byzantium[③]（就是现在的康士坦丁堡），与那定基督教为官教，也是经济的关系。这两件事都是为取罗马帝国从来的重心而代之。因为当时的中产阶级，实为东方富有财势的商贾阶级，势力很厚。他们和那基督教的无产阶级相合，以与罗马寄生的贵族政治分持平衡的势力，而破坏之。法国大革命也全是因为资本家的中级势力，渐渐可以压迫拥有土地的贵族，其间的平衡久已不固，偶然破裂，遂有这个结果。就是法国历史上迭起层兴的政治危机，单由观念学去研究终于神秘难解。像那拿破仑派咧，布尔康家正统派咧，欧尔林家派咧，共和党咧，平民直接执政党咧，他们背后都藏着很复杂的经济意味。不过打着这些旗帜互相争战，以图压服他的反对阶级，而保自己阶级经济上的利益就是了。这类的政治变动，由马克思解释，其根本原因都在殊异经济阶级间的竞争。我们看那马克思与昂格思的《共产者宣言》中“从来的历史都是阶级竞争的历史”的话，马克思在他的《经济学批评》序文中，也说“从来的历史尽是在阶级对立——固然在种种时代呈种种形式——中进行的”，就可以证明他的阶级竞争说，与他的唯物史观有密切关系了。

就这阶级竞争的现象，我们可以晓得，这经济上有共同利害自觉的社会团体，都有毁损别的社会团体以增加自己团体利益的倾向。这个倾向，斯宾塞[④]谓是本于个人的利己心。他在《社会学研

① 义大利：即意大利。Venice：威尼斯。

② 路德：马丁·路德（1483—1546），德国宗教改革运动的发起人，基督教（新教）路德宗的创始人。

③ Byzantium：拜占庭。

④ 斯宾塞（1820—1903）：英国思想家。著有《第一项原则》等。

究》中说："个人的利己心引出由他们作成的阶级的利己心，于分别的努力以外，还要发生一种协同的努力，去从那社会活动的总收入中，取些过度的领分。这种综合的倾向，在每阶级中这样发展，必须由其他诸阶级类似的综合的倾向来维持其平衡。"由此以观，这阶级竞争在社会的有机体中，恰与 Wilhelm Roux① 所发见的"各不同的部分官能组织细胞间的竞争，在各有机体中进行不已"的原则相当。宇宙间一切生命都向"自己发展"（Self - expansion）活动不已。"自己发展"是生物学上、社会学上一切有机的进化全体根本的动机，是生物界普遍无敌的倾向。阶级竞争是这种倾向的无量表现与结果中的一个。而在马克思则谓阶级竞争之所由起，全因为土地共有制崩坏以后，经济的构造都建在阶级对立之上。马氏所说的阶级，就是经济上利害相反的阶级，就是有土地或资本等生产手段的有产阶级，与没有土地或资本等生产手段的无产阶级的区别：一方是压服他人，掠夺他人的，一方是受人压服，被人掠夺的。这两种阶级，在种种时代，以种种形式表现出来。亚细亚的、古代的、封建的、现代资本家的，这些生产方法出现的次第，可作经济组织进化的阶段，而这资本家的生产方法，是社会的生产方法中采敌对形式的最后。阶级竞争也将与这资本家的生产方法同时告终。至于社会为什么呈出阶级对立的现象呢？马氏的意见以为全是因为一个社会团体，依生产手段的独占，掠夺他人的余工余值（余工余值说详后）的原故。但这两种阶级，最初不过对于他一阶级，可称一个阶级，实则阶级的本身还没有成个阶级，还没有阶级的自觉。后来属于一阶级的，知道他们对于别的阶级，到底是立于不相容的地位，阶级竞争是他们不能避的运命，就是有了阶级的自觉，阶级间就起了竞争。当初只是经济的竞争，争经济上的利益，后来更进而为政治的竞争，争政治上的权力，直至那建在阶级对立上的经济的构造自己进化，发生了一种新变化为止。这样看来，马氏并

① Wilhelm Roux：威廉·鲁（1850—1924），德国生物胚胎学家。

非承认这阶级竞争是与人类历史相终始的，他只把他的阶级竞争说应用于人类历史的前史，不是通用于过去、现在、未来的全部。与其说他的阶级竞争说是他的唯物史观的要素，不如说是对于过去历史的一个应用。

七

马氏的唯物史观及其阶级竞争说，既已略具梗概，现在更把对于其说的评论，举出几点，并述我的意见。

马氏学说受人非难的地方很多，这唯物史观与阶级竞争说的矛盾冲突，算是一个最重要的点。盖马氏一方既确认历史——马氏主张无变化即无历史——的原动为生产力；一方又说从来的历史都是阶级竞争的历史，就是说阶级竞争是历史的终极法则，造成历史的就是阶级竞争。一方否认阶级的活动，无论是直接在经济现象本身上的活动，是间接由财产法或一般法制上的限制，常可以有些决定经济行程的效力；一方又说阶级竞争的活动，可以产出历史上根本的事实，决定社会进化全体的方向。Eugenio Rignano 驳他道[①]：“既认各阶级间有为保其最大经济利益的竞争存在，因之经济现象亦自可以随这个或那个阶级的优越，在一方面或他一方面受些限制，又说经济的行程像那天体中行星的轨道一样的不变，从着他那不能免的进路前进，人类的什么影响都不能相加。那么那主要目的在变更经济行程的阶级竞争，因为没有什么可争，好久就不能存在了。在太阳常行的轨道上，有了一定的变更，一定可以贡献很大的经济利益于北方民族，而大不利于南方民族。但我想在历史纪录中，寻找一种族或一阶级的竞争，把改变太阳使他离了常轨作目的的，是一件无益的事。”这一段话可谓中了要扼。不过这个明显的矛盾，在马氏学说中，也有自圆的说法。他说自从土地共有制崩坏

① Eugenio Rignano：利亚诺（1870—1930），意大利哲学家，心理学家。著有《推理心理学》等。

以来，经济的构造都建立在阶级对立之上。生产力一有变动，这社会关系也跟着变动。可是社会关系的变动，就有赖于当时在经济上占不利地位的阶级的活动。这样看来，马氏实把阶级的活动归在经济行程自然的变化以内。但虽是如此说法，终觉有些牵强矛盾的地方。

这全因为一个学说最初成立的时候，每每陷于夸张过大的原故。但是他那唯物史观，纵有这个夸张过大的地方，于社会学上的进步，究有很大很重要的贡献。他能造出一种有一定排列的组织，能把那从前各自发展不相为谋的三个学科，就是经济、法律、历史，联为一体，使他现在真值得起那社会学的名称。因为他发见那阶级竞争的根本法则；因为他指出那从前全被误解或蔑视的经济现象，在社会学的现象中是顶重要的；因为他把于决定法律现象有力的部分归于经济现象，因而知道用法律现象去决定经济现象是逆势的行为；因为他借助于这些根本的原则，努力以图说明过去现在全体社会学上的现象。就是这个，已足以认他在人类思想有效果的概念中，占优尚的位置，于学术界、思想界有相当的影响。小小的瑕疵，不能掩了他那莫大的功绩。

有人说，历史的唯物论者以经济行程的进路为必然的、不能免的，给他加上了一种定命的彩色，后来马克思派的社会党，因为信了这个定命说，除去等着集产制自然成熟以外，什么提议也没有，什么活动也没有，以致现代各国社会党都遇见很大的危机。这固然可以说是马氏唯物史观的流弊，然自马氏与昂格思合布《共产者宣言》，大声疾呼，檄告举世的劳工阶级，促他们联合起来，推倒资本主义，大家才知道社会主义的实现，离开人民本身，是万万作不到的，这是马克思主义一个绝大的功绩。无论赞否马氏别的学说的人，对于此点，都该首肯。而在《社会主义者评论》（*Socialist Review*）第一号揭载的昂格思函牍中，昂氏自己说，他很喜欢看见美国的工人，在于政治信条之下，作出一种组织，可见他们也并不是坐待集产制自然成熟，一点不去活动的。而在别一方面，也可以拿这社会主义有必然性的说，坚人对于社会主义的信仰，信他必然发生，于宣传社会主义上，的确有如耶教福音经典的效力。

历史的唯物论者说经济现象可以变更法律现象，法律现象不能变更经济现象，也有些人起了疑问。历史的唯物论者既承认一阶级的团体活动，可以改造经济组织，那么一阶级的团体活动，虽未至能改造经济组织的程度，而有时亦未尝没有变更经济行程趋势的力量。于此有个显例，就是现代劳工阶级的联合活动，屡见成功，居然能够屈服经济行程的趋势。这种劳工结合，首推英国的“工联”(Trade Unions) 为最有效果，他们所争在增加劳银。当时经济现象的趋势是导工人于益困益卑的地位，而工联的活动竟能反害为利。大战起来以后，“工联”一时虽停止活动，战事既息，他们又重张旗鼓。听说铁路人员总会、交通劳动者（专指海上劳动者）联合会，和矿夫联合会三种工联，联合起来，向政府及资本家要求种种条件，声势甚猛（参照《每周评论》第三十三号欧游记者明生君通信），将来的效果必可更大。这自觉的团体活动，还没有取得法律的性质，已经证明他可以改变经济现象的趋势，假使把这种活动的效力，用普通法律，或用那可以塞住经济现象全进路的财产法，保障起来，巩固起来，延长他那效力的期间，他那改变经济现象趋势的效力，不且更大么？试把英、法二国的土地所有制比较来看：在英国则诺曼的侵略者及其子孙，依战胜余威，获据此全土，而与其余人口相较，为数甚少，故利在制定限嗣财产制与脱拉斯制，以保其独占权，结果由此维持住大地产制。在法国则经数世纪的时间，贵族及僧侣阶级的财产为革命的中产阶级所剥夺，这剥夺他们的中级人民人口的数，又占全体的大部，故利在分割而不在独占，适与英国的诺曼侵略者及其子孙相反，于是中级人民催着通过特别遗书遗产法，以防大财产制的再见。他们二国的财产法和防遏或辅助田间经济现象趋势的法制，这样不同，所以导他们经济的表现与进化于不同的境界。一则发生很大的领地财产、隐居主义、为害田禾的牧业、全国的人口减少、农村人口的放逐与财富的分配极不平均种种现象。一则发生土地过于割裂、所有者自治其田畴、强盛的农业、节俭之风盛行、分配平均种种现象。这样看来，经济现象和法律现象，都是社会的原动力，他们可以互相影响，都于我们所求的那正当决定的情状有密切的关系。那么，历史的唯物论者所说经济现象有不屈不挠的性质，就是团体的意思、团体的活动，在他面前都得低头的话，也不能认为正确了。但是此等团体的活动，乃至法律，仍是在那可以容他发生的经济构造以上的现象，仍是随着经济的趋势走的，不是反着经济的趋势走的。例如现代的经济现象，一方面劳工阶级的生活境遇日趋于困难；一方面益以促其阶级的自觉，益增其阶级活动的必要，益使其活动的效果足以自卫。这都是现在资本主义制下自然的趋势，应有的现象，不能作足以证明法律现象可以屈抑经济趋势的理据；与其说是团体行动，或法律遏抑经济趋势的结果，毋宁说是经济本身变化的行程。英、法二国财产制之著效，也是在他们依政治的势力，在经济上得占优势，得为权力阶级；以后的事，也全是阶级竞争的结果。假使在英国当时定要施行一种防遏大地产制的法律，在法国当时定要施行一种禁抑小财产制的法律，恐怕没有什么效果。在经济构造上建立的一切表面构造，如法律等，不是绝对的不能加些影响于各个的经济现象，但是他们都是随着经济全进路的大势走的，都是辅助着经济内部变化的，就是有时可以抑制各个的经济现象，也不能反抗经济全进路的大势。我们可以拿团体行动、法律、财产法三个联续的法则，补足阶级竞争的法则，不能拿他们推翻马氏唯物史观的全体。

有许多人所以深病“马克思主义”的原故，都因为他的学说全把伦理的观念抹煞一切，他那阶级竞争说尤足以使人头痛。但他并不排斥这个人高尚的愿望，他不过认定单是全体分子最普通的伦理特质的平均所反映的道德态度，不能加影响于那经济上利害相同自觉的团体行动。我们看在这建立于阶级对立的经济构造的社会，那社会主义伦理的观念，就是互助、博爱的理想，实在一天也没有消灭，只因有阶级竞争的经济现象，天天在那里破坏，所以总不能实现。但这一段历史，马氏已把他划入人类历史的前史，断定他将与这最后的敌对形式的生产方法，并那最后的阶级竞争一齐告终。而马氏所理想的人类真正历史，也就从此开始。马氏所谓真正历史，就是互助的历史，没有阶级竞争的历史。近来哲学上有一种新理想主义出现，可以修正马氏的唯物论，而救其偏蔽。各国社会主义者，也都有注重于伦理的运动、人道的运动的倾向，这也未必不是社会改造的曙光，人类真正历史的前兆。我们于此可以断定，在这经济构造建立于阶级对立的时期，这互助的理想、伦理的观念，也未曾有过一日消灭，不过因他常为经济构造所毁灭，终至不能实现。这是马氏学说中所含的真理。到了经济构造建立于人类互助的时期，这伦理的观念可以不至如从前为经济构造所毁灭。可是当这过渡时代，伦理的感化，人道的运动，应该倍加努力，以图划除人类在前史中所受的恶习染，所养的恶性质，不可单靠物质的变更。这是马氏学说应加救正的地方。

我们主张以人道主义改造人类精神，同时以社会主义改造经济组织。不改造经济组织，单求改造人类精神，必致没有效果。不改造人类精神，单求改造经济组织，也怕不能成功。我们主张物心两面的改造，灵肉一致的改造。

总之，一个学说的成立，与其时代环境，有莫大的关系。马氏的唯物史观，何以不产生于十八世纪以前，也不产生于今日，而独产生于马氏时代呢？因为当时他的环境，有使他创立这种学说的必要和机会。十八世纪以前的社会政治和宗教的势力，比经济的势力强，所谓社会势力从经济上袭来的很少。因为原始社会的经济组织是仅求自足的靠着自然的地方居多，靠着人力的地方还少，所以宗教和政治的势力较大。譬如南美土人，只伸出一张口，只等面包树、咖啡树给他吃喝，所以他们只有宗教的感谢，没有经济的竞争。到了英国产业革命后的机械生产时代，人类脱离自然而独立，达到自营自给的经济生活，社会情形为之一变，宗教政治的势力全然扫地，经济势力异军苍头特起支配当时的社会了。有了这种环境，才造成了马氏的唯物史观。有了这种经济现象，才反映以成马氏的学说主义。而马氏自己却忘了此点。平心而论马氏的学说，实在是一个时代的产物；在马氏时代，实在是一个最大的发见。我们现在固然不可拿这一个时代一种环境造成的学说，去解释一切历史，或者就那样整个拿来，应用于我们生存的社会，也却不可抹煞他那时代的价值，和那特别的发见。十字军之役，固然不必全拿那历史的唯物论者所说，全是经济的意味去解释，但当那僧侣彼得煽动群众营救圣墓的时候，彼得与其群众虽然没有经济的意味参杂其间，或者纯是驱于宗教的狂信，而那自觉的经济阶级，实在晓得利用这无意识的反动，达他们有意识的经济上的目的。从前的历史家，完全把经济的意味蔑视了，也实未当。我们批评或采用一个人的学说，不要忘了他的时代环境和我们的时代环境就是了。

八

我于上篇，既将马氏的“唯物史观”和“阶级竞争说”略为评述，现在要述他的“经济论”了。马氏的“经济论”有二要点：一“余工余值说”，二“资本集中说”。前说的基础，在交易价值的特别概念。后说的基础，在经济进化的特别学理。用孔德的术语说，就是一属于经济静学，一属于经济动学。

今先述“余工余值说”。

马氏的目的，在指出有产阶级的生活，全系靠着无产阶级的劳工。这并不是马氏新发明的理论，从前 Sismondi、Saint - Simon、Proudhon、Rodbertus 诸人[1]，在他们的著作中，也曾有过这种议论。不过他们的批评，与其说是经济的，毋宁说是社会的。私有财产制及其不公，是他们攻击的标的。马氏则不然，他郑重的归咎于

① Sismondi：西斯蒙第（1773—1842），法国政治经济学家，经济浪漫主义奠基人。著有《论商业财富》等。Saint - Simon：圣西门。Proudhon：普鲁东。Rodbertus：罗德贝图斯。

经济科学的本身，特别归咎于交易观念。他所极力证明这私营事业必须存在的理由，就是因为这是交易不能免的结果。——一个经济上的必要，贵族与平民都须服从的。

马氏的“余工余值说”，是从他那“劳工价值论”演出来的。

马氏说劳工不只是价值的标准与理由，并且是价值的本体。从前 Ricardo[①] 也曾有过类似的观念，但他未能决然采用。马氏于此，毅然采取其说，不像 Ricardo 的踌躇。

马氏也决不否认“效用是价值的必要条件”。由效用的价值而论，这的确是唯一的理由，但他以为单拿效用这一点说明交易的价值，理据尚不充足。每在一个交易的行为，两个物品间必含着共同的原素，一致的等级。此种一致，决不是效用的结果，因为效用的等级，在每个物品中均不相同。而所以构成交易这件事存在的理由的，就是这个不同。在那些性质各异的物品中所含的共同原素，不是效用，乃是那些物品中所含劳工分量的大小。每个物品的价值，应该纯是物品中所含人类劳工结晶的全量。物品价值的分别，全依劳工的分量而异。此等劳工，是于生产这些物品有社会的必要的东西。

例如有一工人在一种产业里作工，一日工作十小时，什么是他的生产物的交易价值呢？这交易价值，应该是他那十小时劳工的等量。他所生产的，是布，是煤，或是他物，都不必问。按工银交易的条件，资本家把处分物品的权保留在自己手中，而按实在的价值出售。这实在的价值，就是十小时劳工的等量。

工人的工力（Labour force）为工银所买，与其本人断绝关系。工银专以代表资本家偿他工力的物价，而资本家即保持自由处分这个物品（指工力）的权利于自己手中。工力价值的决定，与别的可以交易的物品相同。工力恰是一种物品，他的价值也是由那于他的生产所必需的劳工时间数目决定。

---

① Ricardo：李嘉图（1772—1823），英国经济学家。著有《政治经济学及赋税理论》等。

生产工力所必需的工量（Labour quantity），是一种稍觉奇异的话，初究马氏学说的人，最难领会其旨趣。但是必须领会，才得了解马氏的经济学说。实在稍加研究，觉得这种见解也并没有什么稀奇。设若拿一个机械的活动代替一个工人的劳工，执一个工程师，问他这架机械要多少维持费？他决不以为奇，并且立答以每时每日需多少吨煤炭，而煤炭的价值，又纯是代表那采掘煤炭的一定人工的总积。我们把煤炭换成劳工去说明他，又有什么难懂呢？

工银制下的工人，纯是一种机械。所不同的地方，维持机械的财物是在他处由他人的劳工生产出来的，维持工人的财物是由他自己的劳工生产的一小部分。一时间的劳作，或一日的辛苦，其价值均可以在那个时间保持那个工人使他能够完全维持他的生产力所必需的需要为标准。无论资本家以物品以金钱偿他的工值，都是代表那必要费的价值。

维持工力所必要的物品的价值，永不能与那工力的生产的价值相等。例如一日维持工力所必要的物品的价值，决不能与十小时工力的价值相等，或且不抵五小时。在模范状态下的人类工力，常足以生产比他所单纯消费的物品的价值多。

工人所生产的价值，全部移入资本家的手中，完全归他处分。而以其一小部分用工银的名目还给工人，其量仅足以支应他在生产此项物品的期间所消用的食品，余则尽数归入资本家的囊中。生产物的售出，其价与十小时的工力相等，而工人所得，则止抵五小时工力的价值。其余五小时工力的价值，马氏叫作“余值”（Surplus value）①。

这样办去，资本家获得工人十小时的工力，而仅以五小时的代价还给工人。其余五小时的工力，在工人毫不值钱。前五小时间工人所生产的，等于他的工值。第五时以后他所做的工，于他什么也不值了。这生产“余值”的额外时间，于工人本身一文不值的工

① “余值”（Surplus value）：即剩余价值。

力，马氏叫作“余工”（Surplus labour）。

余值既全为资本家的掠夺品，那工人分外的工作，就是余工，便一点报偿也没有。刚是对工人的能力课额外的汗血税，而为资本家增加幸运，这是现代资本主义的秘密，这是资本主义下资本家掠夺劳工生产的方式。

因为这个原故，资本家的利益，就在增大余值。他们想了种种方法，达这个目的。解析这些方法，揭破资本主义的秘密，就是马氏学说特色之一。依马氏的解析，资本家增大余值的方法有二要着：

一、尽力延长工作时间，以求增加余工时间的数目。假使工作时间的数目，可以由十小时增至十二小时，这余工时间，自然可以由五小时增至七小时。企业家常谋为此。虽有工场立法，强制些产业限制工作时间，于阻止余值的增长多少有点效果，但推行的范围，究竟限于少数产业，所以“八时间工作”的运动，仍不能不纷纷四起。

二、尽力缩短生产工人必要生活费的时间。假令生产工人必要生活费的工作时间，由五小时缩短至三小时，那余工时间自然由五小时增至七小时了。此种缩短，是可以由产业组织的完全或由生活费的减少作得到的。生活费减少，常为由协力（Cooperation）的影响所生的结果。资本家每依建立慈善院或雇用比成人生活费较少的妇幼劳工以图此利益。妇幼离开家庭，那一切家事乃至煮饭洗衣等等，都留给男子去做。但若有维持女工工银与男工相等的方法或限制妇幼劳工的法律，此种战略，也就完全失败了。

马氏的论旨，不在诉说资本家的贪婪，而在揭破资本主义的不公。因为掠夺工人的，并不是资本家，乃是资本主义。工银交易的条件，资本家已经全然履行。你得一份钱，他买一份货，也算是公平交易。既然许资本主义与自由竞争行于经济界，这种结果是必不能免的。资本家于此，固极愿购此便宜物品，因为他能生产比他自身所含价值还多的东西。惟有这一班可怜的工人，自己把自己的工力像机械一般贱价给人家，所得的价格，仅抵自己生产价值之半，或且不及其半，在法律上经济上全没有自卫之道，而自己却视若固然。这不是资本家的无情，全是资本主义的罪恶！

九

前节所述，是马氏“价值论”的要旨。而与其“价值论”最有关系的“平均利润率论”，也不可不略为说明。

今于说明“平均利润率论”以前，须先说一说那余值怎么变成利润的道理。余值本是由劳工生产的价值中除去他的必要生活费所余的价值。这必要生活费就是可变资本。是资本的一部分，不是资本的全部。余值的发生，是单由于可变资本，不是由于资本全部。但因生产物品时支出的费用都出自资本（这些费用，马氏叫作费用价格），而于费用价格的表形，不能认可变资本与不变资本间有何等区别，就把那仅与可变资本有关系的余值作成与全资本都有关系的样子。工力的价格就变成工银，工力生产的余值就变成利润了。我们可用下列的论式表明这个道理：

1. 全资本（C）由不变资本（c）与可变资本（v）而成，

2. 可变资本生出余值（m），

3. 余值对于可变资本的比例（$\frac{m}{v}$）叫作余值率，用 m代他，

4. 因而得$\frac{m}{v}=m$的公式，

5. 又生 $m—m'v$ 的公式，

6. 今不令余值仅关系于可变资本，而使关系于全资本，把他叫作利润（P），

7. 余值对于全资本（C）的关系（$\frac{m}{C}$）为利润率，用 P代他，

8. 从而得 $P'=\frac{m}{C}=\frac{m}{C+v}$的公式，

9. 若把 m 换成 $m'v$ 又得 $P'=m'\frac{v}{c}=m'\frac{v}{c+v}$的新公式，

10. 再把他换成比例式，断得 P': $m'=v$: c 的公式。

依此我们可以证明利润率之于余值率的关系，与可变资本之于全资本的关系相等。我们又可断定利润率（P′）常比余值率（m′）小，因为可变资本（v）常比全资本（C）小（C =c +v）。

资本主义把那仅与可变资本有关系的余值，变成与全资本有关系的利润，把那对于可变资本的比例的余值率，变成对于全资本的比例的利润率。在这神秘的形态中，把余值用利润的名义尽行掠去的真象，就是如此。

依以上所述的原理，余值随可变资本而增减，全与不变资本的多少无关。但实际上无论可变不变二种资本的比例如何变动，利润率常为同一。这是一个显然的矛盾。为使理论愈益明显，分析解说如下：

1. 余值准可变资本的多少而增减，可变资本多则余值多，可变资本少则余值少。

2. 利润率是把余值以对于全资本（合不变与可变二种）的比例表明的东西，故可变资本多则利润率高，少则利润率低。

3. 然于实际，不拘可变资本分的多少，同一的全资本额有同一的平均利润率。

依马氏可变资本分多则利润率高，少则低的定理，应如下表：

C（全资本）		c（不变）		v（可变）	m′ 余值率	m 余值	P′ 利润率
100	=	80	+	20	100%	20	20%
100	=	70	+	30	100%	30	30%
100	=	60	+	40	100%	40	40%
100	=	85	+	15	100%	15	15%
100	=	95	+	5	100%	5	5%

而于实际，这五种产业的利润率都为同一，与价值原则绝不相

容。这就是“平均利润率的谜”。

昂格思在《资本论》第二卷的序文中曾说，这个矛盾，Ricardo已经看出而未能解释，Rodbertus也曾注意而未能解决，至于马氏，在他的《经济学批评》里，已经解决过这个问题，而在《资本论》第三卷始完全与以解答。故解释“平均利润率的谜”，在马氏书中是一个最著名的点，而因为解释此谜的原故，把他的“劳工价值论”几乎根本推翻。他的学说本身，发生一绝大矛盾，故又是一个最大弱点。

马氏解谜的键，并没有什么稀奇的道理，不过是：

一、商品若能按其价值被买卖，利润率必生种种差别。

二、然于实际，商品不能按其价值被买卖。

三、即于实际，以按不变可变两资本平均结合比例以上的比例结合的资本生产的商品，于其价值以上被买卖。以平均以下的比例的资本生产的商品，于其价值以下被买卖。

马氏以下表说明这个道理：

	资本结合比例	余值	已经消费的资本	商品的价值	商品的费用价格	商品卖价	利润率	价值与卖价的差
Ⅰ	80c +20v	20	50	90	70	92	22%	+2
Ⅱ	70c +30v	30	51	111	81	103	22%	−8
Ⅲ	60c +40v	40	51	131	91	113	22%	−18
Ⅳ	85c +15v	15	40	70	55	77	22%	+7
Ⅴ	95c +5v	5	10	20	15	37	22%	+17

我们再把此表细加说明如下：

一、Ⅰ例　不变资本80　可变资本20　合计100

Ⅱ例　不变资本70　可变资本30　合计100

Ⅲ例　不变资本60　可变资本40　合计100

Ⅳ例　不变资本85　可变资本15　合计100

Ⅴ例　不变资本95　可变资本5　　合计100

二、余值率（$\frac{m}{v}$即 m′）依马氏的定理皆为同一。兹假定余值率为100%，

三、那么

Ⅰ例，对于可变资本20其100%的余值为20

Ⅱ例，对于可变资本30其100%的余值为30

Ⅲ例，对于可变资本40其100%的余值为40

Ⅳ例，对于可变资本15其100%的余值为15

Ⅴ例，对于可变资本5　其100%的余值为5

四、费用价格，即生产费，应该与恰足收回（1）可变资本的全部及（2）不变资本中被消费的部分二者的数相当。那不变资本中被消费的部分，假定Ⅰ例为50，Ⅱ例为51，Ⅲ例为51，Ⅳ例为40，Ⅴ例为10，

五、那么费用价格的额，应如下表：

	可变资本		消费资本额		费用价格
Ⅰ	20	+	50	=	70
Ⅱ	30	+	51	=	81
Ⅲ	40	+	51	=	91
Ⅳ	15	+	40	=	55
Ⅴ	5	+	10	=	15

六、商品的价值，等于把余值与上表所举的费用价格合算起来的数。就是　Ⅰ　70+20=90　Ⅱ　81+30=111　Ⅲ　91+40=131　Ⅳ　55+15=70　Ⅳ　15+5=20

七、商品若能按其价值买卖，其卖价应如下表：

Ⅰ	Ⅱ	Ⅲ	Ⅳ	Ⅴ
90	111	131	70	20

八、而于实际，商品不能按其价值买卖，而以对于平均结合比例所生的余值与费用价格的合计为卖价。用不变资本在平均结合比例以上时，其卖价在上表所列的价值以上。用不变资本在平均结合

比例以下时，其卖价在上表所列的价值以下。

九、今为看出这个平均结合比例，应该把第一至第五的资本总括起来，算出不变可变两种资本的百分比例。就是：

资本总额　100 +100 +100 +100 +100 =500

不变资本总额　80 +70 +60 +85 +95 =390

可变资本总额　20 +30 +40 +15 +5 =110

把这二种资本总额变成百分比例，得式如下：

$$\frac{390}{500}=78\% \quad \frac{110}{500}=22\% \quad \frac{110}{500}=22\%$$

而余值总额为　20 +30 +40 +15 +5 =110

十、这 22% 就是对于平均结合比例 78c +22v =100，所生的余值就是对于全资本额的平均利润率。

十一、那么实在的卖价，应是：

Ⅰ　70 +22 =92　Ⅱ　81 +22 =103　Ⅲ　91 +22 =113

Ⅳ　55 +22 =77　Ⅴ　15 +22 =37

十二、随着资本结合的比例不同，有的得其价值以上的卖价，有的得其以下的卖价。现在把这五个例的卖价与其价值的差额算出如下：

第一例，卖价比价值多二

第二例，卖价比价值少八

第三例，卖价比价值少十八

第四例，卖价比价值多七

第五例，卖价比价值多十七

十三、再把这五个例的差额合算起来 2 -8 -18 +7 +17 =0，各个的差异正负相消，由全体上看，卖价与价值仍无二致。

这就是马氏的平均利润率论。

由马氏的平均利润率论看起来，他所说的生产价格——就是实际卖价——和他所说的价值全非同物。但于价值以外，又有一种实际卖价，为供求竞争的关系所支配，与生产物品所使用的工量全不相干。结果又与一般经济学者所主张的竞争价格论有什么区别？物品的实际价格既为竞争所支配，那劳工价值论就有根本动摇的危险。劳工价值论是马克思主义的基础，基础一有动摇，学说全体为之震撼。这究不能不算是马克思主义的一大遗憾。

十

马氏的余值说与他的资本说很有关系。他的名著就是以“资本”这个名辞被其全编，也可以看出他的资本说在他的全学说中占如何重要的位置。我所以把他略为介绍于此。

马氏分资本为不变与可变两种。原来资本有二个作用：一是自存，一是增殖。资本用于生产并不消失，而能于生产物中为再生产，足以维持他当初的价值，这叫资本的自存。而资本又不止于自存，生产的结果，更于他本来价值以上生出新价值，这叫资本的增殖。马氏称自存的资本为不变资本（Constant capital），称增殖的资本为可变资本（Variable capital）。能生增殖的，惟有劳力。故惟资本家对于劳工所给的劳银或生活必要品，是可变资本，其余生产工具，都是不变资本。

马氏所说的不变资本，也不是说形态的不变，是说价值的不变。在一生产经过中变其形态的资本，为流通资本，不变其形态的资本，为固定资本。然几经生产以后，就是固定资本，也不能不变其形态。没有永久不变形态的资本。永久不变的，只是他的价值。一万元的资本，千百年前是一万元，千百年后还是一万元。这项资本中永久不变的东西，就是这一万元的价值。

不变资本不能产出余值，只能产出他的价值的等值，他的价值，就是生产他的时候所吸入的价值的总额。

不变资本也是由劳力结晶而成的生产物。他的价值也是依劳工时间而决定，与别的生产物全是一样。

马氏为什么分资本为不变与可变二种呢？就是因为以利息普遍率说为前提。利息普遍率说是由来经济学的通说。其说谓凡资本都能自存，不能自存的，不是资本，是消费财。这个自存，不因事业的性质使用者的能力而异，全离开人格超越环围而行。这就是利息所以有普遍率的原故。一万元的资本，用到农业上商业上均是一万元。这一万元因把他用于生产上生出利息。这个利息为资本自存的价值，随时随地有一定普遍的率，决没有甲的一万元生一分利息，乙的一万元生二分利息的道理。有之就是把别的所得，在利息名义之下混合来的。然在实际上，同是值一万元的资本，他的生产效程决不一样。房屋与机器同是值一万元的东西，而房屋与机器的生产效程不同。同是用一万元买的机器，而甲机器与乙机器的生产效程各异。可是生产分配分的利息普遍均等。有的学者说这个差异不是资本的作用，全是企业能力的关系，富于企业能力的去经营，所得的生产效果多，否则少，故主张以此项差额归入企业的利润。马氏以为不然，他说所以有这个差额的原故，全是因为自存的资本以外有增殖的资本。自存的资本，当然受一定普遍的利率，以外的剩余，都是增殖的资本所生的。增殖的资本，就是资本中有生这个剩余的力量的。有这个力量的资本，只是那用作劳工生活维持料的资本。资本的所有者应该以自存就算满足，应该作不变资本的所得承受利息。那可变资本所得的增殖，全该归生出这个的工人领受，要是把这个归于资本家或企业家，就是掠夺劳工的正当权利，企业的利润，就是赃物的别名。

只有价值决不能生产，必有劳工运用他才能有生产的结果，因为劳工是资本的渊源。可是只有劳工没有维持他们生活的可变资本，还是不能生产。我们从此可以看出劳工与资本也应该有些结合。

于此我们应加特别注意的，就是为社会主义经济学鼻祖的马克思与那为个人主义经济学鼻祖的亚丹·斯密氏两人的资本论颇有一致的点，且不是偶然一致，他们实在有系统的立于共同思想上的地方。

马克思分资本为不变与可变二种，亚丹·斯密则分资本为固定与流通二种。亚丹·斯密的固定资本，适当马克思的不变资本，流通资本适当可变资本。其相同的点一。

他们都认随着产业的种类这二种资本配合的比例也不一样。其相同的点二。

马克思主张惟可变资本才能于收回自己的本来价值以外生产余值，余值率常依可变资本的多少为正比例。亚丹·斯密主张固定资本不能自己生出收益，必赖流通资本的助力始生收益的剩余。其相同的点三。

马克思说惟有用作维持劳工生活料的资本是可变资本。亚丹·斯密列举流通资本的内容，也以维持劳工生活的资料为主。其相同的点四。

可是马克思的可变资本与亚丹·斯密的流通资本，其内容也并非全同。亚丹·斯密的流通资本中，实含有1. 止于收回自己本来价值的，2. 以外还生出剩余的二部分。就是把马克思的1. 被消费的不变资本的部分，2. 可变资本的全部，二者合称为流通资本。那么亚丹·斯密的所谓收益（Revenue），其实也把自己收回分包含在内，就是于马克思的所谓余值以外，并括有生产费在内。

马克思主张劳工价值说，亚丹·斯密主张生产费价值说，二人的出发点不同。可是马克思终于依了生产费价值说才能维持他的平均利润率说，又有殊途同归的势子。

总之，不变可变资本说是支撑马氏余值论的柱子，余值论又是他的全经济学说的根本观念，这资本说被人攻破，马氏经济学说必受非常的打击。然而他的不变可变资本说与亚丹·斯密的固定流通资本说大致相同。而在亚丹·斯密的固定流通资本说，则人人祖述奉为典型，以为是不能动摇的定理。而在马克思的不变可变资本说，则很多人攻击，甚或加以痛诋，我们殊为马氏不平！

十一

宗马氏的说，入十六世纪初期，才有了资本。因为他所谓资本，含有一种新意义，就是指那些能够生出使用费的东西。这个使用费，却不是资本家自己劳力的结果，乃是他人辛苦的结果。由此意义以释“资本”，十六世纪以前，可以说并没有资本与资本家。若本着经济上的旧意义说资本单是产生的工具，那么就是十六世纪以前，也何尝没有他存在？不过在那个时代，基尔特制（Guild system）下的工人①，多半自己有自己的工具，与马氏用一种新意义解释的资本不同。

马氏根据他那“社会组织进化论”，发见这种含有新意义的资本，渐有集中的趋势，就构成了他的“资本集中论”。

请述他的“资本集中论”的要旨。近代科学勃兴，发明了许多重要机械，致人类的生产力逐渐增加，从前的社会组织，不能供他回翔，封建制度的遗迹，遂全被废灭。代他而起的，乃为近代的国家。于是添了许多新的交通手段，辟了许多新的市场。这种增大的生产力，得了适应他的社会组织，得了适应他的新市场。随着公债的成立，又发生了好多的银行和商业公司，更足助进产业界的发展。从前的些小工业都渐渐的被大产业压倒，也就渐渐的被大产业吸收了。譬如 Trusts 与 Cartels 这些组织②，在马氏当时，虽未发生，到了现在，却足作马氏学说的佐证。这 Trusts 与 Cartels 的组织，不止吸收小独立产主，并且把中级产主都吸收来，把资本都集中于一处，聚集在少数人的手中。于是产业界的权威，遂为少数资本家所垄断。

上节所说，是资本家一方面的情形。工人这一方面呢，因受这种新经济势力的压迫，不能不和他们从前的财产断绝关系，不能不出卖他自己的劳力，不能不敲资本家的大门卖他自己的人身。因为他们从前卖自己手造的货品的日子过去了，封建制度和基尔特制度的遗迹都消灭了，他们不卖自己的筋力别无东西可卖了！这些工人

---

① 基尔特制（Guild system）：即行会制。基尔特为拉丁语音译，意为同业联合或行会。

② Cartel：卡特尔，即同业联盟，垄断组织的一种表现形式。

出卖的劳力，可以产出很多的余值，一班资本家又能在公开市场里自由购买，这真是资本家们创造新样财产的好机会。但是这种新样财产的造成，全是基于别人的汗血，别人的辛苦。他们新式财产之成功，就是从前基于自己劳力而成的旧式财产之破灭。少数资本家的工厂，就是多数无产阶级的大营。从前的有产阶级，为了这个事业，不知费了多少心力，奔走呼号了三世纪之久，他们所标榜的“人权”、“工人自由”的要求，正是他们胜利的凯歌。因为他们要想在市场里收买这种便宜货品，必须使这些工人脱离以前的关系，能够自由有权以出售他自己。他们的事业成功了，工人的运命也就沉落在地底了！

资本主义是这样发长的，也是这样灭亡的。他的脚下伏下了很多的敌兵，有加无已，就是那无产阶级。这无产阶级本来是资本主义下的产物，到后来灭资本主义的也就是他。现今各国经济的形势，大概都向这一方面走。大规模的产业组织的扩张，就是大规模的无产阶级的制造。过度生产又足以缩小市场，市场缩小，就是工人超过需要，渐渐成了产业上的预备军，惟资本家之命是听，呼之来便来，挥之去便去。因为小产主的消灭与牧业代替农业的结果，农村的人口也渐集中于都市，这也是助长无产阶级增长的一个原因。无产阶级愈增愈多，资本愈集中，资本家的人数愈少。从前资本家夺取小手工小产业的生产工具，现在工人要夺取资本家的生产工具了。从前的资本家收用手工和小产业的生产工具，是以少数吸收多数压倒多数，现在工人收用资本家的生产工具，是以多数驱逐少数，比从前更容易了。因为无产阶级的贫困，资本家在资本主义下已失救济的能力，阶级的竞争因而益烈。竞争的结果，把这集中的资本收归公有，又是很简单的事情。“善泅者死于水，善战者死于兵。”凡物发达之极，他的发展的境界，就是他的灭亡的途径。资本主义趋于自灭，也是自然之势，也是不可免之数了。从前个人自有生产工具，所以个人生产的货品当归私有，现在生产的形式已经变为社会的，这分配的方法，也该随着改变应归公有了。资本主义的破坏，就是私有财产制的破坏。因为这种财产，不是由自己的劳工得来的，是用资本主义神秘的方法掠夺他人的辛苦得来的，应该令他消灭于集产制度之下，在资本主义未行以前，个人所有的财产，的确是依个人的劳工而得的。现在只能以社会的形式令这种制度的精神复活，不能返于古昔个人的形式了。因为在这大规模的分工的生产之下，再复古制是绝对不可能。只能把生产工具由资本家的手中夺来，仍以还给工人，但是集合的，不是个人的，使直接从事生产的人得和他劳工相等的份就是了。到了那时，余工余值都随着资本主义自然消灭了。

以上系马氏经济论的概要，本篇暂结于此。

（原刊1919年5月、11月《新青年》第6卷第5、6号）

唯物史观在现代史学上的价值

“唯物史观”是社会学上的一种法则，是 Karl Marx 和 Friedrich Engels 一八四八年在他们合著的《共产党宣言》里所发见的。后来有四种名称，在学者间通用，都是指此法则的，即是：（1）“历史之唯物的概念”（“The Materialistic Conception of History”），（2）“历史的唯物主义”（“Historical Materialism”），（3）“历史之经济的解释”（“The Economic Interpretation of History”）及（4）“经济的决定论”（“Economic Determinism”）。在（1）、（2）两辞，泛称物质，殊与此说的真相不甚相符，因为此说只是历史之经济的解释，若以“物质”或“唯物”称之，则是凡基于物质的原因的变动，均应包括在内，例如历史上生物的考察，乃至因风土、气候、一时一地的动植物的影响所生的社会变动，均应论及了。第（4）一辞，在法兰西颇流行，以有倾于定命论宿命论之嫌，恐怕很有流弊。比较起来，还是“经济史观”一辞妥当些。Seligman① 曾有此主张，我亦认为合理，只以“唯物史观”一语，年来在论坛上流用较熟，故且仍之不易。

科学界过重分类的结果，几乎忘却他们只是一个全体的部分而轻视他们相互间的关系，这种弊象，呈露已久了。近来思想界才发生一种新倾向：研究各种科学，与其重在区分，毋宁重在关系；说明形成各种科学基础的社会制度，与其为解析的观察，不如为综合的观察。这种方法，可以应用于现在的事实，亦可以同样应用于过

① Seligman：赛利格曼，美国经济学家，我国人口学家马寅初的老师。

去的纪录。唯物史观，就是应这种新倾向而发生的。从前把历史认作只是过去的政治，把政治的内容亦只解作宪法的和外交的关系。这种的历史观，只能看出一部分的真理而未能窥其全体。按着思想界的新倾向去观察，人类的历史，乃是人在社会上的历史，亦就是人类的社会生活史。人类的社会生活，是种种互有关联、互与影响的活动，故人类的历史，应该是包含一切社会生活现象，广大的活动。政治的历史，不过是这个广大的活动的一方面，是社会生活的一部分，不是社会生活的全体。以政治概括社会生活，乃是以一部分概括全体，陷于很大的误谬了。于此所发生的问题，就是在这互有关联、互与影响的社会生活里，那社会进展的根本原因究竟何在？人类思想上和人类生活上大变动的理由究竟为何？唯物史观解答这个问题，则谓人的生存，全靠他维持自己的能力，所以经济的生活，是一切生活的根本条件。因为人类的生活，是人在社会的生活，故个人的生存总在社会的构造组织以内进动而受他的限制，维持生存的条件之于个人，与生产和消费之于社会是同类的关系。在社会构造内限制社会阶级和社会生活各种表现的变化，最后的原因，实是经济的。此种学说，发源于德，次及于意、俄、英、法等国。

唯物史观的名称意义，已如上述。现在要论他在史学上的价值了。研究历史的重要用处，就在训练学者的判断力，并令他得着凭以为判断的事实。成绩的良否，全靠所论的事实确实与否和那所用的解释法适当与否。十八世纪和十九世纪前半期的历史学者，研究历史原因的问题的人很少。他们多以为历史家的职分，不外叙述些政治上、外交上的史实，那以伟人说或时代天才说解释这些史实的，还算是深一层的研究。Lessing在他的《人类教育论》与Herder在他的《历史哲学概论》里所论述的[①]，都过受神学观念的支配，很与思想界的新运动以阻力。像Herder这样的人，他在德国

① Lessing：莱辛（1729—1781），德国戏剧家、文艺批评家。Herder：赫德（1744—1803），德国18世纪历史哲学家。

与 Ferguson[1] 在苏格兰一样，可以说是近代人类学研究的先驱；他的思想，犹且如此，其他更可知了。康德在他的《通史概论》里，早已窥见关于社会进化的近代学说，是 Huxley[2] 与许多德国学者所公认的，然亦不能由当时的神学思想完全解放出来，而直为严正的科学的批评。到了 Hegel[3] 的《历史哲学》，达于历史的唯心的解释的极点，但是 Hegel 派的"历史精神"观，于一般领会上究嫌过于暧昧，过于空虚。

有些主张宗教是进化的关键的人，用思想感情等名词解释历史的发长，这可以说是历史的宗教的解释。固然犹太教、儒教、回教、佛教、耶教等五大宗教的教义，曾与于人类进步以很深的影响，亦是不可争的事实。但是这种解释，未曾注意到与其把宗教看作原因，不如把他看作结果的道理，并且未曾研究同一宗教的保存何以常与他的信徒的环境上、性质上急遽的变动相适合的道理。这历史的宗教的解释，就是 Benjamin Kidd 的修正学说[4]，亦只有很少的信徒。

此外还有历史的政治的解释。其说可以溯源于 Aristotle[5]，有些公法学者右之。此派主张通全历史可以看出由君主制到贵族制、由贵族制到民主制的一定的运动，在理想上，在制度上，都有个由专制到自由之不断的进步。但是有许多哲学家，并 Aristotle 亦包在内，指出民主制有时亦弄到专制的地步，而且政治的变动，不是初级的现象，乃是次级的现象，拿那个本身是一结果的东西当作普遍的原因，仿佛是把车放在马前一样的倒置。

这些唯心的解释的企图，都一一的失败了，于是不得不另辟一

---

① Ferguson：弗格森（1723—1816），苏格兰历史学家、社会学家。著有《文明社会史论》等。

② Huxley：赫胥黎（1825—1895）：英国科学家，达尔文学说的支持者，著有《人类在自然界中的地位》、《进化论与伦理学》等。

③ Hegel：黑格尔。

④ Benjamin Kidd：本杰明·基德（1858—1916），英国社会学家，著有《社会的演进》等。

⑤ Aristotle：亚里士多德。

条新路。这就是历史的唯物的解释。这种历史的解释方法不求其原因于心的势力，而求之于物的势力，因为心的变动常是为物的环境所支配。

综观以上所举历史的解释方法，新旧之间截然不同。因历史事实的解释方法不同，从而历史的实质亦不同，从而及于读者的影响亦大不同。从前的历史，专记述王公世爵纪功耀武的事。史家的职分，就在买此辈权势阶级的欢心，好一点的，亦只在夸耀自国的尊荣。凡他所纪的事实，都是适合此等目的的，否则屏而不载；而解释此类事实，则全用神学的方法。此辈史家把所有表现于历史中特权阶级的全名表，都置于超自然的权力保护之下。所纪载于历史的事变，无论是焚杀，是淫掠，是奸谋，是篡窃，都要归之于天命，夸之以神武，使读者认定无论他所遭逢的境遇如何艰难，都是命运的关系。只有祈祷天帝，希望将来，是慰藉目前痛苦的唯一方法。

这种历史及于人类精神的影响，就是把个人的道德的势力，全弄到麻木不仁的状态。既已认定境遇的艰苦，都是天命所确定的，都是超越自己所能辖治的范围以外的势力所左右的，那么以自己的努力企图自救，便是至极愚妄的事，只有出于忍受的一途。对于现存的秩序，不发生疑问，设若发生疑问，不但丧失了他现在的平安，并且丧失了他将来的快乐。他不但要服从，还要祈祷，还在杀他的人的手上接吻。这个样子，那些永据高位握有权势的人，才能平平安安的常享特殊的权利，并且有增加这些权利的机会，而一般人民，将永沉在物质道德的卑屈地位。这种史书，简直是权势阶级愚民的器具，用此可使一般人民老老实实的听他们掠夺。

唯物史观所取的方法，则全不同。他的目的，是为得到全部的真实。其及于人类精神的影响，亦全与用神学的方法所得的结果相反。这不是一种供权势阶级愚民的器具，乃是一种社会进化的研究。而社会一语，包含着全体人民，并他们获得生活的利便，与他们的制度和理想。这与特别事变、特别人物没有什么关系。一个个人，除去他与全体人民的关系以外，全不重要；就是此时，亦是全体人民是要紧的，他不过是附随的。生长与活动，只能在人民本身的性质中去寻，决不在他们以外的什么势力。最要紧的，是要寻出那个民族的人依以为生的方法，因为所有别的进步，都靠着那个民族生产衣食方法的进步与变动。

斯时人才看出他所生存的境遇，是基于能时时变动而且时时变动的原因；斯时人才看出那些变动，都是新知识施于实用的结果，就是由像他自己一样的普通人所创造的新发明新发见的结果，这种观念给了很多的希望与勇气在他的身上；斯时人才看出一切进步只能由联合以图进步的人民造成，他于是才自觉他自己的权威，他自己在社会上的位置，而取一种新态度。从前他不过是一个被动的、否定的生物，他的生活虽是一个忍耐的试验品，于什么人亦没有用处。现在他变成一个活泼而积极的分子了，他愿意知道关于生活的事实，什么是生活事实的意义，这些生活事实给进步以什么机会，他愿意把他的肩头放在活轮前，推之挽之使之直前进动。这个观念，可以把他造成一个属于他自己的人，他才起首在生活中得了满足而能于社会有用。但是一个人生在思想感情都锢桎于古代神学的习惯的时代，要想思得个生活的新了解，那是万万不可能；青年男女，在这种教训之下，全麻痹了他们的意志，万不能发育实成。

这样看来，旧历史的方法与新历史的方法绝对相反：一则寻社会情状的原因于社会本身以外，把人当作一只无帆、无楫、无罗盘针的弃舟，漂流于茫茫无涯的荒海中，一则于人类本身的性质内求达到较善的社会情状的推进力与指导力；一则给人以怯懦无能的人生观，一则给人以奋发有为的人生观。这全因为一则看社会上的一切活动与变迁全为天意所存，一则看社会上的一切活动和变迁全为人力所造，这种人类本身具有的动力可以在人类的需要中和那赖以满足需要的方法中认识出来。

有人说社会的进步，是基于人类的感情。此说乍看，似与社会的进步是基于生产程叙的变动的说相冲突，其实不然。因为除了需要的意识和满足需要的娱快，再没有感情，而生产程叙之所以立，那是为满足构成人类感情的需要。感情的意识与满足感情需要的方法施用，只是在同联环中的不同步数罢了。

有些人误解了唯物史观，以为社会的进步只靠物质上自然的变动，勿须人类的活动，而坐待新境遇的到来。因而一般批评唯物史观的人，亦有以此为口实，便说这种定命（听命由天）的人生观，是唯物史观给下的恶影响。这都是大错特错，唯物史观及于人生的影响乃适居其反。

旧历史的纂著和他的教训的虚伪既是那样荒陋，并且那样明显，而于文化上又那样无力，除了少数在神学校的，几乎没有几多教授再作这种陈腐而且陋劣的事业了。晚近以来，高等教育机关里的史学教授，几无人不被唯物史观的影响，而热心创造一种社会的新生。只有公立学校的初级史学教员，尚未觉察到这样程度的变动，因为在那里的教训，全为成见与习惯所拘束，那些教员又没有那样卓越的天才，足以激励他们文化进步上的自高心，而现今的公立学校又过受政治和教科书事务局的限制。

唯物史观在史学上的价值，既这样的重大，而于人生上所被的影响，又这样的紧要，我们不可不明白他的真意义，用以得一种新人生的了解。我们要晓得一切过去的历史，都是靠我们本身具有的人力创造出来的，不是那个伟人圣人给我们造的，亦不是上帝赐予我们。将来的历史，亦还是如此。现在已是我们世界的平民的时代了，我们应该自觉我们的势力，赶快联合起来，应我们生活上的需要，创造一种世界的平民的新历史。

（原刊1920年12月1日《新青年》第8卷第4号）

《晨钟》之使命[①]

——青春中华之创造

一日有一日之黎明，一稘有一稘之黎明；个人有个人之青春，国家有国家之青春。今者，白发之中华垂亡，青春之中华未孕，旧稘之黄昏已去，新稘之黎明将来。际兹方死方生、方毁方成、方破坏方建设、方废落方开敷之会，吾侪振此“晨钟”，期与我慷慨悲壮之青年，活泼泼地之青年，日日迎黎明之朝气，尽二十稘黎明中当尽之努力，人人奋青春之元气，发新中华青春中应发之曙光。由是一一叩发一一声，一一声觉一一梦，俾吾民族之自我的自觉，自我之民族的自觉，一一彻底，急起直追，勇往奋进，径造自由神前，索我理想之中华、青春之中华，幸勿姑息迁延，韶光坐误。人已汲新泉，尝新炊，而我犹卧榻横陈，荒娱于白发中华、残年风烛之中，沉鼾于睡眠中华、黄粱酣梦之里也。

外人之诋吾者，辄曰：中华之国家，待亡之国家也；中华之民族，衰老之民族也。斯语一入吾有精神、有血气、有魂、有胆之青年耳中，鲜不勃然变色，思与四亿同胞发愤为雄，以雪斯言之奇辱者。顾吾以为宇宙大化之流行，盛衰起伏，循环无已，生者不能无死，毁者必有所成，健壮之前有衰颓，老大之后有青春，新生命之诞生，固常在累累坟墓之中也。吾之国家若民族，历数千年而巍然独存，往古来今，罕有其匹。由今论之，始云衰老，始云颓亡，斯何足讳，亦何足伤，更何足沮丧吾青年之精神，销沉吾青年之意气！吾人须知吾之国家若民族，所以扬其光华于二十稘之世界者，

---

① 《晨钟》报系进步党人汤化龙在北京创办的报纸，李大钊以其私人秘书身份出任该报编辑主任。

不在陈腐中华之不死，而在新荣中华之再生；青年所以贡其精诚于吾之国家若民族者，不在白发中华之保存，而在青春中华之创造。《晨钟》所以效命于胎孕青春中华之青年之前者，不在惜恋䶉䶉就木之中华，而在欢迎呱呱坠地之中华。是故中华自身无所谓运命也，而以青年之运命为运命；《晨钟》自身无所谓使命也，而以青年之使命为使命。青年不死，即中华不亡。《晨钟》之声，即青年之舌，国家不可一日无青年，青年不可一日无觉醒，青春中华之克创造与否，当于青年之觉醒与否卜之，青年之克觉醒与否，当于《晨钟》之壮快与否卜之矣。

过去之中华，老辈所有之中华，历史之中华，坟墓中之中华也。未来之中华，青年所有之中华，理想之中华，胎孕中之中华也。坟墓中之中华，尽可视为老辈之纪录，而拱手以让之老辈，俾携以俱去。胎孕中之中华，则断不许老辈以其沉滞颓废、衰朽枯窘之血液，侵及其新生命。盖一切之新创造，新机运，乃吾青年独有之特权。老辈之于社会，自其长于年龄、富于经验之点，吾人固可与以相当之敬礼；即令以此自重，而轻蔑吾青年，嘲骂吾青年，诽谤吾青年，凌辱吾青年，吾人亦皆能忍受。独至并此独有之特权而侵之，则毅然以用排除之手段，而无所于踌躇，无所于逊谢。须知吾青年之生，为自我而生，非为彼老辈而生；青春中华之创造，为青年而造，非为彼老辈而造也。

老辈之灵明，蔽翳于经验，而青年脑中无所谓经验也。老辈之精神，局牖于环境，而青年眼中无所谓环境也。老辈之文明，和解之文明也，与境遇和解，与时代和解，与经验和解。青年之文明，奋斗之文明也，与境遇奋斗，与时代奋斗，与经验奋斗。故青年者，人生之王，人生之春，人生之华也。青年之字典，无“困难”之字，青年之口头，无“障碍”之语；惟知跃进，惟知雄飞，惟知本其自由之精神，奇僻之思想，锐敏之直觉，活泼之生命，以创造环境，征服历史。老辈对于青年之道义，亦当尊重其精神，其思想，其直觉，其生命，而不可抑塞其精神，其思想，其直觉，其生命。苟老辈有以柔顺服从之义规戒青年，以遏其迈往之气、豪放之才者，是无异于劝青年之自杀也。苟老辈有不知苏生，不知蜕化，而犹逆宇宙之进运，投青年于废墟之中者，吾青年有对于揭反抗之旗之权利也。

今日之中华，犹是老辈把持之中华也，古董陈列之中华也。今日中华之青年，犹是崇拜老辈之青年，崇拜古董之青年也。人先失其青春，则其人无元气；国家丧其青年，则其国无生机。举一国之青年，自沉于荒冢之内，自缚于偶像之前，破坏其理想，黯郁其灵光，遂令皓首皤皤之老翁，昂头阔步，以陟于社会枢要之地，据为首丘终老之所，而欲其国不为待亡之国，其族不为濒死之族，乌可得耶？吾尝稔究其故矣，此其咎不在老辈之不解青年心理，不与青年同情，而在青年之不能与老辈宣战，不能与老辈格斗。盖彼老辈之半体，已埋没于黄土一抔之中，更安有如许之精神气力，与青年交绥用武者？果或有之，吾青年亦乐引为良师益友，不敢侪之于一般老辈之列，而葬于荒冢之中矣。吾国所以演成今象者，非彼老辈之强，乃吾青年之弱，非彼旧人之勇，乃吾新人之怯，非吾国之多老辈多旧人，乃吾国之无青年无新人耳！非绝无青年，绝无新人，有之而乏慷慨悲壮之精神、起死回天之气力耳！此则不能不求青年之自觉与反省，不能不需《晨钟》之奋发与努力者矣。

由来新文明之诞生，必有新文艺为之先声，而新文艺之勃兴，尤必赖有一二哲人，犯当世之不韪，发挥其理想，振其自我之权威，为自我觉醒之绝叫，而后当时有众之沉梦，赖以惊破。欧人促于科学之进步，而为由耶教桎梏解放之运动者，起于路德一辈之声也。法兰西人冒革命之血潮，认得自我之光明，而开近世自由政治之轨者，起于孟德斯鸠、卢骚、福禄特尔诸子之声也[①]。他如狄卡儿、倍根、秀母、康德之徒[②]，其于当世，亦皆在破坏者、怀疑主义者之列，而清新之哲学、艺术、法制、伦理，莫不胚孕于彼等之

① 卢骚：今通译卢梭。福禄特尔：今通译伏尔泰。

② 狄卡儿：今通译笛卡尔或笛卡儿。倍根：今通译培根。秀母：今通译休谟。

思潮。萨兰德、海尔特尔、冷新，乃至改得西尔列尔之流，其于当代，因亦尝见诋为异端，而德意志帝国之统一，殆即苞蕾于彼等热烈之想象力。彼其破丹败奥，摧法征俄，风靡巴尔干半岛与海王国，抗战不屈之德意志魂，非俾士麦、特赖克、白仑哈的之成绩[1]，乃讴歌德意志文化先声之青年思想家、艺术家所造之基础也。世尝啧啧称海聂之名矣[2]，然但知其为沉哀之诗人，而不知其为“青年德意志”弹奏之人也。所谓“青年德意志”运动者，以一八四八年之革命为中心，而德国国民绝叫人文改造□□□也。彼等先俾士麦、摩尔托克、维廉一世而起[3]，于其国民之精神，与以痛烈之激刺。当是时，海聂、古秋阔、文巴古、门德、洛北诸子[4]，实为其魁俊，各奋其颖新之笔，掊击时政，攻排旧制，否认偶像的道德，诅咒形式的信仰，冲决一切陈腐之历史，破坏一切固有之文明，扬布人生复活国家再造之声，而以使德意志民族回春、德意志帝国建于纯美青年之手为理想，此其孕育胚胎之世，距德意志之统一，才二十载，距今亦不过六十余年，而其民族之声威，文明之光彩，已足以震耀世界，征服世界，改造世界而有余。居今穷其因果，虽欲不归功于青年德意志之运动，青年文艺家、理想家之鼓吹，殆不可得。以视吾之文坛，堕落于男女兽欲之鬼窟，而罔克自拔，柔靡艳丽，驱青年于妇人醇酒之中者，盖有人禽之殊、天渊之别矣。记者不敏，未擅海聂诸子之文才，窃慕青年德意志之运动，海内青年，其有闻风兴起者乎？甚愿执鞭以从之矣。

吾尝论之，欧战既起，德意志、勃牙利亦以崭新之民族爆发于烽火之中。环顾兹世，新民族遂无复存。故今后之问题，非新民族崛起之问题，乃旧民族复活之问题也。而是等旧民族之复活，非其民族中老辈之责任，乃其民族中青年之责任也。土尔其以老大帝国

---

① 俾士麦：今通译俾斯麦。

② 海聂：今通译海涅（1797—1856），德国诗人。

③ 维廉一世：今译威廉一世。

④ 古秋阔：今通译古茨柯（1811—1878）；文巴古：今通译温巴尔格；门德：今通译蒙特；洛北：今通译劳伯（1806—1884），均属于“青年德意志派”的作家。

与吾并称，而其冥顽无伦之亚布他尔哈米德朝，颠覆于一夜之顷者，则青年土尔其党愤起之功也[①]。印度民族久已僵死，而其民间革命之烽烟，直迷漫于西马拉亚山之巅者[②]，则印度青年革命家努力之效也。吾国最近革命运动，亦能举清朝三百年来之历史而推翻之。袁氏逆命，谋危共和，未逾数月，义师勃兴，南天震动，而一世之奸雄，竟为护国义军穷迫以死。今虽不敢遽断改革之业为告厥成功，而青春中华之创造，实已肇基于此。其胚种所由发，亦罔不在吾断头流血之青年也。长驱迈往之青年乎，其各百尺竿头，更进一步，取由来之历史，一举而摧焚之，取从前之文明，一举而沦葬之。变弱者之伦理为强者之人生，变庸人之哲学为天才之宗教，变"人"之文明为"我"之文明，变"求"之幸福为"取"之幸福。觅新国家，拓新世界，于欧洲战血余腥、炮焰灰烬之中，而以破坏与创造、征服与奋斗为青年专擅之场，厚青年之修养，畅青年之精神，壮青年之意志，砺青年之气节，鼓舞青春中华之运动，培植青春中华之根基，吾乃高撞自由之钟，以助其进行之勇气。中华其睡狮乎？闻之当勃然兴！中华其病象乎？闻之当霍然起！盖青年者，国家之魂；《晨钟》者，青年之友。青年当努力为国家自重，《晨钟》当努力为青年自勉，而各以青春中华之创造为唯一之使命。此则《晨钟》出世之始，所当昭告于吾同胞之前者矣。

附言　篇中所称老辈云者，非由年龄而言，乃由精神而言；非由个人而言，乃由社会而言。有老人而青年者，有青年而老人者。老当益壮者，固在吾人敬服之列；少年颓丧者，乃在吾人诟病之伦矣。

（原刊 1916 年 8 月 15 日《晨钟》报创刊号）

---

① 土尔其：即土耳其。亚布他尔哈米德朝：即阿卜杜勒哈米德朝。阿卜杜勒哈米德二世（1842—1918），奥斯曼的苏丹和哈里发（1876—1909 年在位）。其统治时期史称"暴政时期"。

② 西马拉亚山：即喜马拉雅山。

青　春

春日载阳，东风解冻。远从瀛岛，反顾祖邦。肃杀郁塞之象，一变而为清和明媚之象矣；冰雪沍寒之天，一幻而为百卉昭苏之天矣。每更节序，辄动怀思，人事万端，那堪回首？或则幽闺善怨，或则骚客工愁。当兹春雨梨花，重门深掩，诗人憔悴，独倚栏杆之际，登楼四瞩，则见千条垂柳，未半才黄，十里铺青，遥看有色。彼幽闲贞静之青春，携来无限之希望，无限之兴趣，飘然贡其柔丽之姿于吾前途辽远之青年之前，而默许以独享之权利。嗟吾青年可爱之学子乎！彼美之青春，念子之任重而道远也，子之内美而修能也，怜子之劳，爱子之才也，故而经年一度，展其怡和之颜，饯子于长征迈往之途，冀有以慰子之心也。纵子为尽瘁于子之高尚之理想，圣神之使命，远大之事业，艰巨之责任，而夙兴夜寐，不遑启处，亦当于千忙万迫之中，偷隙一盼，霁颜相向，领彼恋子之殷情，赠子之韶华，俾以青年纯洁之躬，饫尝青春之甘美，浃浴青春之恩泽，永续青春之生涯。致我为青春之我，我之家庭为青春之家庭，我之国家为青春之国家，我之民族为青春之民族。斯青春之我，乃不枉于遥遥百千万劫中，为此一大因缘，与此多情多爱之青春，相邂逅于无尽青春中之一部分空间与时间也。

块然一躯，渺乎微矣。于此广大悠久之宇宙，殆犹沧海之一粟耳。其得永享青春之幸福与否，当问宇宙自然之青春是否为无尽。如其有尽，纵有彭、聃之寿[①]，甚且与宇宙齐，亦奚能许我以常享

---

① 彭、聃：彭祖、老聃（老子），传说中均极长寿。

之福？如其无尽，吾人奋其悲壮之精神，以与无尽之宇宙竞进，又何不能之有？而宇宙之果否为无尽，当问宇宙之有无初终。宇宙果有初乎？曰：初乎无也。果有终乎？曰：终乎无也。初乎无者，等于无初；终乎无者，等于无终。无初无终，是于空间为无限，于时间为无极。质言之，无而已矣，此绝对之说也。若由相对观之，则宇宙为有进化者。既有进化，必有退化。于是差别之万象万殊生焉。惟其为万象万殊，故于全体为个体，于全生为一生。个体之积，如何其广大，而终于有限。一生之命，如何其悠久，而终于有涯。于是有生即有死，有盛即有衰，有阴即有阳，有否即有泰，有剥即有复，有屈即有信，有消即有长，有盈即有虚，有吉即有凶，有祸即有福，有青春即有白首，有健壮即有颓老，质言之有而已矣。庄周有云："朝菌不知晦朔，蟪蛄不知春秋。"又云："小知不如大知，小年不如大年。"夫晦朔与春秋而果为有耶？何以菌蛄以外之有生，几经晦朔几历春秋者皆知之，而菌蛄独不知也？其果为无耶？又何以菌蛄虽不知，而菌蛄以外之有生，几经晦朔几历春秋者，皆知之也？是有无之说，亦至无定矣。以吾人之知，小于宇宙自然之知，其年小于宇宙自然之年，而欲断空间时间不能超越之宇宙为有为无，是亦朝菌之晦朔，蟪蛄之春秋耳！秘观宇宙有二相焉：由佛理言之，平等与差别也，空与色也。由哲理言之，绝对与相对也。由数理言之，有与无也。由易理言之，周与易也。周易非以昭代立名，宋儒罗泌尝论之于《路史》，而金氏圣叹序《离骚经》，释之尤近精微，谓"周其体也，易其用也。约法而论，周以常住为义，易以变易为义。双约人法，则周乃圣人之能事，易乃大千之变易。大千本无一有，更立不定，日新、日日新、又日新之谓也。圣人独能以忧患之心周之，尘尘刹刹，无不普遍，又复尘尘周于刹刹，刹刹周于尘尘，然后世界自见其易，圣人时得其常，故云周易。"仲尼曰："自其异者视之，肝胆楚越也；自其同者视之，万物皆一也。"此同异之辨也。东坡曰："自其变者而观之，则天地曾不能以一瞬；自其不变者而观之，造物与吾皆无尽藏也。"此变不变之殊也。其变者青春之进程，其不变者无尽之青春也。其异者青春之进程，其同者无尽之青春也。其易者青春之进程，其周者无尽之青春也。其有者青春之进程，其无者无尽之青春也。其相对者青春之进程，其绝对者无尽之青春也。其色者差别者青春之进程，其空者平等者无尽之青春也。推而言之，乃至生死、盛衰、阴阳、否泰、剥复、屈信、消长、盈虚、吉凶、祸福、青春白首、健壮颓老之轮回反复，连续流转，无非青春之进程。而此无初无终、无限无极、无方无体之机轴，亦即无尽之青春也。青年锐进之子，尘尘刹刹，立于旋转簸扬循环无端之大洪流中，宜有江流不转之精神，屹然独立之气魄，冲荡其潮流，抵拒其势力，以其不变应其变，以其同操其异，以其周执其易，以其无持其有，以其绝对统其相对，以其空驭其色，以其平等律其差别，故能以宇宙之生涯为自我之生涯，以宇宙之青春为自我之青春。宇宙无尽，即青春无尽，即自我无尽。此之精神，即生死肉骨、回天再造之精神也。此之气魄，即慷慨悲壮、拔山盖世之气魄也。惟真知爱青春者，乃能识宇宙有无尽之青春。惟真能识宇宙有无尽之青春者，乃能具此种精神与气魄。惟真有此种精神与气魄者，乃能永享宇宙无尽之青春。

一成一毁者，天之道也。一阴一阳者，易之道也。唐生维廉与铁特二家，邃研物理，知天地必有终极，盖天之行也以其动，其动也以不均，犹水之有高下而后流也。今太阳本热常耗，以彗星来往度之递差，知地外有最轻之冈气，为能阻物，既能阻物，斯能耗热耗力。故大宇积热力，每散趋均平，及其均平，天地乃毁。天地且有时而毁，况其间所包蕴之万物乎？漫云天地，究何所指，殊嫌茫漠，征实言之，有若地球。地球之有生命，已为地质学家所明证，惟今日之地球，为儿童地球乎？青年地球乎？丁壮地球乎？抑白首地球乎？此实未答之问也。苟犹在儿童或青年之期，前途自足乐观，游优乐土，来日方长，人生趣味益以浓厚，神志益以飞舞；即在丁壮之年，亦属元神盛涌、血气畅发之期，奋志前行，亦当勿懈；独至地球之寿，已臻白发之颓龄，则栖息其上之吾人，夜夜仰见死气沉沉之月球，徒借曜灵之末光，以示伤心之颜色于人寰，若以警告地球之终有死期也者，言念及此，能勿愀然？虽然，地球即成白首，吾人尚在青春，以吾人之青春，柔化地球之白首，虽老犹未老也。是则地球一日存在，即吾人之青春一日存在；吾人之青春一日存在，即地球之青春一日存在。吾人有现在一刹那之地球，即有现在一刹那之青春，即当尽现在一刹那对于地球之责任。虽明知未来一刹那之地球必毁，当知未来一刹那之青春不毁，未来一刹那之地球，虽非现在一刹那之地球，而未来一刹那之青春，犹是现在一刹那之青春。未来一刹那之我，仍有对于未来一刹那之地球之责任。庸得以虞地球形体之幻灭，而猥为沮丧哉！

复次，生于地球上之人类，其犹在青春乎，抑已臻白首乎？将来衰亡之顷，究与地球同时自然死灭乎，抑因地球温度激变，突与动植物共死灭乎？其或先兹事变，如个人若民族之死灭乎？斯亦难决之题也。生物学者之言曰：人类之生活，反乎自然之生活也。自妇人畏葸，抱子而奔，始学立行，胸部暴露，必须被物以求遮卫，而人类遂有衣裳；又以播迁转徙，所携食物，易于腐败，而人类遂有火食。有衣裳而人类失其毛发矣，有火食而人类失其胃肠矣。其趋文明也日进，其背自然也日遐，浸假有舟车电汽，而人类丧其手足矣。有望远镜、德律风等，而人类丧其耳目矣。他如有书报传译之速，文明利器之普，而人类亡其脑力。有机关枪四十二珊之炮，而人类弱其战能。有分工合作之都市生活、歌舞楼台之繁华景象，而人类增其新病。凡此种种，人类所以日向灭种之途者，若决江河，奔流莫遏。长此不已，劫焉可逃？此辈学者所由大声疾呼，布兹駴世听闻之噩耗，而冀以谋挽救之方也。宗教信士则从而反之，谓宇宙一切皆为神造，维护之任神自当之，吾人智能薄弱，惟托庇于神而能免于罪恶灾厄也。如生物家言，是为蔑夷神之功德，影响所及，将驱人类入于悲观之途，圣智且尚无灵，人工又胡能阙？惟有瞑心自放，居于下流，荒亡日久，将为人心世道之忧矣。末俗浇漓，未始非为此说者阶之厉也。吾人宜坚信上帝有全知全能，虔心奉祷，罪患如山，亦能免矣。由前之说，固易流于悲观，而其足以警觉世人，俾知谋矫正背乎自然之生活，此其所长也。由后之说，虽足以坚人信仰之力，俾其灵魂得游优于永生之天国，而其过崇神力，轻蔑本能，并以讳蔽科学之实际，乃其所短也。吾人于此，宜如宗教信士之信仰上帝者信人类有无尽之青春，更宜悚然于生物学者之旨，以深自警惕，力图于背逆自然生活之中，而能依人为之工夫，致其背逆自然之生活，无异于顺适自然之生活。斯则人类之寿，虽在耄耋之年，而吾人苟奋自我之欲能，又何不可返于无尽青春之域，而奏起死回生之功也？

人类之成一民族一国家者，亦各有其生命焉。有青春之民族，斯有白首之民族，有青春之国家，斯有白首之国家。吾之民族若国家，果为青春之民族、青春之国家欤，抑为白首之民族、白首之国家欤？苟已成白首之民族、白首之国家焉，吾辈青年之谋所以致之回春为之再造者，又应以何等信力与愿力从事，而克以著效。此则系乎青年之自觉何如耳！异族之觇吾国者，辄曰：支那者老大之邦也。支那之民族，濒灭之民族也。支那之国家，待亡之国家也。洪荒而后，民族若国家之递兴递亡者，𠔚然其不可纪矣。粤稽西史，罗马、巴比伦之盛时，丰功伟烈，彪著寰宇，曾几何时，一代声华，都成尘土矣。只今屈指，欧土名邦，若意大利，若法兰西，若西班牙，若葡萄牙，若和兰①，若比利时，若丹马，若瑞典，若那威，乃至若英吉利，罔不有积尘之历史，以重累其国家若民族之生命。回溯往祺，是等国族，固皆尝有其青春之期，以其畅盛之生命，展其特殊之天才。而今已矣，声华渐落，躯壳空存，纷纷者皆成文明史上之过客矣。其校新者，惟德意志与勃牙利，此次战血洪涛中，又为其生命力之所注，勃然暴发，以挥展其天才矣。由历史考之，新兴之国族与陈腐之国族遇，陈腐者必败；朝气横溢之生命力与死灰沉滞之生命力遇，死灰沉滞者必败；青春之国民与白首之

① 和兰：今通译荷兰。下文的丹马、那威，今通译丹麦、挪威。

国民遇，白首者必败，此殆天演公例，莫或能逃者也。支那自黄帝以降，赫赫然树独立之帜于亚东大陆者，四千八百余年于兹矣。历世久远，纵观横览，罕有其伦。稽其民族青春之期，远在有周之世，典章文物，灿然大备，过此以往，渐向衰歇之运，然犹浸衰浸微，扬其余辉，以至于今日者，得不谓为其民族之光欤？夫人寿之永，不过百年，民族之命，垂五千载，斯亦寿之至也。印度为生释迦而兴，故自释迦生而印度死；犹太为生耶稣而立，故自耶稣生而犹太亡；支那为生孔子而建，故自孔子生而支那衰，陵夷至于今日，残骸枯骨，满目黤然，民族之精英，澌灭尽矣，而欲不亡，庸可得乎？吾青年之骤闻斯言者，未有不变色裂眦，怒其侮我之甚也。虽然，勿怒也。吾之国族，已阅长久之历史，而此长久之历史，积尘重压，以桎梏其生命而臻于衰敝者，又宁容讳？然而吾族青年所当信誓旦旦，以昭示于世者，不在龈龈辩证白首中国之不死，乃在汲汲孕育青春中国之再生。

吾族今后之能否立足于世界，不在白首中国之苟延残喘，而在青春中国之投胎复活。盖尝闻之，生命者，死与再生之连续也。今后人类之问题，民族之问题，非苟生残存之问题，乃复活更生、回春再造之问题也。与吾并称为老大帝国之土耳其，则青年之政治运动，屡试不一试焉。巴尔干诸邦，则各谋离土自立，而为民族之运动，兵连祸结，干戈频兴，卒以酿今兹世界之大变焉。遥望喜马拉亚山之巅，恍见印度革命之烽烟一缕，引而弥长，是亦欲回其民族之青春也。吾华自辛亥首义，癸丑之役继之，喘息未安，风尘澒洞，又复倾动九服，是亦欲再造其神州也。而在是等国族，凡以冲决历史之桎梏，涤荡历史之积秽，新造民族之生命，挽回民族之青春者，固莫不惟其青年是望矣。建国伊始，肇锡嘉名，实维中华。中华之义，果何居乎？中者，宅中位正之谓也。吾辈青年之大任，不仅以于空间能致中华为天下之中而遂足，并当于时间而谛时中之旨也。旷观世界之历史，古往今来，变迁何极！吾人当于今岁之青春，画为中点，中以前之历史，不过如进化论仅于考究太阳地球动植各物乃至人类之如何发生、如何进化者，以纪人类民族国家之如何发生、如何进化也。中以后之历史，则以是为古代史之职，而别以纪人类民族国家之更生回春为其中心之的也。中以前之历史，封闭之历史，焚毁之历史，葬诸坟墓之历史也。中以后之历史，洁白之历史，新装之历史，待施绚绘之历史也。中以前之历史，白首之历史，陈死人之历史也。中以后之历史，青春之历史，活青年之历史也。青年乎，其以中立不倚之精神，肩兹砥柱中流之责任，即由今年今春之今日今刹那为时中之起点，取世界一切白首之历史，一火而摧焚之，而专以发挥青春中华之中，缀其一生之美于中以后历史之首页，为其职志，而勿逡巡不前。华者，文明开敷之谓也，华与实相为轮回，即开敷与废落相为嬗代。白首中华者，青春中华本以胚孕之实也。青春中华者，白首中华托以再生之华也。白首中华者，渐即废落之中华也。青春中华者，方复开敷之中华也。有渐即废落之中华，所以有方复开敷之中华。有前之废落以供今之开敷，斯有后之开敷以续今之废落。即废落，即开敷，即开敷，即废落，终竟如是废落，终竟如是开敷。宇宙有无尽之青春，斯宇宙有不落之华，而栽之、培之、灌之、溉之、赏玩之、享爱之者，舍青春中华之青年，更谁与归矣？青年乎，勿徒发愿，愿春常在华常好也，愿华常得青春，青春常在于华也，宜有即华不得青春，青春不在于华，亦必奋其回春再造之努力，使废落者复为开敷，开敷者终不废落，使华不能不得青春，青春不能不在于华之决心也。抑吾闻之化学家焉，土质虽腴，肥料虽多，耕种数载，地力必耗，砂土硬化，无能免也，将欲柔融之，俾再反于丰穰，惟有一种草木为能致之，为其能由空中吸收窒素肥料，注入土中而沃润之也。神州赤县，古称天府，胡以至今徒有万木秋声、萧萧落叶之悲，昔时繁华之盛，荒凉废落至于此极也！毋亦无此种草木为之文柔和润之耳。青年之于社会，殆犹此种草木之于田亩也。从此广植根蒂，深固不可复拔，不数年间，将见青春中华之参天蓊郁，错节盘根，树于世界，而神州之域，还其丰穰，复其膏腴矣。则谓此菁菁茁茁之青年，即此方复开敷之青春中华可也。

顾人之生也，苟不能窥见宇宙有无尽之青春，则自呱呱堕地，迄于老死，觉其间之春光，迅于电波石火，不可淹留，浮生若梦，直菌鹤马蜩之过乎前耳。是以川上尼父，有逝者如斯之嗟；湘水灵均，兴春秋代序之感。其他风骚雅士，或秉烛夜游；勤事劳人，或重惜分寸。而一代帝王，一时豪富，当其垂暮之年，绝诀之际，贪恋幸福，不忍离舍，每为咨嗟太息，尽其权力黄金之用，无能永一瞬之天年，而重留遗憾于长生之无术焉。秦政并吞八荒，统制四海，固一世之雄也，晚年畏死，遍遣羽客，搜觅神仙，求不老之药，卒未能获，一旦魂断，宫车晚出。汉武穷兵，蛮荒慑伏，汉代之英主也，暮年永叹，空有“欢乐极兮哀情多，少壮几时兮奈老何”之慨。最近美国富豪某，以毕生之奋斗，博得＄式之王冠，衰病相催，濒于老死，则抚枕而叹曰：“苟能延一月之命，报以千万金弗惜也。”然是又安可得哉？夫人之生也有限，其欲也无穷，以无穷之欲，逐有限之生，坐令似水年华滔滔东去，红颜难再，白发空悲，其殆人之无奈天何者欤！涉念及此，灰肠断气，厌世之思，油然而生。贤者仁智俱穷，不肖者流连忘返，而人生之蕲向荒矣，是又岂青年之所宜出哉？人生兹世，更无一刹那不在青春，为其居无尽青春之一部，为无尽青春之过程也。顾青年之人，或不得常享青春之乐者，以其有黄金权力一切烦忧苦恼机械生活，为青春之累耳。谚云：“百金买骏马，千金买美人，万金买爵禄，何处买青春？”岂惟无处购买，邓氏铜山，郭家金穴，愈有以障翳青春之路俾无由达于其境也。罗马亚布达尔曼帝，位在皇极，富有四海，不可谓不尊矣，临终语其近侍，谓四十年间，真感愉快者，仅有三日。权力之不足福人，以视黄金，又无差等。而以四十年之青春，娱心不过三日，悼心悔憾，宁有穷耶？

夫青年安心立命之所，乃在循今日主义以进，以吾人之生，洵如卡莱尔所云，特为时间所执之无限而已。无限现而为我，乃为现在，非为过去与将来也。苟了现在，即了无限矣。昔者圣叹作诗，有“何处谁人玉笛声”之句。释弓年小，窃以玉字为未安，而质之圣叹。圣叹则曰：“彼若说：‘我所吹本是铁笛，汝何得用作玉笛？’我便云：‘我已用作玉笛，汝何得更吹铁笛？’天生我才，岂为汝铁笛作奴儿婢子来耶？”夫铁字与玉字，有何不可通融更易之处？圣叹顾与之争一字之短长而不惮烦者，亦欲与之争我之现在耳。诗人拜轮[①]，放浪不羁，时人诋之，谓于来世必当酷受地狱之苦。拜轮答曰：“基督教徒自苦于现世，而欲祈福于来世。非基督教徒，则于现世旷逸自遣，来世之苦，非所辞也。”二者相校，但有先后之别，安有分量之差？拜轮此言，固甚矫激，且寓风刺之旨。以余观之，现世有现世之乐，来世有来世之乐。现世有现世之青春，来世有来世之青春。为贪来世之乐与青春，而迟吾现世之乐与青春，固所不许，而为贪现世之乐与青春，遽弃吾来世之乐与青春，亦所弗应也。人生求乐，何所不可，亦何必妄分先后，区异今来也？耶曼孙曰：“尔若爱千古，当利用现在。昨日不能呼还，明日尚未确实。尔能确有把握者，惟有今日。今日之一日，适当明晨之二日。”斯言足发吾人之深省矣。盖现在者，吾人青春中之青春也。青春作伴以还于大漠之乡，无如而不自得，更何烦忧之有焉？烦忧既解，恐怖奚为？耶比古达士曰：“贫不足恐，流窜不足恐，囹圄不足恐，最可恐者，恐怖其物也。”美之政雄罗斯福氏，解政之后，游猎荒山，奋其铁腕，以与虎豹熊罴相搏战。一日猎白熊，险遭吞噬，自传其事，谓为不以恐怖误其稍纵即逝之机之效，始获免焉。于以知恐怖为物，决不能拯人于危。苟其明日将有大祸临于吾躬，无论如何恐怖，明日之祸万不能因是而减其豪末。而今日之我，则因是而大损其气力，俾不足以御明日之祸而与之抗也。艰虞万难之境，横于吾前，吾惟有我、有我之现在而足恃。堂堂七尺之躯，徘徊回顾，前不见古人，后不见来者，惟有昂头阔步，独往独来，何待他人之援手，始以遂其生者，更胡为乎念天地之悠悠，独

① 拜轮：今通译拜伦，英国诗人。

怆然而涕下哉？惟足为累于我之现在及现在之我者，机械生活之重荷，与过去历史之积尘，殆有同一之力焉。今人之赴利禄之途也，如蚁之就膻，蛾之投火，究其所企，克致志得意满之果，而营营扰扰，已逾半生，以孑然之身，强负黄金与权势之重荷以趋，几何不为所重压而僵毙耶？盖其优于权富即其短于青春者也。耶经有云[①]：“富人之欲入天国，犹之骆驼欲潜身于针孔。”此以喻重荷之与青春不并存也。

总之，青年之自觉，一在冲决过去历史之网罗，破坏陈腐学说之囹圄，勿令僵尸枯骨，束缚现在活泼泼地之我，进而纵现在青春之我，扑杀过去青春之我，促今日青春之我，禅让明日青春之我。一在脱绝浮世虚伪之机械生活，以特立独行之我，立于行健不息之大机轴。袒裼裸裎，去来无罣，全其优美高尚之天，不仅以今日青春之我，追杀今日白首之我，并宜以今日青春之我，豫杀来日白首之我，此固人生唯一之蕲向，青年唯一之责任也矣。拉凯尔曰：“长保青春，为人生无上之幸福，尔欲享兹幸福，当死于少年之中。”吾愿吾亲爱之青年，生于青春死于青春，生于少年死于少年也。德国史家孟孙氏，评骘锡札曰：“彼由青春之杯，饮人生之水，并泡沫而干之。”吾愿吾亲爱之青年，擎此夜光之杯，举人生之醍醐浆液，一饮而干也。人能如是，方为不役于物，物莫之伤。大浸稽天而不溺，大旱金石流土山焦而不爇，是其尘垢秕糠，将犹陶铸尧、舜。自我之青春，何能以外界之变动而改易？历史上残骸枯骨之灰，又何能塞蔽青年之聪明也哉？市南宜僚见鲁侯，鲁侯有忧色，市南子乃示以去累除忧之道，有曰：“吾愿君去国捐俗，与道相辅而行。”君曰：“彼其道远而险，又有江山，我无舟车，奈何？”市南子曰：“君无形倨，无留居，以为舟车。”君曰：“彼其道幽远而无人，吾谁与为邻？吾无粮，我无食，安得而至焉？”市南子曰：“少君之费，寡君之欲，虽无粮而乃足，君其涉于江而浮

① 耶经：即基督教《圣经》。

于海，望之而不见其崖。愈往而不知其所穷，送君者将自崖而反，君自此远矣。”此其谓道，殆即达于青春之大道。青年循蹈乎此，本其理性，加以努力，进前而勿顾后，背黑暗而向光明，为世界进文明，为人类造幸福，以青春之我，创建青春之家庭，青春之国家，青春之民族，青春之人类，青春之地球，青春之宇宙，资以乐其无涯之生。乘风破浪，迢迢乎远矣，复何无计留春、望尘莫及之忧哉？吾文至此，已嫌冗赘，请诵漆园之语，以终斯篇。

（原刊 1916 年 9 月 1 日《新青年》第 2 卷第 1 号）

“今”

我以为世间最可宝贵的就是“今”，最易丧失的也是“今”。因为他最容易丧失，所以更觉得他可以宝贵。

为甚么“今”最可宝贵呢？最好借哲人耶曼孙[①]所说的话答这个疑问：“尔若爱千古，尔当爱现在。昨日不能唤回来，明天还不确实，尔能确有把握的就是今日。今日一天，当明日两天。”

为甚么“今”最易丧失呢？因为宇宙大化，刻刻流转，绝不停留。时间这个东西，也不因为吾人贵他爱他稍稍在人间留恋。试问吾人说“今”说“现在”，茫茫百千万劫，究竟那一刹那是吾人的“今”，是吾人的“现在”呢？刚刚说他是“今”是“现在”，他早已风驰电掣的一般，已成“过去”了。吾人若要糊糊涂涂把他丢掉，岂不可惜？

有的哲学家说，时间但有“过去”与“未来”，并无“现在”。有的又说，“过去”、“未来”皆是“现在”。我以为“过去未来皆是现在”的话倒有些道理。因为“现在”就是所有“过去”流入的世界，换句话说，所有“过去”都埋没于“现在”的里边。故一时代的思潮，不是单纯在这个时代所能凭空成立的。不晓得有几多“过去”时代的思潮，差不多可以说是由所有“过去”时代的思潮一凑合而成的。吾人投一石子于时代潮流里面，所激起的波澜声响，都向永远流动传播，不能消灭。屈原的《离骚》，永远使人人感泣。打击林肯头颅的枪声，呼应于永远的时间与空间。一时代

---

① 耶曼孙：今通译爱默生（1803—1888），美国思想家、散文家。

的变动，绝不消失，仍遗留于次一时代，这样传演，至于无穷，在世界中有一贯相联的永远性。昨日的事件与今日的事件，合构成数个复杂事件。此数个复杂事件与明日的数个复杂事件，更合构成数个复杂事件。势力结合势力，问题牵起问题。无限的“过去”都以“现在”为归宿，无限的“未来”都以“现在”为渊源。“过去”、“未来”的中间全仗有“现在”以成其连续，以成其永远，以成其无始无终的大实在。一掣现在的铃，无限的过去未来皆遥相呼应。这就是过去未来皆是现在的道理。这就是“今”最可宝贵的道理。

现时有两种不知爱“今”的人：一种是厌“今”的人，一种是乐“今”的人。

厌“今”的人也有两派：一派是对于“现在”一切现象都不满足，因起一种回顾“过去”的感想。他们觉得“今”的总是不好，古的都是好。政治、法律、道德、风俗全是“今”不如古。此派人唯一的希望在复古。他们的心力全施于复古的运动。一派是对于“现在”一切现象都不满足，与复古的厌“今”派全同。但是他们不想“过去”，但盼“将来”。盼“将来”的结果，往往流于梦想，把许多“现在”可以努力的事业都放弃不做，单是耽溺于虚无缥渺的空玄境界。这两派人都是不能助益进化，并且很足阻滞进化的。

乐“今”的人大概是些无志趣无意识的人，是些对于“现在”一切满足的人，觉得所处境遇可以安乐优游，不必再商进取，再为创造。这种人丧失“今”的好处，阻滞进化的潮流，同厌“今”派毫无区别。

原来厌“今”为人类的通性。大凡一境尚未实现以前，觉得此境有无限的佳趣，有无疆的福利。一旦身陷其境，却觉不过尔尔，随即起一种失望的念，厌“今”的心。又如吾人方处一境，觉得无甚可乐，而一旦其境变易，却又觉得其境可恋，其情可思。前者为企望“将来”的动机，后者为反顾“过去”的动机。但是回想“过去”，毫无效用，且空耗努力的时间。若以企望“将来”的动机，而尽“现在”的努力，则厌“今”思想却大足为进化的原动。乐“今”是一种惰性（Inertia），须再进一步，了解“今”所以可爱的道理，全在凭他可以为创造“将来”的努力，决不在得他可以安乐无为。

热心复古的人，开口闭口都是说“现在”的境象若何黑暗，若何卑污，罪恶若何深重，祸患若何剧烈。要晓得“现在”的境象倘若真是这样黑暗，这样卑污，罪恶这样深重，祸患这样剧烈，也都是“过去”所遗留的宿孽，断断不是“现在”造的。全归咎于“现在”是断断不能受的。要想改变他，但当努力以创造将来，不当努力以回复“过去”。

照这个道理讲起来，大实在的瀑流永远由无始的实在向无终的实在奔流。吾人的“我”，吾人的生命，也永远合所有生活上的潮流，随着大实在的奔流，以为扩大，以为继续，以为进转，以为发展。故实在即动力，生命即流转。

忆独秀先生曾于《一九一六年》文中说过，青年欲达民族更新的希望，“必自杀其一九一五年之青年，而自重其一九一六年之青年。”我尝推广其意，也说过人生唯一的蕲向，青年唯一的责任，在“从现在青春之我，扑杀过去青春之我，促今日青春之我，禅让明日青春之我。”“不仅以今日青春之我，追杀今日白首之我，并宜以今日青春之我，豫杀来日白首之我。”实则历史的现象，时时流转，时时变易，同时还遗留永远不灭的现象和生命于宇宙之间，如何能杀得？所谓杀者，不过使今日的“我”不仍旧沉滞于昨天的“我”。而在今日之“我”中，固明明有昨天的“我”存在。不止有昨天的“我”，昨天以前的“我”，乃至十年二十年百千万亿年的“我”都俨然存在于“今我”的身上。然则“今”之“我”，“我”之“今”，岂可不珍重自将，为世间造些功德？稍一失脚，必致遗留层层罪恶种子于“未来”无量的人，即未来无量的“我”，永不能消除，永不能忏悔。

我请以最简明的一句话写出这篇的意思来：

吾人在世，不可厌“今”而徒回思“过去”，梦想“将来”，以耗误“现在”的努力。又不可以“今”境自足，毫不拿出“现在”的努力，谋“将来”的发展。宜善用“今”，以努力为“将来”之创造。由“今”所造的功德罪孽，永久不灭。故人生本务，在随实在之进行，为后人造大功德，供永远的“我”享受，扩张，传袭，至无穷极，以达“宇宙即我，我即宇宙”之究竟。

（原刊1918年4月15日《新青年》第4卷第4号）

新的！旧的！

宇宙进化的机轴，全由两种精神运之以行，正如车有两轮，鸟有两翼，一个是新的，一个是旧的。但这两种精神活动的方向，必须是代谢的，不是固定的；是合体的，不是分立的，才能于进化有益。

中国人今日的生活全是矛盾生活，中国今日的现象全是矛盾现象。举国的人都在矛盾现象中讨生活，当然觉得不安，当然觉得不快，既是觉得不安不快，当然要打破此矛盾生活的阶级，另外创造一种新生活，以寄顿吾人的身心，慰安吾人的灵性。

矛盾生活，就是新旧不调和的生活，就是一个新的，一个旧的，其间相去不知几千万里的东西，偏偏凑在一处，分立对抗的生活。这种生活，最是苦痛，最无趣味，最容易起冲突。这一段国民的生活史，最是可怖。

欲研究一国家或一都会中某一时期人民的生活，任取其生活现象中的一粒微尘而分析之，也能知道其生活全部的特质。一个都会里一个人所穿的衣服，就是此都会里最美的市场中所陈设的；一个人的指爪上的一粒炭灰，就是由此都会里最大机械场的烟突中所飞落的。既同在一个生活之中，刹刹尘尘都含有全体的质性，都着有全体的颜色。

我前岁在北京过年，刚过新年，又过旧年。看见贺年的人，有的鞠躬，有的拜跪，有的脱帽，有的作揖，有的在门首悬挂国旗，有的张贴春联，因而起了种种联想。

想起黄昏时候走在街头，听见的是更夫的梆子丁丁的响，看见的是站岗巡警的枪刺耀耀的亮。更夫是旧的，巡警是新的。要用更夫，何用巡警？既用巡警，何用更夫？

又想起我国现已成了民国，仍然还有甚么清室。吾侪小民，一面要负担议会及公府的经费，一面又要负担优待清室的经费。民国是新的，清室是旧的。既有民国，那有清室？若有清室，何来民国？

又想起制定宪法。一面规定信仰自由，一面规定“以孔道为修身大本”。信仰自由是新的，孔道修身是旧的。既重自由，何又迫人来尊孔？既要迫人尊孔，何谓信仰自由？

又想起谈论政治的。一面主张自我实现，一面鼓吹贤人政治。自我实现是新的，贤人政治是旧的。既要自我实现，怎行贤人政治？若行贤人政治，怎能自我实现？

又想起法制习俗。一面立禁止重婚的刑律，一面许纳妾的习俗。禁止重婚的刑律是新的，纳妾的习俗是旧的。既施刑律，必禁习俗；若存习俗，必废刑律。

以上所说不过一时的杂感，其余类此者尚多。最近又在本志上看见独秀先生与南海圣人争论，半农先生向投书某君棒喝。[①] 以新的为本位论，南海圣人及投书某君最少应生在百年以前。以旧的为本位论，独秀、半农最少应生在百年以后。此等“风马牛不相及”的人物思想，竟不能不凑在一处，立在同一水平线上来讲话，岂不是绝大憾事？中国今日生活现象矛盾的原因，全在新旧的性质相差太远，活动又相邻太近。换句话说，就是新旧之间，纵的距离太远，横的距离太近；时间的性质差的太多，空间的接触逼的太紧。同时同地不容并存的人物、事实、思想、议论，走来走去，竟不能不走在一路来碰头，呈出两两配映、两两对立的奇观。这就是新的气力太薄，不能努力创造新生活，以征服旧的过处了。

我常走在前门一带通衢，觉得那样狭隘的一条道路，其间竟能

---

① 南海圣人：指康有为，他是广东南海人，人称康南海。半农：即刘半农。

容纳数多时代的器物：也有骆驼轿，也有上贴“借光二哥”的一轮车，也有骡车、马车、人力车、自转车、汽车等，把念世纪的东西同十五世纪以前的汇在一处。轮蹄轧轧，汽笛鸣鸣，车声马声，人力车夫互相唾骂声，纷纭错综，复杂万状，稍不加意，即遭冲轧，一般走路的人，精神很觉不安。推一轮车的讨厌人力车、马车、汽车，拉人力车的讨厌马车、汽车，赶马车的又讨厌汽车。反说回来，也是一样。新的嫌旧的妨阻，旧的嫌新的危险。照这样层级论，生活的内容不止是一重单纯的矛盾，简直是重重叠叠的矛盾。人生的径路，若是为重重叠叠的矛盾现象所塞，怎能急起直追，逐宇宙的大化前进呢？仔细想来，全是我们创造的能力缺乏的原故。若能在北京创造一条四通八达的电车轨路，我想那时乘坐驼轿、骡车、人力车等等的人，必都舍却这些笨拙迂腐的器具，来坐迅速捷便的电车，马路上自然绰有馀裕，不像那样拥挤了。即有寥寥的汽车、马车、自转车等依旧通行，因为与电车纵的距离不甚相远，横的距离又不像从前那样逼近，也就都有容头过身的道路了，也就没有互相嫌恶的感情了，也就没有那样容易冲突的机会了。

因此我很盼望我们新青年打起精神，于政治、社会、文学、思想种种方面开辟一条新径路，创造一种新生活，以包容覆载那些残废颓败的老人，不但使他们不妨害文明的进步，且使他们也享享新文明的幸福，尝尝新生活的趣味，就像在北京建造电车轨道，输运从前那些乘驼轿、骡车、人力车的人一般。打破矛盾生活，脱去二重负担，这全是我们新青年的责任，看我们新青年的创造能力如何？

进！进！进！新青年！

（1918年5月15日《新青年》第4卷第5号）

雪地冰天两少年

黄沙迷目，白草萦足，雪地冰天中，一少年武装作远行。时方隆冬，朔天凛冽，少年须眉尽冰雪，项间围以狼皮，里犹带血未尽干，似中途猎获即用刺刀剥下者。

少年方昂头阔步迈往直前，若有预定之路程期于必达者。猛抬头，见一团落日将西沉，前路高山峻岭，横无去处，少年徘徊于此者约二十分钟许。

途望山下，有一处松林森列，其中山石夹隙处，斜庇作檐势，荆棘丛之。少年行至其处，出自来火，一面焚，一面拔刺刀剪其根干，忽自火光中跃出巨兽，狂吼怒奔，向少年猛扑，少年急移身避之，幸怀中手枪尚实弹，连击数粒，巨兽仆，细视之乃一黑熊。

天已黑暗无光，狂风四起。少年剥熊皮铺地，脱行囊，出天幕列之，食干糇少许，饮保温器中水，然后抱枪实弹卧。

少年行至此，已历数月之久。糇且尽，身已疲，而壮志不稍屈。微一合目，旋即似睡不睡，默念此广漠之山川，至今人迹绝少，荒原大野，徒供兽蹄鸟迹之纵横，岂不可惜，想西人之发见美洲新大陆，不知冒几多艰险，哥仑布始能告厥成功。今吾人若欲经营此广漠之土地，虽经披榛棘，驱虎豹，越国辽远，以为筚路褴褛之开拓。然以视彼之重洋万里，泛孤舟于海天茫茫之中，而寻世未前闻之新世界者，其难易险夷，已不可以道里计矣。又念迩来生计之困，使一般少年多集中都市，日向恶浊之政治潮流中求生活。无论求之而得者，百不得其二三；就令求即得之，而政局之翻云覆雨，朝得之而夕旋失者，亦复比比皆是。且即其所得者，而细揣其滋味，酸辛痛苦，始已备尝。此种生涯，亦复为稍有志气之男儿所不屑。曾何如出关越塞，抱罗滨孙飘流孤岛自辟生活径路之决心，将来所成，必不止个人之生计蒙其福利已也。念念相缘，百感俱集，不觉无限心事皆在此一个天幕中。正寻思间，忽闻弹声数响，少年急起，抱枪出天幕，枪声，群狼怒嗥声，弃马悲鸣声，一时毕集于少年之耳鼓。少年尾之以观其动静，忽悲鸣之马寂然无声，忽群狼之怒嗥又作，忽对面之弹声愈急。少年逆知是必旅人为群狼所困，不得已而先弃其马，群狼得马势稍缓，马尽更欲噬人矣。少年乃急实弹向群狼猛击，死泰半，狼势稍退。斯时对面呼曰："吾友盍协力以殄此当路之豺狼？"少年应声曰："诺。"斯时枪声如联珠不绝，狼势大杀，皆远逸。少年于黑暗中握其手而慰之曰："勿怖！我当助君。"其人曰："谢君厚意，微子吾几遭所噬。"少年曰："子何来？请至吾天幕中告我以究竟。"其人曰："善。"乃与少年相携入天幕。

少年曰："子饥乎？予行囊中尚余干糇少许，尽之勿惜也。"其人曰："吾尚携有乳饼，吾引火烤而食之。子第尝保温器中水尚温否？"少年曰："尚温，子试饮之。"于是且食且谈，谓少年曰："予此行可谓长途旅行，予自蜀西入藏，经新疆至此。或以步行，时或乘马。适才为群狼所噬之马，乃藏中土人赠予者，日行数百里。今日贪行未早息，至为群狼所迹。此健步之马，竟为最后之牺牲，惜哉！"言次慨叹不已。继问少年曰："子何来？亦有以告我乎？"少年曰："予年来颇思只身作万里游，以为荷枪刃，裹糇粮，走人迹罕到榛莽塞途荒寒寂寞之山岭间，固男儿丈夫事。遂步行出万里长城，越大兴安山脉，沿戈壁沙漠，经库伦，西至札萨克，而后抵此。途次曾数遇马贼与猛兽，予皆奋斗退之。即此天幕之所在，适亦为黑熊所盘踞。"少年言已，笑形于色，觉冒险远行之趣味，今日思之既足以自豪，而于雪地冰天豺狼当道之绝域，无意中得遇一知已，尤足以自慰也。

二人在天幕中，披地图，大约已至阿尔泰附近，盖距科布多不远矣。少年慨然曰:“方今世界多故,欧洲全境罹于兵火,俄以摧败之余,人民复欲睹平和之曙光,以改革内政为急务,单独议和之说,已现诸事实。此后西北一带,将生重要之形势。且吾国今日,南北搆衅,日寻干戈,内争不休,其结果并内部而不能保,何论边疆?狡焉思逞之邻邦,终必负之以去。吾侪少年,宜抱西北发展之志,及早经营之。内部治平则保障西北以固吾圉,内部纷争则建立一新邦而备联邦之分子。此真中华少年飞跃之好舞台,吾侪盍即为之前驱?”后至之少年曰:“善!予抱此志者久矣。民国建立,号称五族,此实分裂之兆。予以为吾中华若欲成一统一之国家,非基于新民族主义不可。新民族主义云者,即合汉、满、蒙、回、藏镕成一个民族的精神而成新中华民族。达此之程叙,不外以汉人之文化,开发其他之民族,而后同立于民主宪法之下,自由以展其特能,以行其自治,而与异民族相抵抗。吾子既有志于此,盍即先由联络蒙、回入手,以诚笃之精神感之,然后徐谋教育之推行,实业之发达。坐言起行,请自吾辈始。”少年跃起曰:“壮哉!吾友。起!起!起!行!行!行!”

二少年乃拔天幕,肩行囊,且行且谈,直向科布多。时天方初晓,旭日东升,皎耀之光线,恰与昆仑山巅洁白之雪相映。若以代表少年之精神而预示其未来无限之希望,前途无量之成功。

伟哉!雪地冰天两少年!壮哉!雪地冰天两少年!

(原刊 1918 年 7 月 1 日《言治》季刊第 3 册)

新 纪 元

新纪元来！新纪元来！

人生最有趣味的事情，就是送旧迎新，因为人类最高的欲求，是在时时创造新生活。

今日是一九一九年的新纪元，现在的时代又是人类生活中的新纪元，所以我们要欢欣庆祝。

我们今日欢祝这新纪元，不是像那小儿女们喜欢过年，喜欢那灯光照旧明，爆竹照旧响，鱼肉照旧吃，春联照旧贴，恭喜的套话照旧说，新衣新裳照旧穿戴。那样陈陈相因的生活，就过了百千万亿年，也是毫无意义，毫无趣味，毫无祝贺的价值。人类的生活，必须时时刻刻拿最大的努力，向最高的理想扩张传衍，流转无穷，把那陈旧的组织、腐滞的机能一一的扫荡摧清，别开一种新局面。这样进行的发轫，才能配称新纪元。这样的新纪元，才有祝贺的价值。一个人的一生，包含无数的新纪元，才算能完成他的崇高的生活。人类全体的历史，联结无数的新纪元，才算能贯达这人类伟大的使命。

一九一四年以来世界大战的血、一九一七年俄国革命的血、一九一八年德奥革命的血，好比作一场大洪水——诺阿以后最大的洪水——洗来洗去，洗出一个新纪元来。这个新纪元带来新生活、新文明、新世界，和一九一四年以前的生活、文明、世界，大不相同，仿佛隔几世纪一样。

看呵，从前讲天演进化的，都说是优胜劣败，弱肉强食，你们应该牺牲弱者的生存幸福，造成你们优胜的地位，你们应该当强者去食人，不要当弱者，当人家的肉。从今以后都晓得这话大错。知道生物的进化，不是靠着竞争，乃是靠着互助。人类若是想求生存，想享幸福，应该互相友爱，不该仗着强力互相残杀。从前研究解决人口问题的，都是说马尔查士说过[①]，人口的增加是几何的，食物的增加是算术的，人口的增加没有限制，地球的面积只有这一定的大小，若不能自节生殖，不是酿成疾疫，就是惹起战争。这也是无可如何的事情。所以强大的国家都要靠着兵力，扩张领土；自尊的民族，也多执著人种的偏见，限制异种的工人入境。种种不公平背人道的事情，都起于这个学说。从今以后，大家都晓得生产制度如能改良，国家界线如能打破，人类都得一个机会同去作工，那些种种的悲情、穷困、疾疫、争夺，自然都可以销灭。人类的衣食，没有少数强盗的侵夺暴掠，自然也可以足用了。从前的战争靠着单纯腕力，所以皇家、贵族、军阀、地主、资本家，可以拿他们的不正势力，驱使几个好身手的武士，作他们的爪牙，造出一个特别阶级，压服那些庶民，庶民也没法子可以制裁他们，只有受他们的蹂躏。从今以后，因为现代的战争要靠着工业知识，所以那些皇家贵族等等，一旦争斗起来，非仰赖劳工阶级不可。从前欺凌他们侮辱他们，现在都来谄媚他们。夺去他们的工具，把武器授与他们。他们有了武器在手，就要掉过头来，拥护劳工的权利，攻击他们的公敌。劳工阶级有了自卫的方法，那些少数掠夺劳工剩余的强盗，都该匿迹销声了。从前在资本主义的生产制度之下，一国若想扩充他那一国中资本阶级的势力，都仗着战争把国界打破，合全世界作一个经济组织，拿他一国的资本家的政府去支配全世界。从今以后，生产制度起一种绝大的变动，劳工阶级要联合他们全世界的同胞，作一个合理的生产者的结合，去打破国界，打倒全世界资本的阶级。总同盟罢工，就是他们的武器。从前尚有几个皇帝、军阀残存在世界上，偷着作鬼祟的事情。秘密外交是他们作鬼的契约，

① 马尔查士：即马尔萨斯。

常备兵是他们作鬼的保障。他们总是戴着一副鬼脸，你猜我忌的阴谋怎么吞并、虐待那些小的民族。虽然也曾组织过什么平和会议，什么仲裁裁判，但在那里边，仍旧去规定些杀人灭国的事情。从今以后，人心渐渐觉醒。欧洲几个先觉，在那里大声疾呼，要求人民的平和，不要皇帝，不要常备兵，不要秘密外交，要民族自决，要欧洲联邦，做世界联邦的基础。美国威总统①，也主张国际大同盟。这都是差强人意的消息。这些消息，都是这新纪元的曙光。在这曙光中，多少个性的屈枉、人生的悲惨、人类的罪恶，都可望像春冰遇着烈日一般，消灭渐净。多少历史上遗留的偶像，如那皇帝、军阀、贵族、资本主义、军国主义，也都像枯叶经了秋风一样，飞落在地。这个新纪元是世界革命的新纪元，是人类觉醒的新纪元。我们在这黑暗的中国，死寂的北京，也仿佛分得那曙光的一线，好比在沉沉深夜中得一个小小的明星，照见新人生的道路。我们应该趁着这一线的光明，努力前去为人类活动，作出一点有益人类工作。这点工作，就是贺新纪元的纪念。

一九一九年元旦

（1919 年 1 月 5 日《每周评论》第 3 号）

---

① 威总统：指美国第 28 任总统伍德罗 · 威尔逊。

青年与农村

要想把现代的新文明，从根底输入到社会里面，非把知识阶级与劳工阶级打成一气不可。我甚望我们中国的青年，认清这个道理。

俄国今日的情形，纵然纷乱到什么地步，他们这回革命，总算是一个彻底的改革，总算是为新世纪开一新纪元。我们要晓得，这种新机的酝酿，不是一时半刻的功夫，也不是一手一足的力量。他们有许多文人志士，把自己家庭的幸福全抛弃了，不惮跋涉艰难的辛苦，都跑到乡下的农村里去，宣传人道主义、社会主义的道理。有时乘着他们休息的时间和他们谈话，有时和他们在一处工作，一滴血一滴汗的作他们同情的伴侣。有时在农村里聚集老幼妇孺，和他们灯前话语，说出他们的苦痛，增进他们的知识。一经政府侦知他们，或者逃走天涯，或者陷入罗网。在那阴霾障天的俄罗斯，居然有他们青年志士活动的新天地，那是什么？就是俄罗斯的农村。

我们中国今日的情况，虽然与当年的俄罗斯大不相同，可是我们青年应该到农村里去，拿出当年俄罗斯青年在俄罗斯农村宣传运动的精神，来作些开发农村的事，是万不容缓的。我们中国是一个农国，大多数的劳工阶级就是那些农民。他们若是不解放，就是我们国民全体不解放；他们的苦痛，就是我们国民全体的苦痛；他们的愚暗，就是我们国民全体的愚暗；他们生活的利病，就是我们政治全体的利病。去开发他们，使他们知道要求解放、陈说苦痛、脱去愚暗、自己打算自己生活的利病的人，除去我们几个青年，举国昏昏，还有那个？

中国农村的黑暗，算是达于极点。那些赃官、污吏、恶绅、劣董，专靠差役、土棍，作他们的爪牙，去鱼肉那些老百姓。那些老百姓，都是愚暗的人，不知道谋自卫的方法，结互助的团体。他们里边，有的是刚能自给的有土农夫，有的是厚拥田畴的地主，有的是专作农工的佃户，有的是专待雇佣的工人。他们不但不知道结合起来，抗那些官绅，拒那些役棍，他们自己中间也是按着等级互相凌虐，去结那些官绅棍役的欢心。地主总是苛待佃户与工人，佃户与工人不但不知互助、没有同情，有时也作自己同行的奸细，去结那地主的欢心。农村的教育机关，不完不备，虽有成立一二初等小学的地方，也不过刚有一个形式。小学教师的知识，不晓得去现代延迟到几世纪呢！至于那阅书报的机关，更是绝无仅有。他们一天到晚，只是到田园里去，像牛马一般作他们的工；就是在吹风落雨、灯前月下的时候，有点闲暇，也没有他们开展知识修养精神的机会。从前的村落都有个寺院庙堂，他们也不会利用这些东西，作他们大家聚合的会堂，白白的看着他颓零在荒烟蔓草的里面。村落中也有比较开明一点，大家立个青苗会，在庙堂中觅个会所，也不过听那些会头们、绅董们一手处理，有了费用，就向老百姓们要；用去以后，全没什么报销。世界潮流已竟到了这般地步，他们在那里，还只是向人家要什么真主，还只是听官绅们宰割蹂躏，作人家的良民，你说可怜不可怜呢？推究这个缘故，都是因为一般知识阶级的青年，跑在都市上，求得一知半解，就专想在都市上活动，却不愿回到田园；专想在官僚中讨生活，却不愿再去工作。久而久之，青年常在都市中混的，都成了鬼蜮；农村中绝不见智识阶级的足迹，也就成了地狱。把那清新雅洁的田园生活，都埋没在黑暗的地狱里面，这不是我们这些怠惰青年的责任，那个的责任？

民主政治的精神进展的结果，扩张选举的声音逐渐增高起来。战后各立宪国，苟想把民主主义做到比从前更加充实的地步，至少也要施行普通选举。我们中国将来的选举法，也不能漠视这种趋势，无论所行的是限制选举，抑是普通选举，那选民的生活本据，大多数都在农村。若想扩清选举，使这种新制度不作高等流氓们藏污纳垢的巢穴，发财作官的捷径，非开发农村不可，非使一般农民有自由判别的知能不可。入民国，名义上也算行过几次选举，可是弄得污七八糟，几乎把这个制度糟踏的没有一点本来面目了。根本的原因，就在农村中没有真是农民伴侣的青年，告知他们那选举的道理，备他们选出的人物。那些运动选举的人都是来自都市，不是在都市中当过几天流氓，就是在都市中作过几天强盗，练习了许多的诡诈手段，积下了许多的罪孽金钱，却来骗他乡里的父老。这些人都靠着选举入了议院，立宪政治、民主政治，那有丝毫的希望？那些老百姓的生活上的疾苦，那能改善？生活上的幸福，那能获享？立宪的青年呵！你们若想得个立宪的政治，你们先要有个立宪的民间；你们若想有个立宪的民间，你们先要把黑暗的农村变成光明的农村，把那专制的农村变成立宪的农村。只要农村里有了现代青年的足迹，作现代文明的导线，那些农民们自然不会放弃他们的选举权，不会滥用他们的选举权，不会受那都市中流氓的欺、地方上绅董的骗，每人投的清清楚楚的一票，必能集中到一个勤苦工作、满腹和劳工阶级表同情的人身上。他来到议院，才能替老百姓说话，也就是替老百姓说话，他的话才能有无限的权威；万一有种非礼的压迫无端相加，老百姓才能作他们的后援。这样的民主主义，才算有了根柢，有了泉源。这样的农村，才算是培养民主主义的沃土。在这一方面活动的青年，才算是栽植民主主义的工人。

现在有许多青年，天天在都市上漂泊，总是希望那位大人先生替他觅一个劳少报多的地位。那晓得官僚的地位有限，预备作官僚的源源而来，皇皇数年，弄不到一个饭碗。这时把他的青年气质，早已消磨净尽，穷愁嗟叹，都成了失路的人。都市上塞满了青年，却没有青年活动的道路。农村中很有青年活动的余地，并且有青年活动的需要，却不见有青年的踪影。到底是都市误了青年，还是青年自误？到底是青年辜负了农村，还是农村辜负了青年？只要我们青年自己去想！

在都市里漂泊的青年朋友们呵！你们要晓得：都市上有许多罪恶，乡村里有许多幸福；都市的生活黑暗一方面多，乡村的生活光明一方面多；都市上的生活几乎是鬼的生活，乡村中的活动全是人的活动；都市的空气污浊，乡村的空气清洁。你们为何不赶紧收拾行装，清结旅债，还归你们的乡土？你们在都市上天天向那虚伪凉薄的社会求点恩惠，万一那点恩惠天幸到手，究竟是幸福，还是苦痛？尚是一个疑问。曾何如早早回到乡里，把自己的生活弄简单些，劳心也好，劳力也好，种菜也好，耕田也好，当小学教师也好，一日把八小时作些与人有益、与己有益的工活，那其余的工夫，都去作开发农村、改善农民生活的事业，一面劳作，一面和劳作的伴侣在笑语间商量人生向上的道理。只要知识阶级加入了劳工团体，那劳工团体就有了光明；只要青年多多的还了农村，那农村的生活就有改进的希望；只要农村生活有了改进的效果，那社会组织就有进步了，那些掠夺农工、欺骗农民的强盗，就该销声匿迹了。

青年呵！速向农村去吧！日出而作，日入而息，耕田而食，凿井而饮。那些终年在田野工作的父老妇孺，都是你们的同心伴侣，那炊烟锄影、鸡犬相闻的境界，才是你们安身立命的地方呵！

（原刊 1919 年 2 月 20—23 日《晨报》）

现代青年活动的方向

新世纪的曙光现了！新世纪的晨钟响了！我们有热情的青年呵！快快起来！努力去作人的活动！努力去作人的活动！

青年呵！你们临开始活动以前，应该定定方向。譬如航海远行的人，必先定个目的地，中途的指针，总是指着这个方向走，才能有达到那目的地的一天。若是方向不定，随风飘转，恐怕永无达到的日子。万一能够达到，也是偶然的机会。靠着偶然机会所得的成功，究竟没有很大的价值。

我今就现代青年活动的方向，稍有陈说，望我亲爱的青年垂听！

第一，现代的青年，应该在寂寞的方面活动，不要在热闹的方面活动。近来常听人说："我们青年要耐得过这寂寞日子。"我想这"寂寞日子"，并不是苦境，实在是一种乐境。我觉得世间一切光明，都从寂寞中发见出来。譬如天时，一年有一个冬季，是一年的寂寞日子。在此时间，万木枯黄，气象凋落，死寂，冷静，都是他的特色。可是那一年中最华美的春天，不是就从这个寂寞的冬天发见出来的么？一天有一个暗夜，也是一天的寂寞日子。在此时间，万种的尘嚣嘈杂，都有个一时片刻的安息。可是一日中最光耀的曙色，不是从这寂寞的暗夜发见出来的么？热闹中所含的，都是消沉，都是散灭；黑暗寂寞中所含的，都是发生，都是创造，都是光明。这样讲来，这寂寞日子，实在是有滋味、有趣意的日子，不是忍苦受罪的日子，我们实在乐得过，不是耐得过。况且耐得过的日子，必不长久。一个人若对于一种日子总觉得是耐得过，他的心中，必是认这寂寞日子，是一种苦境，是一种烦恼，那就很容易把他抛弃，去寻快乐日子过。因为避苦求乐，是人性的自然，勉强矜持的心，是靠不住的。譬如孀妇不再嫁，若是本着他自由的意思，那便是他的乐境，那种寂寞日子，他必乐得过到底。若是全因为受传说偶像的拘束，风俗名教的迫胁，才不去嫁，那真是人间莫大的苦境，那种寂寞日子，他虽天天耐得过，天天总有耐不得跟着。乐得过的是一种趣味，耐得过的是一种矜持。青年呵！我们在寂寞的方面活动，不可带着丝毫勉强矜持的意思，必须知道那里有一种真趣味，一种真光明，甘心情愿乐得过这寂寞日子，才能有从这寂寞日子中寻出真趣味，获得真光明的一日。

第二，现代的青年，应该在痛苦的方面活动，不要在欢乐的方面活动。本来苦乐两境，是比较的，不是绝对的。那个苦？那个乐？全靠各人的主观去判定他，本靡有一定标准的。我从前曾发过一种谬想，以为人生的趣味就在苦中求乐，受苦是人生本分，我们青年应该练忍苦的本领。后来觉得大错。避苦求乐，是人性的自然，背着自然去做，不是勉强，就是虚伪。这忍苦的人生观，是勉强的人生观，虚伪的人生观。那求乐的人生观，才是自然的人生观，真实的人生观。我们应该顺应自然，立在真实上，求得人生的光明，不可陷入勉强、虚伪的境界，把真正人生都归幻灭。但是，求乐虽是人性的自然，苦境总缘着这乐境发生，总来缠绕，这又当怎样摆脱呢？关于此点，我却有一个新见解，可是妥当与否，我自己还未敢自信。我觉得人生求乐的方法，最好莫过于尊重劳动。一切乐境，都可由劳动得来，一切苦境，都可由劳动解脱。劳动的人，自然没有苦境跟着他。这个道理，可以由精神的物质的两方面说。劳动为一切物质的富源，一切物品，都是劳动的结果。我们凭的几，坐的椅，写字用的纸笔墨砚，乃至吃的米，饮的水，穿的衣，靡有一样不是从劳动中得来。这是很容易晓得的。至于精神的方面，一切苦恼，也可以拿劳动去排除他，解脱他。这一点一般人却是多不注意。一个人一天到晚，无所事事，这个境界的本身，已竟是大苦；而在无事的时间，一切不正当的欲望，靡趣味的思索，都乘隙而生；疲敝陈惰的血分，周满于身心，一切悲苦烦恼，相因而至，于是要想个消遣的法子。这消遣的法子，除去劳动，便靡有正当的法则。吃喝嫖赌，真是苦中苦的魔窟，把宝贵的人生，都消磨在这个中间，岂不可惜！岂不可痛！堕落在这里的人，都是不知道尊重劳动，不知道劳动中有无限的快乐，所以才误入迷途了。青年呵！你们要晓得劳动的人，实在不知道苦是什么东西。譬如身子疲乏，若去劳动一时半刻，顿得非常的爽快。隆冬的时候，若是坐着洋车出门，把浑身冻得战栗，若是步行走个十里五里，顿觉周身温暖。免苦的好法子，就是劳动。这叫作尊劳主义。这样讲来，社会上的人，若都本着这尊劳主义去达他们人生的目的，世间不就靡有什么苦痛了吗？你为何又说要我们青年在苦痛方面活动呢？此问甚是。但是现在的社会，持尊劳主义的人很少，而且社会的组织不良，少数劳动的人，所得的结果，都被大多数不劳的人掠夺一空。劳动的人，仍不免有苦痛，仍不免有悲惨，而且最苦痛最悲惨的人，恐怕就是这些劳动的人。所以我们要打起精神来，寻着那苦痛悲惨的声音走。我们要晓得痛苦的人，是些什么人？痛苦的事，是些什么事？苦痛的原因，在什么地方？要想解脱他们的苦痛，应该用什么方法？我们不能从苦痛里救出他们，还有谁何能救出他们，肯救出他们？常听假慈悲的人说，这个苦痛悲惨的地方，我们真是不忍去，不忍看。但是我们青年朋友们，却是不忍不去，不忍不看，不忍不援手，把他们提醒，大家一齐消灭这苦痛的原因呵！

第三，现代的青年，也应在黑暗的方面活动，不要专在光明的方面活动。人生的努力，总向光明的方面走，这是人类向上的自然动机，但是世间果然到了光明的机运，无一处不是光明？我们在这光明中享尽人生之乐，岂不是一大幸事？无如世间的黑暗，仍旧遍在，许多的同胞，都陷溺到黑暗中间，我们焉能独自享受光明呢？

同胞都在黑暗里面，我们不去援救他们，却自找一点不沾泥土的地方，偷去安乐，偷去清洁，那种光明，究竟能算得光明么？那种幸福，究竟能算得幸福么？旧时代的青年讲修养的，犹且有“先忧后乐”的话，新时代的青年，单单做到“独善其身”、“洁身自好”的地步，能算尽了责任的人么？俄国某诗人训告他们青年说：“毁了你的巢居，离开你的父母，你要独立自营，保信你心的清白与自然，那里有悲惨愁苦的声音，你到那里去活动。”这话真是现代青年的宝训，真是现代青年的警钟。我们睁开眼看！那些残杀同胞的兵士们，果真都是他们自己愿做这样残暴的事情么？杀人果真是他们的幸福么？他们就没有一段苦情不平，为一般人所不知道的么？他们的背后，果真没有什么东西逼他们去作杀人野兽么？那些倚门卖笑的娼妓们，果真都是他们自己愿做这样丑贱的事情么？卖笑果真是他们的幸福么？他们就没有一段苦情不平，为一般人所不知道的么？他们的背后，果真没有什么东西迫他们去作辱身的贱业么？那些监狱里的囚犯们，果真都是他们自己愿作罪恶的事么？他们做的犯法的事，果真是罪恶么？他们所受的刑罚，果真适当他们的罪恶么？他们就没有一段苦情不平，为一般人所不知道的么？他们的背后，果真没有什么东西逼他们陷于罪恶或是受了冤枉么？再看巷里街头老幼男女的乞丐们，冻馁的战抖在一堆，一种求爷叫奶的声音，最是可怜，一种秽垢惰丧的神气，最是伤心，他们果真愿作这可耻的态度丝毫不觉羞耻么？他们堕落到这个样子，果真都因为他们是天生的废材么？他们就没有一段苦情不平，为一般人所不知道的么？他们的背后，果真没有什么东西逼他们不得不如此么？由此类推，社会上一切陷于罪恶、堕落、秽污、黑暗的人，都不必全是他们本身的罪过。谁都是爹娘生的，谁都有不灭的人性，我们不可把他们看作洪水猛兽，远远的躲避他们。固然在黑暗的里面，潜藏着许多恶魔毒菌，但是防疫的医生，虽有被传染的危险，也是不能不在恶疫中奋斗。青年呵！只要把你的心放在坦白清明的境界，尽管拿你的光明去照澈大千的黑暗，就是有时困于魔境，或竟作了牺牲，也必有良好的效果，发生出来。只要你的光明永不灭绝，世间的黑暗，终有灭绝的一天。

努力呵！猛进呵！我们亲爱的青年！

（1919 年 3 月 14—16 日《晨报·自由论坛》）

现在与将来

近来常听人说：“中国人所以堕落到这步田地，都是因为他们只有‘现在主义’，靡有‘将来观念’。”因此，就拿“时间只有过去与将来，绝靡有现在”的话，来劝告他们，也是希望他们抛了“现在主义”，存点“将来观念”的意思。但是我对于这话，却有几个疑问：（一）堕落的生活中的现在，在人生观果然算得现在么？（二）就他们的生活而论，果然靡有他们的将来观念么？（三）时间果然靡有现在么？我要就这几点说几句话。

现今一般堕落的人，大概都不知道人生是什么东西。所以从人生上讲，他们不但靡有将来，并且靡有现在。他们的现在，不是他们的人生，是他们发舒兽欲的机会。他们有了工夫，就去嫖，去赌，去拨弄是非，奔走权要，想出神法鬼法，去弄几个丧良心的金钱，拿来满足他们的兽欲。像这样的活动，在宇宙自然的大生命中，在人类全体的大生命中，在他自己一个人的全生命中，有丝毫算得是人生的现在么？依我看来，这种的生活，简直是把人生的活动，完全灭尽。他们的知能躯体，全听兽欲的冲动的支配。若说他们有现在，也是兽欲的现在，不是人生的现在。这种的生活，不配叫什么主义。

这种堕落的生活，固然在真正人生上，不但靡有将来，并靡有现在；而在他们的兽欲生活中，却是不但有他们的现在，并且有他们的将来。试看那强盗军阀，那个不是忙着搜括地皮，扣侵军饷，拿到他家，盖上些比城墙还坚的房子，预备他那子孙下辈万世之业？那卖国官吏，那个不是忙着和外国人勾结，做点合办事业，吃点借款回扣，好去填他的私囊，至少也可以做下半世的过活？就是那最时髦的政客，成日价营营苟苟，忙个不了，今天靠着某军阀，明天靠着某元老，也是总想作回大官，发回大财，又那个不是为他将来的物质生活作预备呢？这样看来，他们虽然靡有真正人生的将来，他们却有他们那种生活的将来；他们固然有他们那种生活的现在，却靡有真正人生的现在。

至于时间是否有现在？是哲学上一大问题。有人说只有过去与未来，靡有现在；有人说过去与未来都是现在。如今我们且不去判断他们的是非，但是我却确信过去与将来，都是在那无始无终、永远流转的大自在、大生命中比较出来的程序，其实中间都有一个连续不断的生命力。一线相贯，不可分析，不可断灭。我们不能画清过去与将来，截然为二。完成表现这中间不断的关系，就是我们人生的现在。我们要想完成这自然的大生命，应该先实现自己的人生。我们要想实现过去与将来间的关系，时间全用在人生方面的活动，不用在兽欲方面的冲动。

（原刊 1919 年 3 月 28 日《晨报·自由论坛》）

“少年中国”的“少年运动”

我们的理想，是在创造一个“少年中国”。

“少年中国”能不能创造成立，全看我们的“少年运动”如何。

我们“少年中国”的理想，不是死板的模型，是自由的创造；不是铸定的偶像，是活动的生活。我想我们“少年中国”的少年，人人理想中必定都有一个他自己所欲创造而且正在创造的“少年中国”。你理想中的“少年中国”，和我理想中的“少年中国”不必相同；我理想中的“少年中国”，又和他理想中的“少年中国”未必一致。可是我们的同志，我们的朋友，毕竟都在携手同行，沿着那一线清新的曙光，向光明方面走。那光明里一定有我们的“少年中国”在。我们各个不同的“少年中国”的理想，一定都集中在那光明里成一个结晶，那就是我们共同创造的“少年中国”。仿佛像一部洁白未曾写过的历史空页，我们大家你写一页，我写一页，才完成了这一部“少年中国”史。

我现在只说我自己理想中的“少年中国”。

我所理想的“少年中国”，是由物质和精神两面改造而成的“少年中国”，是灵肉一致的“少年中国”。

为创造我们理想的“少年中国”，我很希望这一班与我们理想相同的少年好友，大家都把自己的少年精神拿出来，努力去作我们的“少年运动”。我们“少年运动”的第一步，就是要作两种的文化运动：一个是精神改造的运动，一个是物质改造的运动。

精神改造的运动，就是本着人道主义的精神，宣传“互助”、

"博爱"的道理，改造现代堕落的人心，使人人都把"人"的面目拿出来对他的同胞；把那占据的冲动，变为创造的冲动；把那残杀的生活，变为友爱的生活；把那侵夺的习惯，变为同劳的习惯；把那私营的心理，变为公善的心理。这个精神的改造，实在是要与物质的改造一致进行，而在物质的改造开始的时期，更是要紧。因为人类在马克思所谓"前史"的期间，习染恶性很深，物质的改造虽然成功，人心内部的恶，若不划除净尽，他在新社会新生活里依然还要复萌，这改造的社会组织，终于受他的害，保持不住。

物质改造的运动，就是本着勤工主义的精神，创造一种"劳工神圣"的组织，改造现代游惰本位、掠夺主义的经济制度，把那劳工的生活，从这种制度下解放出来，使人人都须作工，作工的人都能吃饭。因为经济组织没有改变，精神的改造很难成功。在从前的经济组织里，何尝没有人讲过"博爱"、"互助"的道理，不过这表面构造（就是一切文化的构造）的力量，到底比不上基础构造（就是经济构造）的力量大。你只管讲你的道理，他时时从根本上破坏你的道理，使他永远不能实现。

"少年中国"的少年好友呵！我们的一生生涯，是向"少年中国"进行的一条长路程。我们为达到这条路程的终点，应该把这两种文化运动，当作车的两轮，鸟的双翼，用全生涯的努力鼓舞着向前进行，向前飞跃。

"少年中国"的少年好友呵！我们要作这两种文化运动，不该常常漂泊在这都市上，在工作社会以外作一种文化的游民；应该投身到山林里村落里去，在那绿野烟雨中，一锄一犁的作那些辛苦劳农的伴侣。吸烟休息的时间，田间篱下的场所，都有我们开发他们，慰安他们的机会。须知"劳工神圣"的话，断断不配那一点不作手足劳动的人讲的；那不劳而食的知识阶级，应该与那些资本家一样受排斥的。中国今日的情形，都市和村落完全打成两橛，几乎是两个世界一样。都市上所发生的问题，所传播的文化，村落里的人，毫不发生一点关系；村落里的生活，都市上的人，大概也是漠不关心，或者全不知道他是什么状况。这全是交通阻塞的缘故。交通阻塞的意义，有两个解释：一是物质的交通阻塞，用邮电舟车可以救济的；一是文化的交通阻塞，非用一种文化的交通机关不能救济的。在文化较高的国家，一般劳农容受文化的质量多，只要物质的交通没有阻塞，出版物可以传递，文化的传播，就能达到这个地方；而在文化较低的国家，全仗自觉少年的宣传运动，在这个地方，文化的交通机关，就是在山林里村落里与那些劳农共同劳动自觉的少年。只要山林里村落里有了我们的足迹，那精神改造的种子，因为得了洁美的自然，深厚的土壤，自然可以发育起来。那些天天和自然界相接的农民，自然都成了人道主义的信徒。不但在共同劳作的生活里可以感化传播于无形，就是在都市上产生的文化利器，——出版物类——也必随着少年的足迹，尽量输入到山林里村落里去。我们应该学那闲暇的时候就来都市里著书，农忙的时候就在田间工作的陶士泰先生，文化的空气才能与山林里村落里的树影炊烟联成一气，那些静沉沉的老村落才能变成活泼泼的新村落。新村落的大联合，就是我们的"少年中国"。

我们"少年中国"的少年好友啊！我们既然是二十世纪的少年，就该把眼光放的远些，不要受腐败家庭的束缚，不要受狭隘爱国心的拘牵。我们的新生活，小到完成我的个性，大到企图世界的幸福。我们的家庭范围，已经扩充到全世界了，其余都是进化轨道上的遗迹，都该打破。我们应该拿世界的生活作家庭的生活，我们应该承认爱人的运动比爱国的运动更重。我们的"少年中国"观，决不是要把中国这个国家，作少年的舞台，去在列国竞争场里争个胜负，乃是要把中国这个地域，当作世界的一部分，由我们居住这个地域的少年朋友们下手改造，以尽我们对于世界改造一部分的责任。我们"少年运动"的范围，决不止于中国：有时与其他亚细亚的少年握手，作亚细亚少年的共同运动；有时与世界的少年握手，作世界少年的共同运动，也都是我们"少年中国主义"分内的事。

总结几句话，就是：

我所希望的“少年中国”的“少年运动”，是物心两面改造的运动，是灵肉一致改造的运动，是打破知识阶级的运动，是加入劳工团体的运动，是以村落为基础建立小组织的运动，是以世界为家庭扩充大联合的运动。

少年中国的少年呵！少年中国的运动，就是世界改造的运动，少年中国的少年，都应该是世界的少年。

（原刊 1919 年 9 月 15 日《少年中国》第 1 卷第 3 期）

今与古

我今天所讲的题目，是《今与古》。今是现在，古是过去的时代。我们现在把今与古来对讲，是要考查现在的人与古来的人有什么不同之点？现在的人与古来的人有什么关系？这些问题，对于我们生活很是重要，所以来大略说一说。有人在文章上发表他的意思，常说："世道人心，今不如昔"；"人心不古"；"现在的风俗道德人心，不如古来的风俗道德人心"。讲这些话的人，大半都是"前辈""长者"。他不满意于青年，也不满意现在的一般人，于是发为感叹，而动其怀古的思想。但是我们想想，是不是今人真不如古人？是不是发这样感想的人错误？这是个很有趣味的问题。我们先考究他们所以怀古的原因：

（1）发此种感想的人，对于现在的人心、风俗、政治、道德，都不满意，感觉苦痛，因而厌倦现在，认现在都是黑暗的，没有光明的。这种厌倦现在的感想，并不是坏的感想，因为有了这种感想，对于各种事务，才都希望改进。有了希望改进的思想，才能向前进步，才能创造将来。若是不满意现在，而欲退回，把现在的世界回到百年千年以至万年前的世界，这不光是观念错误，并且是绝对不可能的事。这是伤时之人厌恶现在，而触动他怀旧之心的一个原因。

（2）人大半是羡慕古人之心太盛，如古人在当时不过是一斤八两的分量，到现在人看来就有了千斤万斤的分量，这是受时间距离太远的影响，因而在心理上发生一种暗示，这种暗示，可以把古人变成过于实在的伟大，如同拿显微镜看物一样。例如火在人类史上有极大的关系，因自有火的发明，而人类生活遂发生很大的变动；又如农业，也是人类史上一个很大的发明。不过火同农业的发明，是社会的进化，并不是所谓神农、燧人一二人的功德。而旧史却不认为是社会的进步，而认为是少数神圣的发明，这是年代距离太远，传闻失实所致。又如黄帝，古代有无其人，尚不敢必，但是世人尊敬他的心，比他本人值得我们尊敬他的分量，高的多多。又如某校请一位本国教员，并不见得学生怎样信仰，怎样欢迎，要请一位有与本国教员同等学问的外国教员，就非常的尊敬欢迎，就是出洋留学的，也觉得比不出洋留学的好些。谚云“远来的和尚会念经”，这是普通的心理。推想起来，这又是因为受了空间距离太远的影响。过分的崇敬古人，其理亦与此同。我们的子孙对于我们，或现在一般的人，所发生的尊崇心，是我们想不到的高厚，也未可知。

（3）社会进化，是循环的，历史的演进，常是一盛一衰，一治一乱，一起一落。人若生当衰落时代，每易回思过去的昌明。其实人类历史演进，一盛之后，有一衰，一衰之后，尚可复盛，一起之后，有一落，一落之后，尚可复起，而且一盛一衰，一起一落之中，已经含着进步，如螺旋式的循环。世运每由昌明时代，转为衰落时代，甚而至于澌灭。因而许多人以为今不如昔，就发生怀古的思想，那里知道衰落之后，还有将来的昌明哩！

（4）随着家族制度，发生崇祀祖先之思想，也可以引起崇拜古人的观念。故崇拜祖先的礼俗，亦是使人发生怀古思想的一个原因。

（5）现在也有不如古来的，如艺术。艺术乃是有创造天才的人所造成的。艺术不分新旧，反有历时愈久，而愈见其好者，因此也可以使人发生怀古的观念。

怀古的思想，多发生于老年人之脑际，青年人正与相反。一派以为今不如古，总打算恢复三代以上的文物制度，一派以为古不如今，因此在学术史上就发生了争论。在十七世纪初期文艺复兴后，法兰西、意大利就有今古之争，于文艺（诗歌文学）上，此争尤烈。崇古派则崇拜荷马，崇今派则攻击荷马。这种争论，大众以为不过是文学上的枝叶问题。自孔德出，才以为这种争论，不光是在文学上如此，各种知识，都不能免，才把这种争论的关系，看得很大。这种争论，起于意大利，传至法兰西、英吉利，前后凡百余年。

在历史学上进化、退化的问题亦成争论。崇古派主张黄金时代说，以为人类初有历史的时期，叫做黄金时代，以后逐渐退落，而为银时代、铜时代、铁时代，世道人心，如江河之日下云云者以此。崇今派以为古代没有黄金时代，古时的人，几同禽兽，没有什么好的可说。现在是由那种状态慢慢的进化而来的，如有黄金时代，亦必在将来，现在或是银的时代，过去的时代，不过是铁时代、铜时代罢了。其说正与崇古派相反。布丹说[①]："崇古派说古来是黄金时代，全然错误；他们所说的黄金时代，还不如他们所说的铁时代的现在；假使他们所说的黄金时代，可以召唤回来，和现在比一比，那个时代，反倒是铁，现在反倒是金亦未可知。"中国唐、虞时代，今人犹称羡不置，一般崇古的人，总是怀想黄、农、虞、夏、文、武、周、孔之盛世。但此是伪造，亦与西洋所谓黄金时代相同。他们已经打破黄金时代之说，我们也须把中国伪造的黄金时代说打破，才能创造将来，力图进步。这全靠我们的努力。这个责任我们都要负着。在中国古书里面，亦可以寻出许多今古的比论，如"后生可畏，焉知来者之不如今也。"其语气在古代，似有新的意味，且近似进化说。《书经》上说："人惟求旧，器非求旧，惟新。"这又是人是旧的好，器是新的好的意思。

中国人怀古的思想，比西洋人怀古的思想还要盛。因为西洋科

---

① 布丹：让·布丹（1530—1596），近代西方最著名的宪政专家，著有《国家六论》。

学早已发明。科学是在自然界中找出一定的法则，有如何的因，便有如何的果。他们能用科学方法证其因果，又能就古来的，而发明古来所未有的。这样，古人的发明，都有明了的法则，都遗留给后人，而今人却能于古人的发明以外，用科学方法有所新发明。中国科学不发达，古人遗留下的多是艺术的，创造全靠个人特有的天才，非他人所能及。故中国人崇古的思想，格外的发达，中国人对于古人格外仰慕，对于古人的艺术格外爱恋。

怀古思想发生之原因，及中外怀古思想不同之点，既如上述。现在我发表我对于这种思想的批评。

古代自有古代相当之价值，但古虽好，也包含于今之内。人的生活，是不断的生命（连续的生活）。由古而今，是一线串联的一个大生命。我们看古是旧，将来看今也是古。刚才说的话，移时便成过去；便是现在，也是一个假定的名词。古人所创造的东西，都在今人生活之中包藏着，我们不要想他。例如现在的衣服，其形式材料，及制造的方法，极其精致，古来次第发明的痕迹，都已包藏在内。像古人所取以蔽体御寒的树叶兽皮，我们又何必去怀想他！

黄金时代说是错误的，因为人与自然有关系，如太阳光、空气等等。人离开自然，就不能生活。古时的自然产生孔子那样的伟人，现在的自然亦可以产生孔子那样的伟人。同一的太阳光，同一的空气，在古能生的人，在今又何尝不能生？古代生的人，如何能说是万世师表！崇古派所认为黄金时代产生之人，现在也可以产生出来，我们不必去怀古。怀古的思想，固可打破，但我们不能不以现在为阶梯，而向前追求，决不能认现在为天国。当时时有不满意现在的思想，厌倦现在的思想。有了这种思想，再求所以改进之方。如现在中国国势糟到此等地步，我们须要改造，不要学张勋因怀古而复辟，要拿新的来改造。他们是想过去的，我们只是想将来的。历史是人创造的，古时是古人创造的，今世是今人创造的。古时的艺术，固不为坏，但是我们也可以创造我们的艺术。古人的艺术，是以古人特有的天才创造的，固有我们不能及的地方，但我们凭我们的天才创造的艺术，古人也不见得能赶上。古人有古人的艺术，我们有我们的艺术。要知道历史是循环不断的，我们承古人的生活，而我们的子孙，再接续我们的生活。我们要利用现在的生活，而加创造，使后世子孙得有黄金时代，这是我们的责任。

（原刊1922年1月8日《晨报副刊》。此文是作者为北京孔德学校学生作的一次课外讲演，由吴前模、王淑周笔记。具体讲演日期不详）

史　观

人类的历史，果何自始？曰，不知所自始。果何由终？曰，不知所由终。在此无始无终，奔驰前涌的历史长流中，乃有我，乃有我的生活。前途渺渺，后顾茫茫，苟不明察历史的性象，以知所趋向，则我之人生，将毫无意义，靡所适从，有如荒海穷洋，孤舟泛泊，而失所归依。故历史观者，实为人生的准据，欲得一正确的人生观，必先得一正确的历史观。

吾兹之所谓历史，非指过去的陈编而言。过去的陈编，汗牛充栋，于治史学者亦诚不失为丰富资考的资料，然绝非吾兹所谓活泼泼的有生命的历史。吾兹所云，乃与“社会”同质而异观的历史。同一吾人所托以生存的社会，纵以观之，则为历史，横以观之，则为社会。横观则收之于现在，纵观则放之于往古。此之历史，即是社会的时间的性象。一切史的知识，都依他为事实，一切史学的研究，都以他为对象，一切史的纪录，都为他所占领。他不是僵石，不是枯骨，不是故纸，不是陈编，乃是亘过去、现在、未来、永世生存的人类全生命。对于此种历史的解释或概念，即此之所谓历史观，亦可云为一种的社会观。

古昔的历史观，大抵宗于神道，归于天命，而带有宗教的气味。当时的哲人，都以为人类的运命实为神所命定。国社的治乱兴衰，人生的吉祥祸福，一遵神定的法则而行，天命而外，无所谓历史的法则。即偶有重视王者、圣人、英雄、豪杰而崇之以为具有旋乾转坤的伟力神德者，亦皆认他们为聪睿天亶，崧生岳降，仰托神灵的庇佑以临治斯民。故凡伟人的历史观、圣贤的历史观、王者的历史观、英雄的历史观、道德的历史观、教化的历史观，均与神权的历史观、天命的历史观，有密接相依的关系。后世科学日进，史学界亦渐放曙光。康德之流已既想望凯蒲拉儿（Kepler）、奈端（Newton）其人者诞生于史学界[1]，而期其发见一种历史的法则，如引力法则者然。厥后名贤迭起，如孔道西，如桑西门，如韦柯[2]，如孔德，如马克思，皆以努力以求历史法则之发见为己任而终能有成，跻后起的历史学、社会学于科学之列，竟造成学术界一大伟业。厥后德国"西南学派"虽崛起而为文化科学即历史学与自然科学对立的运动，亦终不能撼摇史学在科学的位置，这不能不归功于马克思诸子的伟业了。

自康德以还，名家巨子努力以求历史法则的发见者，既已实繁有徒，于是历史观亦衍类多端：有神权的历史观，有宗教的历史观，有道德的历史观，有教化的历史观，有圣人的历史观，有王者的历史观，有英雄的历史观，有知识的历史观，有政治的历史观，有经济的历史观，有生物的历史观，有地理的历史观。将此种种依四种的分类法括而纳之：曰，退落的或循环的历史观与进步的历史观；曰，个人的历史观与社会的历史观；曰，精神的历史观与物质的历史观；曰，神教的历史观与人生的历史观。前者以历史行程的价值的本位为准，后三者则以历史进展的动因为准。以历史行程的价值的本位为准者，或曰，社会的演展乃由昌盛而日趋衰落；或曰，社会的演展乃如循于一环，周而复始；或曰，社会的演展乃由野僿而日跻开明。以历史进展的动因为准者，则曰，史之进展必有动因。至于动因何在，则又言人人殊：或曰，在个人，如英雄、王者是；或曰，在社会，如知识、经济是；或曰，在精神，如圣神、德化、理念是；或曰，在物质，如地理、人种、经济是；或曰，在神权，如天命、神意是；或曰，在人生，如社会的生产方法，或社会的知识程度是。

---

① 凯蒲拉儿（Kepler）：今通译开普勒；奈端（Newton）：今通译牛顿。

② 韦柯：今通译维科（1668—1744），意大利思想家。

历史观本身亦有其历史，其历史亦有一定的倾向。大体言之，由神权的历史观进而为人生的历史观，由精神的历史观进而为物质的历史观，由个人的历史观进而为社会的历史观，由退落的或循环的历史观进而为进步的历史观。神权的、精神的、个人的历史观，多带退落的或循环的历史观的倾向；而人生的、物质的、社会的历史观，则多带进步的历史观的倾向。神权的、精神的、个人的、退落的或循环的历史观可称为旧史观，而人生的、物质的、社会的、进步的历史观则可称为新史观。

实在的事实是一成不变的，而历史事实的知识则是随时变动的；纪录里的历史是印板的，解喻中的历史是生动的。历史观是史实的知识，是史实的解喻。所以历史观是随时变化的，是生动无已的，是含有进步性的。同一史实，一人的解释与他人的解释不同，一时代的解释与他时代的解释不同，甚至同一人也，对于同一史实的解释，昨日的见解与今日的见解不同。此无他，事实是死的，一成不变的，而解喻则是活的，与时俱化的。例如火的发明，衣裳的发明，农业及农器的发明，在原人时代，不知几经世代，经社会上的几多人，于有意无意中发见、应用的结果积累而成者。旧史观则归功于半神人的燧人氏、神农氏等。若由新史观以为解释，则必搜其迹寻其因于社会全体的进化，而断定此半神人为荒诞的虚构。又如孔子的生平事迹，旧史观则必置之于天纵的地位，必注意于西狩获麟一类的神话。若依新史观为他作传，则必把此类荒诞神话一概删除，而特注意于产生他的思想的社会背景。所以历史不怕重作，且必要重作。实在的事实，实在的人物，虽如滔滔逝水，只在历史长途中一淌过去，而历史的事实，历史的人物，则犹永永生动于吾人的脑际，而与史观以俱代。依据人生的史观重作的历史，补正了依据神权的史观作成的历史不少；依据社会的史观重作的历史，补正了依据个人的史观作成的历史不少；依据物质的史观重作的历史，补正了依据精神的史观作成的历史不少；依据进步的史观重作的历史，补正了依据退落的或循环的史观作成的历史不少。历史观的更新，恰如更上一层，以观环列的光景，所造愈高，所观愈广。以今所得，以视古人，往往窃笑其愚，以为如斯浅识都不能解。其实知识有限，如隔丛山，过后思之，以为易事，而在当时，则非其时之知识所能胜。譬如奈端，据以发明引力法则的苹果落地的事实，奈端之前，奈端之后，目睹苹果落地者，何止千百万人，而皆莫喻引力之理，今从史实，亦何足异？根据新史观、新史料，把旧历史一一改作，是现代史学者的责任。

中国自古昔圣哲，即习为托古之说，以自矜重：孔孟之徒，言必称尧舜；老庄之徒，言必称黄帝；墨翟之徒，言必称大禹；许行之徒，言必称神农。此风既倡，后世逸民高歌，诗人梦想，大抵概念黄、农、虞、夏、无怀、葛天的黄金时代，以重寄其怀古的幽情，而退落的历史观，遂以隐中于人心。其或征诛誓诰，则称帝命；衰乱行吟，则呼昊天；生逢不辰，遭时多故，则思王者，思英雄。而王者英雄之拯世救民，又皆为应运而生、天亶天纵的聪明圣智，而中国哲学家的历史观，遂全为循环的、神权的、伟人的历史观所结晶。一部整个的中国史，迄兹以前，遂全为是等史观所支配，以潜入于人心，深固而不可拔除。时至今日，循环的、退落的、精神的、“唯心的”历史，犹有复活反动的倾势。吾侪治史学于今日的中国，新史观的树立，对于旧史观的抗辩，其兴味正自深切，其责任正自重大。吾愿与治斯学者共策勉之。

（1923 年 12 月 8 日付印，收入《史学思想史》讲义）

时

今逢《晨报》第五周年纪念日，吾乃就“时”的观念发生种种感想。“晨”为日之始，新鲜的朝气，清明的曙光，都随“晨”的时光以俱至。“晨”出吾人于长夜漫漫的暗域，“晨”导吾人于生活迈进的前途。一生最好是少年，一年最好是青春，一朝最好是清晨。周为岁之满，天运人生周行不息，盈虚消长，相反相成。逝者未逝，都已流入现今的中间，盈者未盈，正是生长未来的开始。时是无始无终的大自然，时是无疆无垠的大实在，为“晨”为“周”，都是这大自然大实在流露出来的一体。

时是伟大的创造者，时亦是伟大的破坏者。历史的楼台，是他的创造的工程。历史的废墟，是他的破坏的遗迹。世界的生灭成毁，人间的成败兴衰，都是时的幻身游戏。

时是什么东西？吾曾以之问于玄学，问于认识论，问于心理学，问于数学，问于物理学，问于天文学，都只能与吾以一部分的解答，不能说出他的真实的全体。有的物理学者说，他与“以太”有关。但是“以太”云者究为何物？仙乎神乎，百般捉摸，不能得其正体。近来物理学者努力的结果，已知“以太”云者，本无是物。欧洲有一种学问，名为 Chronology，译成国语曰编年学，曰纪年学，曰年代学，亦曰时学。我欲以时为何物，问之 Chronology，但这不过是研究时的计算，并未涉及时的根本问题。心理学家又来告我，时是心造，因境而异。同一时间，欢娱则每恨其短，痛苦则每厌其长；怀人则一日三秋，乐生则百年旦夕。地质学家从旁窃笑，谓史学者把几千几万年间的经过，分成上古、中古、近古诸期，其间盛衰兴亡，纷纭热闹，杳乎久矣，而在地质学上看去，这不抵一朝暮间的事。“朝菌不知晦朔，蟪蛄不知春秋”。“吾生也有涯，而知也无涯”。吾侪尽自懵着头过这朝菌、蟪蛄的生活罢了。时的问题不能研究，且亦不必研究。说来说去，言人人殊，时的问题，真是不可思议。

哲家者流，究时之义，竭虑殚思，不能得其象迹，乃有拟于空间以为说法者。谓时如一线，引而弥长，既被引者，平列诸点，有去来今。但以此喻说明时的递嬗，亦不合理。因此一线，既已引者，悉属过去，未曾引者，当在未来，现今之点，列于何所？我们知道，三世代迁，惟今为重，凡诸过去，悉纳于今，有今为基，无限未来，乃胎于此。如兹说法，消泯了现今，亦即无异丧失了人生的奥秘。凡诸过去，将于何托？凡诸未来，于何承接？此种说法，不能使人满足。我乃沉思，更得一义：既引的线，确属过去，未引的线，确在未来。然此线之行，实由过去，趋向未来，必有力焉，引之始现。此力之动，即为引的行为，引的行为，即为今点所在。过去未来，皆赖乎今，以为延引。今是生活，今是动力，今是行为，今是创作。苟一刹那，不有行为，不为动作，此一刹那的今，即归于乌有，此一刹那的生，即等于丧失。本乎此理，以观历史，以观人生，有二要义，务须记取：时的引线，与空间异。引线于空间，可以直往，亦可以逆返，我们可从北京来到上海，又可由上海返于北京。至于时间，则今日之日，不可延留，昨日之日，不能呼返。我们能从昨日来到今日，不能再由今日返于昨日。我们在此，只能前进，不能回还的时的途程中，只有行动，只有作为，只有迈往，只有努进，没有一瞬徘徊的工夫，没有半点踌躇的余地。你不能旁观，你不可回顾，因为你便是引线前进的主动。你一旁观，你一回顾，便误了你在那一刹那在此不准退只准进、不准停只准行的大自然大实在中的行程，便遗在后面作了时代的落伍者。于是另有一义，随之而起。凡历史的事件，历史的人物，都是一趟过的。无论是悲剧，是壮剧，是喜剧，是惨剧，是英雄末路，是儿女长情，都是只演一次的。无论是英雄，是圣贤，是暴君，是流寇，是绝代的佳人，是盖世的才子，在历史的旅途上，亦只是过一回的。垓下的歌声只能听得一次，马嵬坡前的眼泪只是流过一回，乃至屈子的骚怨，少陵的悲愤，或寄于文辞，或寓于诗赋，百千万世的后人，只能传诵他们，吟咏他们，不能照原样再作他们。就是我们糊里糊涂一天一天的过去的生活，亦都为一往而不可复返。看到此处，真令人惊心动魄了。人生既是这样可以珍重的东西，那么朝朝都有晨光，年年都有周岁，光阴似箭，一去不还，我们应该如何郑重的欢天喜地的行动着，创造着过去。凡是遇在这一进不退一往不返的、只能见一面的、只能遇一遭的时的旅途上的人们，都是我们的好朋友，好弟兄，我们应该如何郑重的握着手，欢天喜地的亲爱着、互助着，共赴人生的大路。我们不要迟疑审顾的误了好时光，更不要此猜彼忌的留下恶痕迹。机会不可复得，因缘永难再遇。我们在这万劫长流中，大家珍重，向前迈进，走此一遭，必能达到黄金世界的境域。

在空间论前后，前在我们的面前，后在我们的背后。在时间论前后，却恰与此相反。一说前日，便是指那过去的一日；一说后日，便是指那未来的一日。这样说来，后日却在我们的面前，前日反在我们的背后。日常云用，毫不觉异，此果何故？我尝细思，这等言语，很可以表示我们时的观念的错误，历史观的错误，人生观的错误。寻常设想，总以为时的首脑在于古初，时的进行的方向是向广漠无涯的过去奔驰，吾人只是立在一旁，屹然不动，回过身来，向着过去方面看，这太古的机关车带着这些未来连续不断的时的列车，滔滔滚滚的，似水东流，直向荒古方面奔去，所以误认过去的一日转在吾前，未来的一日反在吾后了。这种时的观念所产生的历史观、人生观，是逆退的，是静止的，是背乎大自然大实在进展的方面的，是回顾过去的，是丧失未来的。要知时的首脑，不在古初，乃在现在，不是向广漠无涯的过去奔驰，乃是向广漠无涯的未来奔驰。吾人是开辟道路的，是乘在这时的列车的机关车上，作他的主动力，向前迈进他的行程，增辟他的径路的，不是笼着手，背着身，立在旁观的地位，自处于时的动转以外的。我们要改变这误谬的时的观念，改变这随着他产生的误谬的历史观、人生观，要回过头来顺着向未来发展的大自然大实在的方面昂头迈进，变逆退的为顺进的，变静止的为行动的。这样子，我们才能得到一个奋兴鼓舞的历史观，乐天努力的人生观。

在中国的思想界，退落的或循环的历史观，本来很盛，根深蒂固，不可拔除。至于今日，又有反动复活的趋势。虽以论坛权威如章行严、梁任公两先生者①，亦有退反于退落的或循环的历史观的倾向。章先生则一面说，从前衣服既由宽大而趋于瘦小，今则复由瘦小而返于宽大，以证史相的反复循环；一面又说唐碑不如魏碑，魏碑不如汉碑，以证人文的愈趋愈下，似为一种循环的而又退落的历史观。梁先生则虽犹回顾其《新民丛报》时代的进步的历史观而不忍遽弃，但细味其为文，行间字里，几全为悲观的论调所掩蔽，全为退落的历史观张目，而于进步的历史观深致其怀疑。我本崇今论者，深惧此等论坛权威将为怀古论者推波而助澜，用特揭出“时”的问题以与贤者相商榷，冀其翻然思反，复归于进步论者之林，与我们携手提撕，共到进步的大路上去。这是区区此文的微意。总之，我认时是有进无退的，时是一往不返的，循环云者，退落云者，绝非时的本相。即让一步，承认时的进路是循环的，这个循环亦是顺进的，不是逆退的，只是螺旋的进步，不是反复的停滞。历史的事件与人物，是只过一趟的，是只演一回的。我们今人设若郑重的过这一趟，演这一回，安见不及古人？安见不能超越古人？即让一步，承认古人有非今人所能及的，有非今人所能胜的，他也只是在历史上过一趟的，演一回的，不能因为今人的崇拜与怀思再来一次。我们只有随着这有进无退的时的流转，郑重的过这一

① 章行严：即章士钊。梁任公：即梁启超。

趟，演这一回。“要知此一趟的经过，此一回的演行，乃永久存在，永久传流，贯注于人类生活中，经万劫而不朽！”

十二，十一，一

（原刊 1923 年 12 月 1 日《晨报五周年纪念增刊》）

隐忧篇

国基未固，百制抢攘，自统一政府成立以迄今日，凡百士夫，心怀兢惕，殷殷冀当世贤豪，血心毅力，除意见，群策力，一力进于建设，隆我国运，俾巩固于金瓯，撼此大难，肩此巨艰，斯固未可以简易视之。而决未意其扶摇飘荡，如敝舟深泛溟洋，上有风雨之摧淋，下有狂涛之荡激，尺移寸度，原望其有彼岸之可达，乃迟迟数月，固犹在惶恐滩中也。

蒙藏离异，外敌伺隙，领土削蹙，立召瓜分，边患一也；军兴以来，广征厚募，集易解难，饷糈罔措，兵忧二也；雀罗鼠掘，财源既竭，外债危险，废食咽以，财困三也；连年水旱，江南河北，庚癸之呼，不绝于耳，食艰四也；工困于市，农叹于野，生之者敝，百业凋蹶，业敝五也；顽梗未净，政俗难革，事繁人乏，青黄不接，才难六也。凡此种种，足以牵滞民国建设之进行，矧在来兹，隐忧潜伏，创国伊始，不早为之所，其贻民国忧者正钜也。悬测逆睹，厥要有三：

一、党私　党非必祸国者也。且不惟非祸国者，用之得当，相为政竞，国且赖以昌焉。又不惟国可赖党以昌，凡立宪国之政治精神，无不寄于政党，是政党又为立宪政治之产物矣。而何以吾国政党甫萌，遽龂龂焉警之、惕之、箴之、戒之、诋之、諆之，甚至虑为亡国之媒者？岂吾华历代君主失国之际，均豫有党争为之朕，而有以促其亡，俾后之人受历史之迷惑，一闻党字，遂谈虎色变，而以旧历史之眼光，视今之政党欤？非也。唐之清流，宋之蜀、洛、朔，明之东林、复社，均一时干国英杰，使在今日，吾人且铸金事之。徒以君子小人，有如水火。一方既以道义相号召，则嬖幸之流，恐不见容，遂而荧惑诽谤，以泄其私举，正人义士，排挤倾轧于无余。私心党见之足以祸国，讵以时之今古而殊耶？试观今之政党，争意见不争政见，已至于此，且多假军势以自固。则将来党争之时，即兵争之时矣。党界诸君子，其有见及此者乎？盍早图之？

二、省私　中华建国，版舆辽阔。昔者山川睽隔，交通尼阻，风俗之异，言语之差，胥以地理之关系，为疏通结络之梗，则界域之见，存乎其间，势使然也。然以中央权重，集中于一，前此省见，殊未与政治上以影响。逮满清末叶，各省督抚握权渐重，益以政运趋新，地方日增活动，省见因以稍启。革命军兴，各省以次脱离满清羁绊，宣告独立，自举都督，此不过一时革命行军之计画也。而孰知省界之分，以是及于人心者匪鲜耶？试思一国设省，一省设县，纯因地理人情之便而划之政治区域，其土地犹是国家之领土，其人民犹是国家之国民，宁可省自私之。乃近顷用人行政，省自为治，畛域日深，循是以往，数年或数十年后，势至各省俨同异国，痛痒不关，即军事财政之协助，系乎国家兴亡者，将亦有所计较而不为矣。至神州粉碎，同归于尽，始追悔痛恨于向者省见之非，晚矣！

三、匪氛　历稽载籍，一代兴亡之交，其先必匪乱丛起，良以失政之朝，民多怨之，加之饥馑荐臻，灾异迭见，于是枭雄乘之，狐鸣篝火，愚惑斯民，凡以欲遂其帝王事业之私图也。明之亡也，流寇遍天下，即无满清之西侵，亦决不能永其国祚，而黎元之遭其糜躏，亘数十年，亦不堪矣！民国之兴，基于大义，用兵不过三阅月，成功之速，为东西历史未所有，吾华之幸，抑亦吾民之幸也。然窃有忧者，则匪氛之起，不在满清末运，而在民国初年。何则？战后之兵，蛮野浮动，在伍时既大肆劫掠，退伍后仍将流为盗寇，则今日之兵，即他日之匪，其因一；愚民不识共和为何物，教育不克立收成效，责以国民义务，群惊为苛法虐政，起而抗变，其因二；一度战乱，元气大丧，民间愁苦怨嗟，实为乱阶，其因三；左道之流，造谣惑众，此次革命，引起此辈帝王思想，其因四。怅望前途，不寒而栗，黯黯中原，将沦为盗贼世界，吾民尚有噍类耶！

以上三端，百思恐不获免。凡百君子，其有以嘉谋嘉猷而弭于未然者乎？曷有以解我忧？

按：斯篇成于民国元年六月，迄今将及一纪，党争则日激日厉，省界亦愈划愈严。近宋案[①]发生，借款事起，南北几兴兵戎，生民险遭涂炭。人心诡诈，暗杀流行，国士元勋，人各恐怖，而九龙、龙华诸会匪，又复蠢蠢欲动，匪氛日益猖炽，环顾神州，危机万状。抚今思昔，斯文着笔时，犹是太平时也。呜呼！记者附识。

（原刊 1913 年 6 月 1 日《言治》月刊第 1 年第 3 期）

① 宋案：1913 年 3 月下旬袁世凯派人刺杀国民党代理理事长宋教仁事件。

大哀篇

嗟呼！斯民何辜！天胡厄之数千年而至今犹未苏也！暴秦以降，民贼迭起，虐焰日腾，陵轧黔首，残毁学术，范于一尊，护持元恶，抑塞士气，摧折人权，莫敢谁何！口谤腹诽，诛夷立至，侧身天地，荆棘如林，以暴易暴，传袭至今。噫嘻！悲哉！此君祸也，吾言之有余痛矣。然自满清之季，仁人义士，痛吾民之憔悴于异族专制之下，相率奔驰，昭揭真理之帜，以号召俦类，言之者瘏口哓音，行之者断头绝脰，掷无量之头颅、骸骨、心思、脑血，夙兴夜寐，无时不与此贼民之徒，相激战于黯黯冤愁之天地中，以获今日之所谓共和者又何如也？吾殉国成仁杀身救民之先烈，所以舍生命以赴之者，亦曰："是固为斯民易共和幸福也。"吾民感先烈之义，诚铭骨镌心，志兹硕德，亦欣欣以祝之曰："是固为吾民易共和幸福也。"而骄横豪暴之流，乃拾先烈之血零肉屑，涂饰其面，傲岸自雄，不可一世，且悍然号于众曰："吾固为尔民造共和幸福也。"呜呼！吾先烈死矣！豪暴者亦得扬眉吐气，击柱论功于烂然国徽下矣。共和自共和，幸福何有于吾民也？

彼等见夫共和国有所谓政党者矣，于是集乌合之众，各竖一帜，以涣汗人间，或则诩为稳健，或则夸为急进，或则矫其偏，而自矜为折衷。要皆拥戴一二旧时党人、首义将士，标为自党历史上之光荣。实则所谓稳健者，狡狯万恶之官僚也；急进者，蛮横躁妄之暴徒也；而折其衷者，则又将伺二者之隙以与鸡鹜争食者也。以言党纲，有一主政，亦足以强吾国而福吾民。以言党德，有一得志，吾国必亡，吾民无噍类矣。此非过言也。试观此辈华衣美食，日摇曳于街衢，酒地花天，以资其结纳挥霍者，果谁之脂膏耶？此辈蝇营狗苟，坐拥千金，以供其贿买选票者，又果谁之血髓耶？归而犹绐吾蠢百姓曰："吾为尔作代表也，吾为尔解痛苦也。"然此辈肥而吾民瘠矣。抑吾闻之，各党之支分部，因选举耗用者，动辄数万金，此其所需，要皆仰给于其党魁俊之踞要津享大名者。夫此踞要津享大名者，充其极不过一总统、一都督耳，否则两袖清风之空衔伟人耳，既无邓氏之铜山①，更乏郭家之金穴②，顾安得此钜金者，其故不大可思乎？或谓子殆不知政党之作用，故讥之无完肤。曰：吾侪小民，固不识政党之作用奚似，但见吾国今之所谓党者，敲吾骨吸吾髓耳。夫何言哉！夫何言哉！

共和后，又有所谓建国之勋者矣。其今日一榜，明日一榜，得勋位、嘉禾、上将、中将者，要以武人为多，而尤以都督为横，以其坐拥重兵，有恃无恐，上可以抗中央，下可以胁人民。其抗中央也，则曰："吾拥护民权也。"其胁人民也，则曰："吾尊重国法也。"究之，国法当遵，而彼可以不遵，民权当护，而彼可以不护。不过假手于国法以抑民权，托辞于民权以抗国法，国法民权，胥为所利用以便厥私。中央视之无奈何也，人民视之无奈何也。则革命以前，吾民之患在一专制君主；革命以后，吾民之患在数十专制都督。昔则一国有一专制君主，今一省有一专制都督。前者一专制君主之淫威，未必及今日之都督，其力复散在各省，故民之受其患也较轻。今者一专制都督之淫威，乃倍于畴昔之君主，其力更集中于一省，则民之受其患也重矣，则所谓民权民权者，皆为此辈猎取之以自恣，于吾民乎何与也？

嗟呼！今之自命为吾民谋福利护权威者，竟若是矣！吾民更奚与共安乐者，耗矣。哀哉！吾民瘁于晚清稗政之余，复丁干戈大乱

---

① 邓氏之铜山：邓氏即汉文帝宠臣邓通，汉文帝曾赠他蜀郡严道铜山，自铸钱币，富甲一方。

② 郭家之金穴：郭家，指后汉光武帝郭皇后的弟弟郭况。光武帝数幸其家，赏赐丰厚，当时京城人称郭况家为金穴。

之后，满地兵燹，疮痍弥目，民生凋敝，亦云极矣。重以库帑空虚，岁出增钜，借款未成，司农仰屋，势不能不加征重敛于民。民既托庇于其下，在理当负斯责，亿辛万苦，其又何辞。然求于民者民应之矣，民之切望于国家者，乃适得其反。呜呼！吾民乃委无望矣。富强之本不外振农、通商、惠工。农以生之，工以成之，商以通之。试观吾国，版图若兹其阔，民庶若兹其繁，江河贯于南北，沃野千里，天府之区也。苟有善治者，不待十年，丰庶之象，可坐而睹，而锋镝扰攘之余，为之国家者，不有以解其倒悬，乃坐视困苦飘零而不救，以致农失其田，工失其业，商失其源，父母兄弟妻子离散茕焉，不得安其居，刀兵水火，天灾乘之，人祸临之，荡析离居，转死沟洫，尸骸暴露，饿殍横野。呜呼！国家至此而穷于用，则吾民之所以牺牲其天秩自由，而屈其一部以就范于国家之下者，果何为乎？然是岂国家自身之咎哉？夫今之为政者，匪不纲其政绨以示斯民，若社会政策也，保护制度也，是又徒炫耀其名以贾吾民之欢心已耳。钻营运动争权攘利之不暇，奚暇计及民生哉？然则所谓民政者，少数豪暴狡狯者之专政，非吾民自主之政也；民权者，少数豪暴狡狯者之窃权，非吾民自得之权也；幸福者，少数豪暴狡狯者掠夺之幸福，非吾民安享之幸福也。此少数豪暴狡狯者外，得其所者，有几人哉？吾惟哀吾民而已矣！尚奚言？

一九一三年四月一日

（原刊 1913 年 4 月 1 日《言治》月刊第 1 年第 1 期）

是非篇

是非之不明于天下也，久矣！豪强霸世，扼抑真机，元恶首虐，僭据崇位。蹢其下者，忍痛弗呻，口诽腹谤，诛夷立至，是其慑之以威者；曲学阿世，创言纲纪，人心道术，为所柔敝，敢有正直，嗤为大逆，是其笼之以术者。神州数千年，是非颠淆，心死道丧，芸芸有众，举其本于良知、发于天性者，弗克激于心而发于声，以共白于世者，政教有以戕贼之也。

顽凶既戢，黎元其苏。言论自由，如水决堤，潮流横溢。共和建造以来，海内言论界各标帜志，立论建议，策嘉谋猷。嗫嚅趑趄、蹐天蹢地之余，一旦脱其钤制，亦得飞眉舞色，张口伸舌，论天下事，抑何大幸。然事之束制愈酷者，其外伸之力亦愈大，冲怒决放，必趋于极端，而不获自限，其弊害乃与所欲矫者两无所择，则放言横议之究竟，天下真是非转为言论所淆混，斯又幸中之不幸矣。

今之以言论号召于天下者，多挟其党见之私，黄钟瓦缶，杂然并作，望风捕影，各阿所私。上焉者或无成见存于其间，只以同异之党伐，而正直之灵明，深蔽牢锢，遂不自知其失当，伺瑕蹈隙，抗辩攻讨；下焉者则如桀门之犬，嗷嗷吠尧，不惜出违心之论，肆口罗织，国体之荣辱，人格之保丧，外界之非笑，均所罔顾，惟以博其主人私党之快意。此以是相寻，彼以是相报，是者非之，非者是之，反唇相诋，循环无已，驯至恶声遍于国中，士庶之听闻，亦因以大惑。嗟夫！言论庞而是非乱，言论伪而是非湮，是非由乱而湮，人心世道之真，遂以全失。此亦一是非，彼亦一是非，各是其是，各非其非，真理大义，暗而不明，郁而不彰，世人为所迷瞀，亦各因其所欲焉。以自为是非，悲夫人心纷而不固，必不合矣，彼汲汲于是者，犹不知所自返。循兹以进，国家将为说士裂夫，言论所以明是非者，是非乃反以是而泯，或亦主持言论者之所大痛者欤！

抑吾更有哀者，此次革命血浪中仅涌出有数人物，干国之英，胥在乎是。一年以来，由党见之故，诬蔑轧倾，不遗余力。此党戴为魁首，彼党将视为盗贼；彼党倚为柱石，此党将目为公敌；羌内恕己以量人兮，各兴心而嫉妒。一念之私，雌簧百口，莽莽神州，至竟无一完人，遂至激成二种势力相冲相荡，以有今日之乱。苍生水火，膏血横流，未始非莠言邪说之有以启之，此其为祸，不且烈于洪水猛兽耶？噫！

（原刊1913年9月1日《言治》月刊第1年第4期）

民彝与政治

民彝何为而作也？大盗窃国，予智自雄，冯借政治之枢机，戕贼风俗之大本。凡所施措，莫不戾乎吾民好恶之常，而迫之以党于其恶。迨已极其暴厉恣睢之能事，犹恐力有弗逮，则又文之以古昔之典诰，夸之以神武之声威，制之以酷烈之刑章，诱之以冒滥之爵禄，俾其天赋之德，暗然日亡，不得其逻辑之用，以彰于政治，而伦纪宪章，失其常矣。呜呼！此其所系，讵止一时之安危治乱而已哉！《书》曰："天视自我民视，天听自我民听。"视听之器，可以惑乱于一时，秉彝之明，自能烛照夫万物。如铸禹鼎，如燃温犀，罔两么麽，全形毕现。究之，因果报偿，未或有爽。向之盗劫民彝、罔惑民彝者，终当听命于民彝而伏诛于其前，则信乎正义之权威，可以胜恶魔，天理之势力，可以制兽欲也。《诗》云："天生烝民，有物有则。民之秉彝，好是懿德。"[①] 言天生众民，有形下之器，必有形上之道。道即理也，斯民之生，即本此理以为性，趋于至善而止焉。爰取斯义，锡名民彝，以颜本志。一以示为治之道，在因民彝而少加牖育之功，过此以往，即确信一己所持之术足以福利斯民，施之实际亦信足以昭其福利，极其越俎之害，必将侵及民彝自由之域，荒却民彝自然之能，校量轻重，正不足与其所被之福利相消，则毋宁于牖育之余，守其无为之旨，听民之自器其材，自踏其常，自择其宜，自观其成，坦然以趋于至当之途之为愈也。一以见民彝者，吾民衡量事理之器。藏器于躬，待时而动，外

① 《诗·大雅·蒸民》章。——作者原注

界所加之迷惑迫压，如何其棼且重，彼自有其纯莹之智照，坚贞之操守，有匪先民之典谟训诰所能繫障以尽，奸雄之权谋数术所能劫持以穷也。方今求治之道虽广，论治之言虽庞，而提纲挈领，首当审谛兹理，以为设施。违此则去治日遥，泯棼之端，且惧迭起环生之无已矣。

诠“彝”之义，古有殊训。一训器。宗彝者，宗庙之常器也。古者宗法社会时代，即祭即政。盖政莫始于宗庙，地莫严于宗庙，器亦莫重于宗彝也。故称其重者以概其余而为百器之总名。有祭器焉，有享器焉，有养器焉，有藏器焉，有陈器焉，有好器焉，有征器焉，有从器焉，有旌器焉，有约剂器焉，有分器焉，有赂器焉，有献器焉，有媵器焉，有服器焉，有抱器焉，有殉器焉，有乐器焉，有儆器焉，有重器焉。国家于冠、昏、丧、祭、征讨、聘盟、分封、赂献、旌功、平讼诸典，必以器从。[①] 是器乃为国家神明尊严之所托，有敢窥窃神器者，律以叛逆。周之衰也，楚人问鼎之轻重，王孙满严辞绝之，《春秋》嘉其功焉。古之灭人国者，迁其重器，此名与器所由不可以假人也。商器之文，不过象形、指事而已。周器之文，乃备六书，乃有属辞。其有通六书、属文辞、载钟鼎者，皆雅材也。制器能铭，居九能之一。凡古文可以补今许慎书之阙，其韵可以补《雅》《颂》之隙，其事可以补《春秋》之隙，其礼可以补逸礼，其官位、氏族可以补《世本》之隙，其言可以补七十子大义之隙。三代以上，无文章之士，而有群史之官。群史之官之职，即在以文字刻之宗彝。[②] 是则宗彝至于有周，不啻文史、舆诵、箴规、典要之渊源，殆如罗马十二铜表[③]之类，固不徒供金石家鉴定之资而已。余今举此，非故罗列古光古色，以坟冢窟藏之物眩惑吾二十稘国民之耳目，如古董论者之所为；乃以疏证文义之初，明古者政治上之神器在于宗彝，今者政治上之神器在于民彝。

---

① 见《龚定盦续集》卷一《说宗彝》。——作者原注

② 见《龚定盦续集》卷三《商周彝器文录序》。——作者原注

③ Twelve Tables，罗马法典名。——作者原注

宗彝可窃，而民彝不可窃也；宗彝可迁，而民彝不可迁也。然则民彝者，悬于智照则为形上之道，应于事物则为形下之器，虚之则为心理之澄，实之则为逻辑之用也。

彝亦训常，《书·洪范》云："彝伦攸叙。"彝伦者，伦常也，又与夷通用。老子云："大道甚夷，而民好径。"[①] 夷，平也。为治之道不尚振奇幽远之理，但求平易近人，以布帛菽粟之常，与众共由。所谓以其易饱易暖者自过吾之身，以其同饱同暖者同过人之日，故能易简而得理，无为而成化也。盖非常之原，黎民惧焉，庸言庸行，匹夫与知。以非常之政术，增庸众之迷瞀；以非常之教令，重庸众之桎梏。虑其闻见不熟，或将未痻而惊也；动止不安，或将縶而颠且仆也。吾国求治之君子，每欲以开明之条教，绳浑噩之编氓；依有方之典刑，驭无方之群众。己所好者，而欲人之同好；己所恶者，而欲人之同恶。有诸己矣，而望人之同有；无诸己矣，而望人之同无。抑知此一身之好恶非通于社会之好恶也，此一身之有无非通于社会之有无也。今以一身之好恶有无制为好恶有无之法，以齐一好恶有无不必相同之人，是已自处于偏蔽之域，安有望于开明之途也！任其好同恶异之性，施其强异从同之权，擅权任性，纵其所之，别白太纷，争攘遂起，同者未必皆归，异者从此日远，而政以乖方，民以多事矣。此好同恶异之性所以不可滋长，强异从同之事所以宜加痛绝也。[②]《诗》云："天之牖民，如埙如篪，如璋如圭，如取如携。携无曰益，牖民孔易。民之多辟，无自立辟。"[③] 是知牖民之道，在因其天性之和合，而浚发其资能之所固有，如量以显，勿益其所本无，以求助长之功，则其效易睹。盖人生有欲，政治亦达其欲之一术耳。民之罹于辟者原自多端，不因性以为法，而立法以禁欲，则是辟自我立，不因乎人。但求其同，不容其异，专制之源而立宪之反，其结果必至法网日密，民命日残，

---

① 老子《道德经》。——作者原注

② 参阅《甲寅》第一期，秋桐君《政本》。——作者原注

③《诗·大雅·板》章。——作者原注

比户可诛，沿门可僇也。欧洲当中世之际与改革之初，人之演用魔术而触法以死者累千累万，为其演用之者，不论谁何，皆害天人之法也。然其时，对于魔术之信念，颇踞坚厚之势，于象心之中，故虽诉之刑僇，亦无能减其演用与对之之信念。新旧教坛之疾呼，民政官司之竭力，其于禁遏魔术之演用，均无效力。惟至数辈明达，简明以示其理，谓兹世绝无演用魔术其事，以无魔术其物，故其事乃止。寻其舛误，乃在诉由误解而动作之人于刑，与听诉人为其实际所不能为之事而后因之以为惩责焉。[①] 夫非常之法，其于民也，背逆其生之常态，实与绝无是物之魔术相等。今以魔术迫之使行，不用则从而刑之僇之，此其为害，尤甚于欧洲中世之禁用魔术者远矣。彼其非常之法，果为政治之良图，而离于其民，已失其本然之价值，不能收功，反以贻害，况以诪张为幻，鬼蜮阴行，躬演盗国欺民之魔术，陆离光怪，莫可名状者，而犹靦颜以白于众曰，此民意也，此国情也，此长治久安之道也，此救国救民之心也。呜呼！亡国妖孽，遘之不祥。苟天地不改其常道，人类未泯其常性，将必有操矛矢张弓弮以祓除之者，而不能与一朝居矣。此非常之法、反常之象所以终不可久也。

彝又训法。《书》曰："永弼乃后于彝宪。"民彝者，民宪之基础也。英伦宪法之美，世称为最。戴雪尝论之曰[②]："英伦宪法，吾人自束发受书，即稔闻之。匪制造而成者，乃发育而成者也；非空玄理论之果，乃英人固有本能之果也。此固有本能，乃以致英人建此基础巩固之制度，不必经建筑方术之研究，正如蜂之构巢，何种技艺不足拟其良巧焉。故英宪时优之质，不一而足。吾人祖若宗，所由崇为宝典，决非近百年来世界开化诸邦之模拟赝造、剽窃所可同日而语也。但英宪之发生，究在何时，创造之者，究为谁某，均非能明。其纪载章条之威典何在，亦无能示。要之，英宪实自然发育之物，无论英人外人，纵遇不能晰解之处，而亦不可不尊

---

① 参阅 Hedges, *Common Sense in Politics*, p. 8 -9. ——作者原注

② 戴雪（1835—1922）：美国法学家，著有《宪法研究导论》。

信者也。"[①] 此其所云英人固有之本能，即英之民彝也。所云固有本能之果，即以明英宪乃顺民彝自然之演进，而能一循其常轨，积习成性，遂为不文之典，不惟勿需编纂之劳，且力避编纂之举，以柔其性而宽其量也。吾民彝之屈而不信、郁而不彰于宪典也久矣。兹世文明先进之国民，莫不争求适宜之政治，以信其民彝，彰其民彝。吾民于此，其当鼓勇奋力，以趋从此时代之精神，而求此适宜之政治也，亦奚容疑？顾此适宜之政治，究为何种政治乎？则惟民主义为其精神、代议制度为其形质之政治，易辞表之，即国法与民彝间之连络愈易疏通之政治也。先进国民之所以求此政治者，断头流血，万死不辞，培养民权自由之华，经年郁茂以有今日之盛。盖其努力率由生之欲求而发，出于自主之本能，其强烈无能为抗也。吾民对于此种政治之要求，虽云校先进国民为微弱，此种政治意识觉醒之范围，亦校为狭小；而观于革命之风云，蓬勃飞腾之象，轩然方兴而未有艾，则此民权自由之华，实已苞蕾于神州之陆。吾民宜固其秉彝之心田，冒万难以排去其摧凌，而后以渐渍之工夫，熏陶昌大其光采，乃吾民唯一之天职，吾侪唯一之主张矣。

夫代议政治，虽起于阶级之争，而以经久之历验，遂葆有绝美之精神焉。论善治标准最精者，莫如弥勒[②]，其言曰："夫以善治初哉首基之要素，既为其群各个小己之智德。斯凡一政治所具之长，即在增进人民之智德。而关于政制首当悬为问题者，遂在其涵育其群小己可嘉之资能至于何度。是等资能，曰德与智。从边沁氏[③]校详之析类，智德而外，更益以活动之能焉。治之优于此者，其他凡百措施，类能悉臻于善。盖其蕴蓄之善，得以如量以彰于政治之用者，全赖其民之是等资能矣。"又曰："凡求善治，必取素存于其群善良资能之几分而组织之，俾以执司公务。代议政治者，即致其群一般聪明正直之平准，先觉之殊能于政治相接，视其他组织

---

① 见 A. V. Dicey。*The Law of Constitution*，p. 2 -3. ——作者原注

② John Stuart Mill——作者原注

③ Bentham——作者原注

之方式，校有径切关系并生宏大势力之方也。即于何政制之下，此类势力，皆为其善之存于而政者之渊源，恶之免于而政者之防遏焉。惟一国政制组织是等善良资能之分量愈扩者，其组织之法乃愈善，其政治乃愈良。”[①] 然代议政治之施行，又非可徒揭橥其名，而涣汗大号于国人之前，遂以收厥成功者。必于其群之精神植一坚固不拔之基，俾群己之权界，确有绝明之域限，不容或紊，测性瀹知，习为常轨，初无俟法制之力以守其藩也。厥基维何？简而举之，自由是已。而“意念自由之重，不必于思想大家乃为不可阙之心德也，其事实生民之秉彝，天既予人人以心矣，虽在常伦，而欲尽其心量者，尤非自由不可。”[②] 此亦穆勒氏之所诏谕吾人者也。此类意念自由，既为生民之秉彝，则其活动之范围，不至轶越乎本分，而加妨害于他人之自由以上。苟不故为人为之矫制，俾民庶之临事御物，本其夙所秉赋涵修各自殊异之知能，判其曲直，辨其诚伪，校其得失，衡其是非，必可修一中庸之道，而轨纳于正理，决无荡检逾闲之虞也。由是言之，政治之良窳，视乎其群之善良得否尽量以著于政治；而其群之善良得否尽量以著于政治，则又视乎其制度礼俗于涵育牖导而外，是否许人以径由秉彝之诚，圆融无碍，而为彖决于事理得失利害之余裕。盖政治者，一群民彝之结晶；民彝者，凡事真理之权衡也。民彝苟能得其用以应于事物之实，而如量以彰于政，则于纷纭错综之间，得斯以为平衡，而一一权其畸轻畸重之度，寻一至当之境而止。余信公平中正之理，当自现于从容恢廓之间，由以定趋避取舍之准，则是即所谓止于至善矣。良以事物之来，纷沓毕至，民能以秉彝之纯莹智照直证心源，不为一偏一曲之成所拘蔽，斯其包蕴之善，自能发挥光大至于最高之点，将以益显其功于实用之途，政治休明之象可立而待也。惟若绳以至严之义，责以必守之规，民彝自然之所好，屡遭阻制而无由畅达其志，

① 见 Mill，*Consideration on Representative Government* 第二章 The Criterion of a Good Form of Government. ——作者原注

② 见严译《群己权界论》第四十六、四十七页。——作者原注

是其本能必由久废而全荒，所标为微言大义者，终以扞格而不能深中乎人心，而其指为离经畔道之防者，将终于遇机而卒发，久遏之余，破藩溃堤以出，一决且至不可收拾，此其为患何胜言哉！窃尝端居深念，秘探吾国致乱之源，因果复赜，莫可悉举而拓其窍要。举凡历史积重之难反，依赖根性之难除，众论武断之难抗，法制拘执之难移，莫不为自由之敌、民彝之蔽、政治之关也。嗟乎！吾民不欲为二十稘立宪政治下之国民，斯亦已耳。否则勿恤被体血汗之劳、澄心涤虑之功，以祓除此不祥之阂障，勿任驰骤束缚长此暗郁吾神州矣。

盖尝远稽列国，近证宗邦，知民彝之絯蔽，自由之屈束，每于历史传说、往哲前贤、积久累厚之群为尤甚焉。为其历史所经阅者弥久，斯其圣哲所垂诏者弥多；其圣哲所垂诏者弥多，斯其民彝受繄蒙也弥厚；其民彝受繄蒙者弥厚，斯其政治趋腐败也弥深。故释迦之不生于他国，而生于印度，他国之歆羡之者，或引为遗憾千万；而自印度言之，印度之有释迦，印度之幸，亦印度之不幸也。耶稣之不生于他国，而生于犹太，他国之歆羡之者，或引为遗憾万千；而自犹太言之，犹太之有耶稣，犹太之幸，亦犹太之不幸也。孔子之不生于他国，而生于吾华，他国之歆羡之者，或亦引为遗憾万千；而吾华之有孔子，吾华之幸，亦吾华之不幸也。自有孔子，而吾华之民族不啻为孔子而生，孔子非为吾民族而生焉。自有耶稣，而犹太之民族不啻为耶稣而生，耶稣非为犹太民族而生焉。自有释迦，而印度之民族不啻为释迦而生，释迦非为印度民族而生焉。是故释迦生而印度亡，耶稣生而犹太灭，孔子生而吾华衰。迄今起视此等文化古邦，其民之具秀逸之才、操魁奇之资者，日惟鞠躬尽礼、局促趋承于败宇荒墟、残骸枯骨之前，而黯然无复生气。膜拜释、耶、孔子而外，不复知尚有国民之新使命也；风经诂典而外，不复知尚有国民之新理想也。吁！此岂是等圣哲之咎哉，毋亦相沿相习之既久，斯民秉彝之明，悉慑伏于圣智之下、典章之前，而罔敢自显，遂以荒于用而绌于能耳。余为斯言，亦岂敢被罪先圣以撄人心者？惟以今日吾之国民，几于人人尽丧其为我，而甘为圣哲之虚声劫夺以去，长此不反，国人犹举相讳忌噤口而无敢昌说，则我之既无，国于何有？若吾华者，亦终底于亡耳。孔子云："舜何人也？予何人也？有为者亦若是。"是孔子尝示人以有我矣。孟子云："当今之世，舍我其谁？"是孟子亦示人以有我矣。真能学孔孟者，真能遵孔孟之言者，但学其有我，遵其自重之精神，以行己立身、问学从政而已足。孔孟亦何尝责人以必牺牲其自我之权威，而低首下心甘为其傀儡也哉！

且吾民尝以夸耀于世者，固莫不曰：吾有四千余年之历史也。缅维吾祖降自昆仑，转徙播迁，宅于夏土，氏系于以蕃衍，圣哲于以代作。其间典章制度，德礼政刑，历数千祀，足示吾人以崇奉之则者，繁缛彪炳，美矣备矣。史册俱在，昭然可寻，洵非妄自夸大、虚为构饰之辞也。而抑知其崇奉之专，即其庸愚之渐；美备之胜，即其偏蔽之由；四千余年历史之足夸，即其四千余年历史之足病者乎？一群之中，纲常法度之入人既深也，先圣创其规仪，后儒宗其模式，群之人视彼性圣之嘉言懿行，正若天经地义，莫或敢违。虽以旷世殊俗，理之创于古者不必其宜于今也，法之适于前者不必其合于后也，夏葛之不宜于冬裘也，胶柱之不足以鼓瑟也，结绳之治不能行于文字传译之世也，巢穴之居不能用于宫室轮奂之美也，茹毛饮血之生活不能代烹调珍错之生活也，弓矢之器不能施于飞潜炮火之战也，井田之不可复反也，封建之不可复兴也。例之最近，一九一四年且为古代史矣①。欧洲战前之一切政治艺术，人文种种，胥葬埋于坟墓之内矣②。斯固天演之迹，进化之理，穷变通久之道，国于天地，莫或可逃，莫或能抗者。即以吾人所能为光荣之历史观之，已足示人以迁流之迹，有进无退，不可淹留。而吾民

① H. G. Meles 曾寄文于 *Daily Chronicle*，中有警句曰："1914 is ancient history."——作者原注

② 英人奥士本，曾于 *Morning Post* 撰文，中有"战争者，文学家之坟墓也"句。——作者原注

族思想之固执，终以沿承因袭，踏故习常，不识不知，安之若命。言必称尧、舜、禹、汤、文、武、周、孔，义必取于《诗》、《礼》、《春秋》；即其身体力行之际，确见形格势禁，心尝有所未安，究因一群风习之气压，一国历史之尘积，为势绝重，为力綦宏，弗克坚持一己意志之自由，冲其网罗而卓自树立，破其勒羁而突自解放，举一切迷蔽民彝之死灰陈腐，摧陷而澄清之，以畔夫旧贯而畅育其新机，一群之思辨知能，遂若萎缩而勿振，决无活泼之机、崭新之象矣！豪强者出，乘时崛兴，取之以盗术，胁之以淫威，绳之以往圣前贤之经训，迟之以宗国先君之制度。锢蔽其聪明，夭阏其思想，销沉其志气，桎梏其灵能，示以株守之途，绝其迈进之路，而吾之群遂以陵替。盖自有周之衰，暴秦踵起，用商鞅、李斯之术，焚书坑儒，销兵铸鐻，堕名城，徙豪杰，生民之厄，极于此时。汉兴，更承其绪，专崇儒术，定于一尊。为利一姓之私，不恤举一群智勇辩力之渊源，斲丧于无形。由是中国无学术也，有之则李斯之学也；中国无政治也，有之则嬴秦之政也。学以造乡愿，政以畜大盗，大盗与乡愿交为狼狈，深为盘结，而民命且不堪矣。以剥知丧能之民，居无政无学之国，其不为若辈之鱼肉以尽者几何？斯其民彝之晶影，又乌由彰著于政治？卒至一夫窃国，肆志披昌，民贼迭兴，藐无忌惮。虽以今日民权丕振、宪治普行之世，光化之下，犹有敢以一身演曹操、王莽、石敬瑭、张邦昌、刘豫、路易十四、拿破仑第三之历史，而犯其应有尽有之罪恶者。且复饰迹于祭天尊孔之典、匿身于微言大义之辞，以图压服人心，钳制人口。异邦干禄之子，不远梯山航海之劳，以事助桀为虐之业，雌黄其口，颠倒是非，鄙夷吾之国情民性，悍然指为特别之民，当行特别之政，以致祸水横流，滔滔未已，使吾民不得不别觅表见，以与乡愿大盗相周旋。民彝之道，湘贤谭复生而生于今日，更不知作若何沉痛之语①。而耳食者流，犹不审致乱之源，翻然改图，徒

① 谭嗣同著《仁学》一书，痛论中国无学术，有之皆荀学也；中国无政治，有之皆秦政也云云。——作者原注

梦想中天之盛遐，起思古之幽情，而复古之潮流，遂更为黠猾奸雄所利用。嗟呼！邈古之世，前无尧、舜、禹、汤、文、武、周、孔之圣，而尧、舜、禹、汤、文、武、周、孔乃能成其伟大之功德。自尧、舜、禹、汤、文、武、周、孔之历史，有式范人伦之权威，而尧、舜、禹、汤、文、武、周、孔反以绝迹于后世。以如是蕃庶优秀之民族，如是广漠沃美之江山，乃末由以丰亨豫大，光昌于世。不亡于初穖之洪水猛兽，不斩于历劫之灾异兵荒，而独忧其不保于广土众民文明闻敷之今日者，则岂非以累代之大盗乡愿，假尧、舜、禹、汤、文、武、周、孔之名，所构酝之历史与经传，积尘重压，盘根深结，以障蔽民彝，俾不得其当然之位置，而彰于政治实用之途也欤！

历稽载籍，一部廿四史中，斩木揭竿，狐鸣篝火，䠂然起于草泽之间者，不绝于书。岂诸夏之民，皆具好乱之天性乎？毋亦民彝者，心理之自然；经传者，伦理之矜持。以论理制心理，以矜持御自然。伦理矜持之道，有时而穷；心理自然之势，终求其达。[1] 其为势也，不以常达必以偶达，不以正达必以变达，不以顺达必以逆达，不以和达必以激达。不谋达以常正顺和之道，必遏之使出于偶变逆激之途。蚩蚩者氓，铤而走险，何所不可？老子曰："民不畏死，奈何以死惧之？"[2] 死且不惧，其他桁杨图圄压迫钳制之道，更有何效以图苟安？夫山林草野之间，一夫狂呼，应者四起。瓮牖绳枢之子，岂皆怀帝制自为之野心者？顾敢奋臂以起，悍然与当世之雄强相角抗，此自当代之国法伦理观之，固可加以叛逆之显僇，被以盗贼之恶名；而自心理观之，固皆民彝见制，迫不得伸，乃于偶变逆激之道以求其达之征也。此之不察，徒欲以历史之陈死人，制服社会之活心理，终见心劳日拙，致政象于嵬巃不安而已矣。耶马逊曰："文史诸书，皆意思之所显，即志愿奋勉之记录也。"是则民彝者，可以创造历史，而历史者，不可以束制民彝。过去之历

① 参阅《甲寅》第三期，秋桐君《自觉》。——作者原注

② 老子《道德经》——作者原注

史，既为乡愿大盗假尧、舜、禹、汤、文、武、周、孔之典谟训诰为护符，尽倾其秽恶之心血，以污其幅帙矣。今后之历史，尽有无限光华洁白之空页，全俟吾民本其清新纯醇之资能，以晶映其异采，断不容大盗乡愿涓滴之恶浊血液溷入其中，致其流毒终古，附着于吾民族之历史而莫可涤濯。即尧、舜、禹、汤、文、武、周、孔之嘉言懿行，传流虽久，施之今世，决非所通。盖尧、舜、禹、汤、文、武、周、孔之所以承后世崇敬者，不在其法制典章示人以守成之规，而在其卓越天才示人以创造之力也。吾人生千百年后，俯仰今昔，惟有秘契先民创造之灵，而以创造新国民之新历史，庶以无愧于先民。若徒震于先民之功德，局于古人之成规，堕其自我之本能，蔽其秉彝之资性，是又尧、舜、禹、汤、文、武、周、孔之罪人也矣。

夫尊重史乘、崇奉圣哲之心既笃，依赖之性，遂成于不知不识之间。然而史乘之往辙，不可以回旋也，圣哲之伟迹，不可以再见也。而兹世所遭之艰巨，所遇之屯蹇，虑非一己微末之才所能胜。于是忧乱思治之切者，骇汗奔呼，祷祀以求非常之人物出而任非常之事业，从而歌哭之，崇拜之。或曰此吾国之拿破仑也，或曰此吾国之华盛顿也，或曰此内圣外王，尧、舜、汤、武之再世也，吾民宜举国权而托诸其人也。神奸悍暴之夫，窥见国民心理之弱，乃以崛起草茅，作威作福，亦遂蒙马虎皮，炫罔斯民曰：吾将为汝作拿破仑也，吾将为汝作华盛顿也，吾将为汝作尧、舜、汤、武也。炫罔之犹以为未足，更为种种羁縻延揽之术，以迎秽纳垢，府聚群恶。凡夫权势利禄之资，无不为收拾人心之具。风声所树，群俗为靡，而顽懦溲溷之徒，相率趋承缘附于其侧，以供奔走驱策之用，而颂言斯人为“神武”。然而神武之人，兹世亦安有是物？特一群心理，以是相惊，伯有之厉，遂为黎丘之鬼，而神武之势成，而生民之祸烈矣。例证不远，即在袁氏。两三年前，吾民脑中所宿之神武人物，曾几何时，人人倾心之华、拿，忽变而为人人切齿之操、莽，袒裼裸裎，以暴其魑魅罔两之形于世，掩无可掩，饰无可饰，此固遇人不淑，致此厉阶，毋亦一般国民依赖英雄，蔑却自我之心理有以成之耳！阳明有言："除山中贼易，除心中贼难。"秦政之世，践华为城，因河为池，自以为关中之固，金城千里，恃险足以威天下之众矣。然而陈涉一呼，山东豪杰投袂而起，一夫作难，七庙以隳，曾不二世，而嬴氏子孙身死人手矣。以知残民之贼，锄而去之，易如反掌。独此崇赖神武人物之心理，长此不改，恐一桀虽放，一桀复来，一纣虽诛，一纣又起。吾民纵人人有汤武征诛之力，日日兴南巢牧野之师，亦且疲于奔命。而推原祸始，妖由人兴，孽由自作。民贼之巢穴，不在民军北指之幽燕，乃在吾人自己之神脑。是则犁庭扫穴之计，与其张皇六师，永事戒备，毋宁各将盘营结寨，伏于其脑之神武人物，一一僇尽，绝其根株而肃清之。诚能如是，则虽华山归马，孟津洗兵，不筑路易断头之台，不拓拿翁窜身之岛，亦可以高枕而无忧矣。

由来西哲之为英雄论者，首推加莱罗、耶马逊、托尔斯泰三家[①]。加氏论旨，则谓世界之历史，不过英雄传记之联续耳。常人薪也，英雄火也，薪无论燥至何度，不能以自燃；引以一星之火，可使燎原也。常人之于社会，其受压迫酷至何度，亦不能自奋其力而为反抗；于此有英雄焉，一夫崛起，赍有天锡之灵光，足以烘耀常人之精神。而社会之改革，于是乎行，社会之进步，于是乎远焉。故英雄者，神人也。神而降为人者也，能见人之所不能见，知人之所不能知，此其所以异于常人也。耶氏则异于是，谓英雄者，顺从有众之心理，摄取有众之努力，而始成其为英雄。人第见其人之功业震于一时，而不知有无数同其意志者潜盾于其后焉。此所谓英雄者，不过代表此无数之意志，而为其活动之中心耳。故英雄者，人神也，人而超为神者也。托氏之说，则正与加氏之说相反，谓英雄之势力，初无是物。历史上之事件，固莫不因缘于势力，而势力云者，乃以代表众意之故而让诸其人之众意总积也。是故离于

① Carlyle（1795—1881），苏格兰史学家；Emerson（1803—1882），美国文学家；Tolstoy（1828—1910），俄国文学家。——作者原注

众庶则无英雄，离于众意总积则英雄无势力焉。以余言之，加氏之说犹含希腊英雄时代之采色[①]，而为专制政治产孕之思想，今已无一顾之值。耶说视加说为核实矣，而其立论，终以神秘主义为据，以英雄政治为归。此点与加说略同，故亦病未能取。独托氏之论，精辟绝伦，足为吾人之棒喝矣。夫圣智之与凡民，其间知能相去不远。彼其超群轶类者，非由时会之因缘，即在众庶之信仰。秉彝之本，无甚悬殊也。就令英雄负有大力，圣智展其宏材，足以沛泽斯民，而一方承其惠恩，一方即损其自性；一方蒙其福利，一方即丧厥天能。所承者有限，所损者无穷；所蒙者易去，所丧者难返。寖微寖弱，失却独立自主之人格，堕于奴隶服从之地位。若而民族，若而国家，即无外侵亦将自腐，奚能与世争存！即苟存焉，安有价值之可言？老子云："圣人不死，大盗不止。"[②] 此所谓盗，殆指盗人秉彝之能而荒之。其民过崇圣智、厚赖英雄之性，其即引盗入室之媒欤？

或曰：法律死物也，苟无人以持之，不能以自行。古人"人存政举，人亡政息"之言，终寓有不磨之理。若惩人治之弊而专任法律，与监法治之弊而纯恃英雄，厥失维均，未易轩轾。排斥英雄之说，失其中庸，必至流于众愚政治。聚众瞽以事离娄之明，驱众尪以当乌获之役，乌乎可哉！况十九稘初叶，悉全欧之人，胜一拿破仑，故是稘之文明，植基于唯民主义。二十稘初叶，竭维廉二世之力，以制全欧，即以制全世界。苟或胜焉，则是稘之文明，纵不敢云返于适与唯民主义相反之英雄主义，而必植基于一种新英雄主义，可以断言。庸得以因噎废食，痛恶人治之说至于此极也。应之曰：唯唯否否。余为此言，非纯恃法律万能之力，以求致治之功，乃欲溯本穷源，以杀迷信人治之根性，免致野心之徒，谬种流传，祸机隐伏，野草不尽，春风吹又生也。盖此性不除，终难以运用立

① 希腊称英雄为 Demigod，译言"半神"，古代史家尝谓英雄为神族之一。——作者原注

② 老子《道德经》。——作者原注

宪政治于美满之境。今后取人之准，宜取自用以效于民之人，无取用民以自见之人；宜取自用其才而能适法之人，无取为之制法始能展才之人。盖唯民主义乃立宪之本，英雄主义乃专制之原。而立宪之所以畔夫专制者，一则置重众庶，一则侧重一人；一则使知自重其秉彝，一则多方束制其畀性；一则与以自见其我于政治之机，一则绝其自见其我于政治之路。凡为立宪国民，道在道能导民自治而脱他治。民以是相求，政以是相应，斯其民之智能，必能共跻于一水平线而同莅并育。彼其众庶，立于水平线以上，以驱策英雄俾为民用可也；降于水平线以下，以待英雄之提撕，听英雄之指挥不可也。彼其英雄守一定之限度，以代众庶而行众意可也；越一定之限度，背众庶以独行其意不可也。此实专制国民服事英雄与立宪国民驱使英雄之辨，亦即专制政治与立宪政治之所由殊也。且拿破仑之与全欧争也，法兰西国民实为之效命；德意志国民之与世界战也，维廉二世实为之前驱。为因不同，为果自异。故拿破仑之败，得谓为全欧败一拿破仑；德意志国民之胜，不得谓维廉二世胜全世界。然则唯民主义可以勃兴于十九稘，英雄主义则断不能复活于二十稘也。代议政治虽今犹在试验之中，其良其否，难以确知，其存其易，亦未可测。然即假定其不良、其当易，其起而代之者，度亦必为校代议政治益能通民彝于国法之制，决非退于专制政治，可以笃信而无疑焉。此美今总统威尔逊氏有言曰："余敬塔虎脱与罗斯福，余信二氏为吾美国民而活动，与二氏有可敬之人格绝无所疑。但二氏仅为为吾美国民活动之人，而无与吾美国民共动之意；故余代二氏而与吾美国民共行政治。"① 吾民当知国家之事，经纬万端，非一二人之力所能举，圣智既非足依，英雄亦莫可恃，匹夫之责，我自尸之。必需求一人焉，以司机关，则遴与民共动之人。此而难获，更择为民活动之人，而施以驱策。彼神武自雄者，物大莫容，无所用之。盖迷信英雄之害，实与迷信历史同科，均为酝酿专制之

① 见所著《新自由主义》，曾于日文译本见之。——作者原注

因、戕贼民性之本，所当力自湔除者也。

立宪政治基于自由之理，余既略陈其概矣。顾自由之保障，不仅系于法制之精神，而尤需乎舆论之价值。故凡立宪国民，对于思想言论自由之要求，固在得法制之保障，然其言论本身之涵养，尤为运用自由所必需。盖夫一国专制之积习，沦浃既深，民间持论之态，每易昧于商权之旨，好为抹杀之辞。未尽询谋之诚，遽下象定之语，此其流弊，以视偶语之禁，腹诽之罚，尚为可怖。汉土自春秋战国以还，诸子争鸣，百家并起，子舆氏以论政名家，所言多与近世民政相符，独其距辟杨墨，至诋为邪说淫辞，而谓“杨子为我，是无君也，墨子兼爱，是无父也。无父无君，是禽兽也。”吁！此其言之背于逻辑，何其甚也！自是而后，儒者排距党伐之风，日以昌炽。韩退之之徒，持议尤为偏激。李卓吾倾心内典，一时学士大夫诋为异端。卓吾自知所言为世弗容，至自名其书为“李氏焚书”。未几，身系囹圄，而书亦成灰烬。呜呼！其群之对于言论之虐，其视专制之一人为何如也。爰及于今，欧西自由之说，虽经东渐，神州共和之帜，亦既飘然高树，而社会言论武断之力，且与其庞杂喧阗之度而俱增，而是非乱，而真伪淆，公理正义乃更无由白于天下，自由之精神，转以言论自由愈湮没而不彰。吾人追究作俑之罪，春秋之义，责备贤者，虽以子舆氏阐明民政之功，而亦不能为之曲讳矣。

昔者穆勒氏之论自由曰：“凡在思想言行之域，以众同而禁一异者，无所往而合于公理。其权力之所出，无论其为国会，其为政府，用之如是，皆为悖逆。不独专制政府其行此为非，即民主共和行此亦无有是。依于公信而禁独伸之议者，其为恶浮于违众议而禁公是之言。就使过去来三世之人所言皆同，而一人独持其异，前之诸同不得夺其一异而使同，犹后之一异不得强其诸同以从异也。盖义理言论，不同器物，器物有主人所独宝，而于余人不珍，故夺其所有，谓之私损。而所损者之家寡，犹有别也。义理言论，乃大不然。有或标其一说，而操柄者禁不使宣，将其害周遍于人类。近之其所被者在同世，远之其所被者在后人。与之同者，固所害也。与之异者，被害尤深。其所言为是，则禁之者使天下后世无由得是以救非；其所言为非，则禁之者使天下后世无由得非以明是。盖事理之际，是惟得非，而后其为是愈显，其义乃愈不刊，此其为用正相等耳。是二义者，必分立审辨而后明。言论之出也，当议禁绝之时，从无能决其必非者，就令能决其必非矣，而禁绝之者，仍无功而有过。”[①] 此透宗之旨。余之谫陋，初事论事，何以加兹？故微引其言，以证社会言论，对于异说加以距辟，无论其说之本非邪说淫辞，真理以是而隐，不得与天下后世共见，其害滋甚。即令为邪说矣、淫辞矣，其背理之实亦不能以昭示于天下后世，其害仍隐中而无由逃。法制禁之，固非所宜；舆论禁之，亦岂有当？此即征诸杨墨之说，而益信矣。试问今之读书明理之士，有仍以杨墨之学说为无君无父足以尽之者乎？有仍以无君之民为禽兽者乎？希腊圣者苏格拉的，今世哲俊共许为西方孔子者也。顾当其身，国人众推廷鞫，被以慢神不道、惑众倾邪之罪而戮之矣。耶稣基督，今世奉为唯一之救主者也。顾当其身，时人以其人为逆天而戮之矣。最近如托尔斯泰，世尝尊为文豪大哲者也，而前曾受破门之宣告矣。此可知邪说之未必果邪，淫辞之未必果淫。真理正义，且或在邪说淫辞之中也。二十年以前，洋海始通，西学输入，缙绅先生尚持天动地静之说，而以为奇技淫巧焉。今地球环绕太阳之理，声光化电之学，虽在童騃，亦粗知其义矣。盖所谓真理者，亦有从世运而变迁者乎？所不可变者，独此民彝之智察耳。予之自人者，人可以夺之。秉之自天者，则非人为之威福，人为之毁誉，所能汩没以空，澌灭以尽也。故夫声色货利，足以蛊人之形骸也；而民彝之所操，不以是而移也。桁杨刀锯，足以屈人之躯体也；而民彝之所守，不以是而淆也。诋諆距辟，足以禁人之昌说也；而民彝之所向，不以是而反也。即于一言一行之微，其以声色货利蛊之者，其物即缘声色货利而俱存。以桁杨刀锯屈之者，其物即与桁杨刀锯而并立。以诋谟距辟禁之者，其物即从诋諆距辟而潜滋。此无他，凡事之涉及

① 见严译《群己权界论》第二十、二十一页。——作者原注

民生利害者，其是非真妄宜听民彝之自择，未遽可以专擅之动作云为，以为屏斥杜绝之方也。天之所赋，人焉能夺？天之所禁，人何能予？道在听民彝之自为趋向，因势而利导之，为容相当之余裕，俾得尽形于政，以收自然之成，无事束缚驰骤之劳、防闲检制之工矣。其或不尔，利其不著，便于制异从同，潜存之势，亦终必发。声色货利、桁杨刀锯之力，且不为功，而谓诋諆距辟之事，庸能有成哉！是故立宪国民之于言论自由也，保障之以法制，固为必要，而其言论本身，首当洞明此旨。但察其是，勿拒其非，纵喜其同，莫禁其异，务使一群秉彝之所好，皆得相当之分，反复辩论，获其中庸之理以去。最后彖定之辞，勿得轻用；终极评判之语，勿得漫加。健全之舆论成，而美满之宪政就矣。

近人海智氏著《政治常识》一书[①]，开宗明义即叙著书之旨，不在对于一人一事而为终极彖定之语，惧其侵及天禀而为智力之絯也。其言曰："排斥终极之彖定，其利乃在致一切政治问题，得应有尽有之人，续行讨论。此类讨论，每足以唤起有效之思索，导于理想社会之域。而此理想社会，即所以表示吾美人生之协和者也。倘吾全美或其一州之国民心觉，不克活泼泼地以呈于公共问题，则其政治之体，不得尽其全能。正犹一人之身，有其一部麻木不仁，馀则仅存形式动作之观而已。于宪法限制之内，法令与判决即多数表布之意思，迄于为新行立法制定所更，为兹土之法律，并政治行为之准则焉。在此期间，进步方法之讨论罔有息绝，其查事之精，析论之透，均为其进程所达之验也。盖背乎逻辑之推论，苟为根于事实而设者，其视合乎逻辑之推论，所据之事全为子虚者，厥失为少。前者得其时而或有合，后者徒为美辞之助而永无其果。前者犹为实用，后者只为空理。心性之重乎讨议，殆与求构之结论无殊也。"[②] 准乎斯言，不以凡事之理曲是非揽之于己，而下最后判彖

① Hedges（美人）所著《政治常识》（*Common Sense in Politics*）于一九一二年出版。——作者原注

② Hedges，《政治常识》第四、五页。

之辞，则其理曲是非自能获于天下公论之中。盖其参究互议之果，乃能求一事实为之根据。而后逻辑之用，方为不荒；心觉之能，始能昭著；舆论之声，乃能扬于社会而有伟大之权威也。吾民可以谛审其理矣。

群演之道，在一方固其秩序，一方图其进步。前者法之事，后者理之事。必以理之力著为法之力，而后秩序为可安；必以理之力摧其法之力，而后进步乃可图。是秩序者，法力之所守；进步者，理力之所摧也。欧洲当文艺复兴之顷，罗马教皇，权威赫赫，虽以帝王之尊，莫不俯首帖耳于教皇之前，其法之力，可谓风靡全欧矣。胡以路德之徒，昂然崛起，别树新教之帜，以与炙手可热之教皇抗，而卒能胜之？则理之力也。法兰西革命之时，上自王家，下至贵族僧侣，蹂躏平民，无所弗至，其法之力，可谓火热水深矣。而胡以卢梭、孟德斯鸠、乌尔泰[①]之流，扬其民权自由之声，卒酿革命之风云，而共和之基卒以奠定？则理之力也。他如英之大宪章、权利请愿书，美之独立宣言，吾国之南京约法，乃至云南宣言之四大政纲，莫非以理之力冲决法之力，而流露之民彝也。盖法易腐而理常新，法易滞而理常进。国之存也存于法，人之生也生于理。国而一日离于法，则丧厥权威；人而一日离于理，则失厥价值。故立宪国民之责任，不仅在保持国之权威，并宜尊重人之价值。前者政治法律之所期，后者学说思想之所为。前者重服从、尚保守，法之所禁不敢犯也，法之所命不敢违也。后者重自由、尚进取，彝性之所趋，虽以法律禁之，非所畏也。彝性之所背，虽以法律迫之，非所从也。必使法之力与理之力，息息相攻，即息息相守，无时不在相摩相荡相克相复之天，即无时不得相调相剂相蓄相容之分。既以理之力为法之力开其基，更以理之力为法之力去其障，使法外之理，无不有其机会以入法之中，理外之法，无不有其因缘以失法之力。平流并进，递演递嬗，即法即理，即理即法，而后突发之革命可免，日新之改进可图。是在民彝与国法疏通之脉络

---

① Rousseau，Montesquieu，Voltaire.——作者原注

途径何如耳，是在吾民本其秉彝之能以为改进之努力何如耳。

余论至斯，已嫌过冗，最终有欲为吾国民告者：人之生也，莫不有其环境，而常与其生以莫大之影响焉。其境丰者其能啬，其境匮者其能增。此理虽常见于僿野之民，而非可论于文明之族。盖文明云者，即人类本其民彝改易环境，而能战胜自然之度也。文明之人，务使其环境听命于我，不使其我奴隶于环境。太上创造，其次改造，其次顺应而已矣。国家之存立，何莫不然？国民全体，亦有其大生命焉，其与环境相战，所需之秉彝之能、努力之勇，正不减于小己之求生。吾华建国，宅于亚陆，江山秀美，泱泱大风，世界之内，罕有其匹。沃土如兹其广也，河流如兹其多也，海线如兹其修也，煤铁如兹其富也。苟吾四亿同胞之心力，稍有活泼之机，创造改造之业，姑且莫论，但能顺应此环境而利用之，已足以雄视五洲、威震欧亚矣。而今则何如者？神衰力竭，气尽能索。全国之人，其颖智者，有力仅以为恶，有心惟以造劫。余则死灰槁木，奄奄待亡，欲东不能，欲西不得，养成矛盾之性，失其自然之天①，并其顺应环境之力而亦无之。遂令神州，鞠为茂草，昔称天府，今见陆沉。呜呼！是果孰之咎欤？余思之，且重思之，则君主专制之祸耳。盖民与君不两立，自由与专制不并存，是故君主生则国民死，专制活则自由亡。而专制之政与君主之制，如水与鱼，如胶与漆，固结不解，形影相依。今犹有敢播专制之余烬、起君主之篝火者，不问其为筹安之徒与复辟之辈，一律认为国家之叛逆、国民之公敌，而诛其人，火其书，殄灭其丑类，摧拉其根株，无所姑息，不稍优容，永绝其萌，勿使滋蔓，而后再造神州之大任始有可图，中华维新之运命始有成功之望也。吾任重道远之国民乎！当知今日为世界再造之初、中华再造之始。吾人宜悟儒家日新之旨，持佛门忏悔之功，遵耶教复活之义，以革我之面，洗我之心，而先再造其

① 日人市村赞次郎，尝谓吾国民有五矛盾性：（一）保守而不厌变化；（二）从顺而有时反抗；（三）一般文弱而个人有所不屈；（四）极好主义而又能雷同；（五）贵实行而泥于形式。此其所言，未必皆中，而矛盾之说，要亦不无所见。余谓此非吾民族秉彝之性，只以专制政治戕贼民性泰甚，遂成此不自然之态耳！——作者原注

我。弃罪恶之我，迎光明之我；弃陈腐之我，迎活泼之我；弃白首之我，迎青年之我；弃专制之我，迎立宪之我；俾再造之我适于再造中国之新体制，再造之中国适于再造世界之新潮流；我不负此中国，中国即不负此河山。是在吾国民之善用其秉彝，以之造福邦家，以之挽回劫运。国家前途，实利赖之矣。

托尔斯泰诠革命之义曰："革命者，人类共同之思想感情遇真正觉醒之时机，而一念兴起欲去旧恶就新善之心觉变化，发现于外部之谓也。除悔改一语外，无能表革命意义之语也。"今者南中倡义，铁血横飞，天发杀机，人怀痛愤，此真人心世道、国命民生之一大转机也。一念之悔，万劫都销。此则记者斋戒沐浴，愿光奉其忏悔之心，以贡于同胞之前，而求以心印心，同去旧恶，同就新善，庶不负革命健儿庄严神圣之血，洒于自由神前，为吾侪洗心自忏之用矣。

樱花节中脱稿

（1916年5月15日《民彝》创刊号。《民彝》为中国留学生总会刊物，创刊于日本，李大钊为编辑部主任）

宪法与思想自由

西谚有云："不自由毋宁死。"夫人莫不恶死而贪生，今为自由故，不惜牺牲其生命以为代价而购求之，是必自由之价值与生命有同一之贵重，甚或远在生命以上。人之于世，不自由而不生存可也，生存而不自由不能忍也。试观人类生活史上之一切努力，罔不为求得自由而始然者。他且莫论，即以吾国历次革命而言，先民之努力乃至断头流血而亦有所不辞者，亦曰为求自由而已矣。今兹议坛诸贤瘏口哓音，穷思殚虑，努力以制定庄严神圣之宪典者，亦曰为求自由之确实保障而已矣。盖自由为人类生存必需之要求，无自由则无生存之价值。宪法上之自由，为立宪国民生存必需之要求；无宪法上之自由，则无立宪国民生存之价值。吾人苟欲为幸福之立宪国民，当先求善良之宪法；苟欲求善良之宪法，当先求宪法之能保障充分之自由。

自有英之《大宪章》，法之《人权宣言》，为近世人类自由之保证书，各国宪法莫不宗为泰斗，如身体自由、财产自由、家宅自由、书信秘密自由、出版自由、教授自由、集会结社自由、信仰自由诸荦荦大端，皆以明文规定于其中。吾之《天坛草案》，亦颇能模其成规，独于教授自由一项屏而不载，且于第十九条附加"国民教育以孔子之道为修身大本"一语。是语也，不啻将教授自由、言论自由、出版自由、信仰自由隐然为一部分之取消，是必有大奸慝怀挟专制之野心者，秘持其权衡，而议坛诸公，未能烛照其奸，诚为最可痛惜之事。盖彼袁氏之虐，不过僇吾人之身体，掠吾人之财产，剥夺吾人家宅、通信、集会结社之自由，其祸仅及于身体，仅及于个人，仅止于一时，兹乃并民族之生命、民族之思想而亦杀之，流毒所届，将普遍于社会，流传于百世。呜呼，酷矣！

吾国自秦以降，其为吾人自由之敌者，惟皇帝与圣人而已。清之季世，议定宪法，耳食之士，乃欲强宪法与皇帝发生关系，且欲袭日本特别国情之天皇万世一系而用之。卒之，宪法未立，而清室以之倾矣。共和肇造，袁氏擅权，灭国会，除政党，毁约法，诛党人，毒焰薰天，不可向迩。国之君子，乃复趋承其意，怂恿袁氏，以其炙手可热之权威，强宪法与皇帝发生关系。卒之，帝制未成，而袁氏以之毙矣。由是观之，皇帝与宪法，盖不能两立者也。有皇帝之时代，断不容宪法发生；有宪法之时代，断不容皇帝存在。而执皇帝之旗帜以谋侵入宪法领域者，乃以完全失败。彼辈犹不自悟，以为皇帝无灵，更乞援于圣人，务求于自由宪法之中，获一偶像之位置而后已。抑知宪法者为国民之自由而设，非为皇帝、圣人之权威而设也；为生人之幸福而设，非为偶像之位置而设也。而在吾华，历史最古，历史上遗留之种种权威重压累积于国民之思想者，其力绝厚。故外人谓中国、印度、希腊、罗马诸邦之域中，非偶像之碑铭，即死人之坟墓。于此而欲畅舒国民之自由，不当仅持现存之量以求宪法之保障，并当举其可能性之全量以求宪法保障其渊源也。其渊源维何？即思想自由是已。苟有匿身于偶像之下，以圣人之虚声劫持吾人之思想自由者，吾人当知其祸视以皇帝之权威侵害吾人身体为尤烈，吾人对之与以其反抗之决心与实力，亦当视征伐皇帝之役为尤勇也。

圣人之权威于中国最大者，厥为孔子。以孔子为吾国过去之一伟人而敬之，吾人亦不让尊崇孔教之诸公。即孔子之说，今日有其真价，吾人亦绝不敢蔑视。惟取孔子之说以助益其自我之修养，俾孔子为我之孔子可也；奉其自我以贡献于孔子偶像之前，使其自我为孔子之我不可也。使孔子为青年之孔子可也，使青年尽为孔子之青年不可也。吾在日本，尝见某评论家昌宗教无用之论，其言绝趣。彼谓孔子、释迦、基督、穆罕默德，其于吾人，不过一种食品。孔子与牛肉，释迦与鸡肉，基督与虾，乃至穆罕默德与蟹，其为吾人之资养品等也。吾人食牛肉、鸡肉，在使之变为我之肉也；食虾蟹等物，在使之变为我之物也。吾人食孔子、释迦、基督、穆罕默德，亦欲使其精神性灵，代为我之精神性灵而已。但人类为杂食动物，吾人为求肉之发育，不能不兼食牛鸡虾蟹，正犹为求灵之发育，不能不兼收孔、释、耶、回之说云云。斯言虽近谑，亦颇含有至理。以今世国民灵的消化力（即思想力）之强，绝非孔、释、耶、回中之一家所能满充其欲望者。今乃欲以保障自由之宪法，为孔子护持其权威，无论国民思想力要求之强烈，断非宪法之力所能遏止。即令果如其意，而以观其效绩，亦惟使其国民自我之权威，日益削弱，国民思想力之活泼，日益减少，率至为世界进化之潮流所遗弃，归于自然之淘汰而已矣。即其忠于孔子之心，吾人多少亦表感佩之意，然此终非所以忠于孔子之道也。欧洲中世耶教之黑暗，苟非路德一辈先觉之士，热狂绝叫，以树反抗之帜者，则耶教之亡也久矣。诸公不此之务，而惟日挈其偶像以锢青年之神智，阏国民之思潮，孔子固有之精华，将无由以发挥光大之，而清新活泼之新思潮，亦末由浚启其渊源。以此尊孔，尼山之灵，不其馁乎？若必谓“天赋我以膝，不拜跪何用？”即天赋我以思能，不崇信孔子何用？则是国家将亡，必有妖孽，斯真坟墓中之奇音怪响，何有一辩之值。若社会而犹附和其说，则莽莽神州无复生人之足与语者矣，不其痛欤！

吾今持论，稍嫌过激。盖尝秘窥吾国思想界之销沉，非大声疾呼以扬布自我解放之说，不足以挽积重难返之势。而在欧洲，自我之解放，乃在脱耶教之桎梏；其在吾国，自我之解放，乃在破孔子之束制，故言之不觉其沉痛也。故吾人对于今兹制定之宪法，其他皆有商榷之余地，独于思想自由之保障，则为绝对的主张。而思想自由之主要条目，则有三种：一出版自由，一信仰自由，一教授自由是也。请分论之：

世界出版最不自由之国，首推中国及俄罗斯、西班牙、土尔其。中国文字之劫，烈于秦火。近古以还，李卓吾、金圣叹之徒，亦皆以文字罹杀身之祸。前清乾嘉文字之狱，冤抑罔申，惨无人理，秦火而后，亦浩劫也。盖尝考之，出版自由之要求，即在欧洲，亦非甚早。而欧洲古代对于出版之禁制，亦尝层见迭出。苏格拉的曾以否认国家之神而为梅利达士、亚尼达士及雷昆等所控诉矣，科巴尔尼加士与加里雷阿之书，为当时官吏所焚矣。[1] 即至法国革命之际，所有文书，尚归国家管理，书籍出版，亦为国家所指定图书馆之特权，且复严加检阅，科著者以苛刑。故法国有名之著作，多在外国出版，如孟德斯鸠之《法意》，则出版于杰聂洼，福禄特尔、卢骚之名著，亦多在伦敦、杰聂洼、亚母士达母刊行[2]。千七百七十五年，《天理哲论》一书，依巴黎巴力门法院之命令破毁之，著者且受对于天神人类犯叛逆罪之宣告矣。千七百八十一年，雷那尔因所著《印度史》一书，而受渎神罪之宣告焉。此外之例，正复不遑枚举。迨至革命之风云卒起，巴黎市中，攻击时政之小册，传布街巷，飞如蝴蝶，非复禁令之所能遏制矣，卒于《人权宣言》中确认出版自由，而美国渥金尼亚州、边西尔渥尼亚州之权利典章亦明认之[3]。厥后各国宪法，莫不资为模范。惟德意志诸邦对于出版之禁令，较英、法、美、比诸国为迟，盖不过近五十年来事也。各国关于出版，初行检阅之制，然检阅由于官吏一人之偏见，每多失当，最足为文化之蠹。各国宪法，遂一面以自由出版为原则，一面复以严禁检阅制度揭于其中，以补此缺点，如比国宪法第十八条、普国宪法第二十七条、奥国宪法第一部第十三条、美国修正宪法第一条是也。吾国《天坛草案》第十条有“中华民国人民有言论著作及刊行之自由，非依法律不受制限”之条文。但此所谓法律，是否包有检阅制度，语意颇涉泛漠。吾以为关于出版，绝

① 苏格拉的：今通译苏格拉底；梅利达士、亚尼达士及雷昆：即迈雷托士、安匿托士、赖垦，三人皆为控告苏格拉底的人；科巴尔尼加士：哥白尼；加里雷阿：伽利略。

② 杰聂洼：今通译日内瓦；亚母士达母：今通译阿姆斯特丹。

③ 渥金尼亚：今通译弗吉尼亚。边西尔渥尼亚：今通译加利福尼亚。

不可施行检阅制度，除犯诽毁罪及泄漏秘密罪律有明条外，概不受法律之限制，仿各国以严禁检阅制度揭于宪法明文中为宜也。盖是非以辩析而愈明。果其是也，固当使人得是以明非；即其非也，亦当使人得非以察是。此与文化进步最有关系者也。

次于信仰自由，亦决不许稍加限制。盖信仰一种宗教，乃在求一安心立命之所，出于人类精神上之自然的要求，非可以人为之力施以干涉也。古来以政治之权力，强迫人民专信一宗，或对于异派加以压制者，其政策罔有不失败者。故至今日，世皆认信仰为个人之自由，而不复作干涉之迷梦矣。政教相混，原为人类进化必经之一阶级，世界各国莫不循此轨辙，而今尚有存此遗习者也。彼法、西、英诸国，关于教会与教育分离问题，纷议尚炽，其明证焉。盖政教相混，每酿绝大之纷争，欧洲一部历史，皆其纷争之纪录也。东洋自古无宗教之纷争，此最足幸者。而吾中国，儒、释、道、回、耶，杂然并传，含容甚广，是信仰自由之原理，已为吾先民所默契。今乃欲反其道，而凭空建立国教，斯诚背乎国情而为致争之由也。现时欧洲之维持国教制度者，虽不止于俄、英、希腊二三国，然皆有渐趋政教分离之倾向，乃为昭著之事实。观英国于数年前以下院百有余名之多数，可决废止英兰教会一名监督教会 Episcopal Church 之国教，可以知矣。议事之日，其教育卿巴雷氏曰："予个人甚望教会脱离国家之桎梏，复归于精神的权威之地位。然政府以目前有数多紧急问题之故，无任本案执行之意也。"邦拿曼内阁虽无以政教问题与上院抗争之意，而以舆论大势之所趋，虽上院亦弗能终抗。盖英兰教会属于耶苏新教之一派，三百年前，承亨利八世之意，与罗马法王分离，以国王为教会之首长，费用之一部，由国帑支给之，僧正之任用，以王权行之，全出于政教一致之形式，以至于今日。而英兰教会之独立，止于以国王代法王而已。不惟未能举宗教改新之实，弊且益甚焉。于是非国教团体相继发生，彼 Congregationalist Methodist 之起，特为此耳。政府极力镇压非国教团体，制限其徒侣之俗权，虽能制止于一时，而以现在国民之一半属于非国教，而使为他之一半均担国费，不平之声，遂而日高，迟早不可知，教会必将有特立于政权以外之一日也。吾之举此，此证国教制度决不能存于今日进步之社会。旧行之制且将趋于政教分离之一途，而乃背自己之国情以行所谓国教者，斯真冥顽之尤者也。抑信仰自由云者，并任何宗教亦不皈依之自由亦括有之，稍涉迫胁，亦即非所以保障思想自由之道也。

复次，教授自由亦当规定于宪法，而《天坛草案》付之阙如，反加以矛盾之条文（如国民教育以孔子之道为修身大本是），此与思想自由亦有莫大之关系也。盖今日吾国专制之政体虽经推翻，而专制之思想尚复弥漫于社会，苟宪法无明文为之保障，则其他之学说思想，恐不能各如其量以传播于教坛学圃也。抑此非吾人之创议，千八百十五年七月四日摩尼兹尔[①]新志之以巴黎降于同盟军揭告有众也。翌日法国议会即行开会，直取加拉提出之《权利宣言》，为爽快之讨论。此宣言之第九条，即为“凡科学技艺及旨趣感想之要领，均得于大学教授之”。厥后各国宪法，亦有仿行之者。以吾国学艺思想之贫乏，非于宪法加入此项不可。其条文当为“各种之科学技艺，各家之性理思想，均得于国立、私立学塾教授之”。俾诸子百家之说，医药卜筮之术，均有教授之自由，以助进国家之文化，所关盖甚钜也，惟议坛图之。

（1916 年 12 月 10 日《宪法公言》第 7 期）

① 摩尼兹尔新志之以巴黎降于同盟军揭告有众也。翌日法国议会即行开会，直取加拉提出之《权利宣言》。——作者原注

立宪国民之修养

近来朝野士流之举动，以立宪国民之仪度律之，每多失态之处，此实群德不进之征，无可曲讳者也。吾人不欲对于某一人身、某一机关所为之某一事实，而各个具体以评判其是非曲直。以吾观之，国人之尚情任力，在在与理背驰，与法相迕，居政府者与居议会者，实足以互相掩映，不无牛羊何择之感。循是以往，犹不知痛自觉忏，窃恐立宪国民之面目，将全然丧尽，世人其谓我何矣。本篇之作，只泛论国人之失态，而寻其受病之原，愿与国人深自省察焉！

立宪国民之仪度，当以自由、博爱、平等为持身接物之信条。此等信条入人既深，则其气质之慈祥恺悌、中正和平，必能相为感召，以成循礼守法之风习。故一入立宪之国，即在下级国民，亦知互相敬爱，斗殴争嘲之声，殊所罕闻。至于中流以上之社会，更重绅士之风度，其举措之不出法律范围以外，固无待论，即其事属于德礼之境，亦且慎为循守，否则为社会之名誉律所不许，而人咸鄙弃之。国人以专制积习之未除，嫉娼褊激、刚愎专擅之风，仍复漫布于社会，虽素号恂恂之君子，亦时于绅士之风度有亏，斯非中外人度量相越之远，殆吾人之修养有未充耳。

国人受病之处，虽复杂难以综举，而其窍要所在，约有二端：一尚情而不尚理也。国人第一弱点，在凡事皆以感情为主，不以理性为主。上至军国大计，下至私人交际，但见感情作用，不见理性作用。以感情作用，处军国大计，鲜有不偾事取辱，召败亡之祸者。为其决事每丧其真，急功每遗其远，但知取快于一时，不顾贻祸于异日也。若而国民之举止，类多一哄而即解，他且莫论，随取吾国最近之史迹证之，莫不皆然。甲午之战日本，一哄而起者也；庚子之抗联军，一哄而兴者也；乃至清室将倾，则以一哄而赞民国；袁氏势盛，又以一哄而主帝制。其所起之、兴之、赞之、主之之是非可否，姑且不论，一哄之后，败亡之机，即伏于其后，如影之随形，声之应桴焉。此以知抑理性而纵感情者，其所事乃有败而无成。至于私人交际之间，感情为用，其极也，亦必至于因私而忘公，专己以侵人，口角相争，睚眦必报，戾气所召，怨仇以生。搢绅先生，倘或蹈此，其风度襟怀之褊浅，犹为立宪国民之所羞称，而况置身政局之中，一喜一怒，一动一止，不独民俱尔瞻，亦且腾播四国，稍有不慎，僇辱随之，此不独一人荣辱之所关，亦实国家体面之所系也。今之君子，奈何不留意及斯耶？一任力而不任法也。国人第二弱点，在凡事好依腕力而争，不依法律而争。下流之氓，互相斗殴，犹为法之所禁，而秩及议士，位在军枢者，稍不如意，动辄以腕力从事，甚或以生杀予夺权操自我之气焰，临乎对等之人格，此其野蛮横暴，直与市井无赖相侔，其心目中毫无法纪之为物。是不独于道德上所不容，且为法律上所不许矣。社会生活之复杂，人类秉性之殊特，纷争自所不免，而释争之道，有赖乎力，此亦其所当然。顾力有二种，即腕力之力与法律之力是也。蛮僿之族，其释争也，一依腕力之力；文明之族，其释争也，一依法律之力。若夫号为共和立宪国民，其崇信法律之诚，乃不胜其奋施腕力之勇，诚恐以暴易暴，将举其国为强者之天地，而人道云、国法云者，荡然无复存矣。斯而犹能立国，吾不信也。

是皆专制政治之余毒，吾人久承其习染而今犹未能湔除者。欲有以救之，惟在上流阶级，以身作则，而急急以立宪国民之修养相劝勉。立宪国民之修养维何？即依吾儒忠恕之道，西哲自由、博爱、平等之理，以自重而重人之人格，各人均以此惕慎自持，以克己之精神，养守法循礼之习惯，而成立宪国绅士之风度，于是出而为国服务，自能和衷共济、一心一德而为正当之主持，绝不致演出议场挥拳、白宫斗口之象也。讳疾不如自药，改过贵乎反躬。吾侪之职，扬善固所乐为，隐恶则所不许。盖恶而隐于暗昧之中，则其忏悔之道，将以绝塞，不如白于光明之域，与人以共见之诚，而速自引咎，以谋悔改。人而自隐其过，是谓自欺；人而为人讳恶，是谓欺人。欺人自欺之罪，实相等量，皆为诚笃之士所讥也。故不惮犯隐恶之律而为此，亦以聊尽其忠告之义而已矣。

（原刊 1917 年 3 月 11 日《甲寅》日刊）

危险思想与言论自由

思想本身没有丝毫危险的性质，只有愚暗与虚伪是顶危险的东西，只有禁止思想是顶危险的行为。

近来——自古已然——有许多人听见几个未曾听过、未能了解的名辞，便大惊小怪起来，说是危险思想。问他们这些思想有什么危险，为什么危险，他们认为危险思想的到底是些什么东西，他们都不能说出。像这种的人，我们和他共同生活，真是危险万分。

我且举一个近例，前些年科学的应用刚刚传入中国，一般愚暗的人都说是异端邪教。看待那些应用科学的发明的人，如同洪水猛兽一样。不晓得他们也是和我们同在一个世界上一样生存而且比我们进化的人类同胞，却说他们是“鬼子”，是“夷狄”。这种愚暗无知的结果，竟造出来一场义和拳的大祸。由此看来，到底是知识思想危险呢？还是愚暗无知危险呢？

听说日本有位议长，说俄国的布尔扎维克是实行托尔斯泰的学说，彼邦有识的人已经惊为奇谈。现在又出了一位明白公使，说我国人鼓吹爱国是无政府主义。他自己果然是这样愚暗无知，这更是可怜可笑的话。有人说他这话不过是利用我们政府的愚暗无知和恐怖的心理，故意来开玩笑。暖呀！那更是我们莫大的耻辱！

原来恐怖和愚暗有密切的关系。青天白日，有眼的人在深池旁边走路，是一点也没有危险的。深池和走路的行为都不含着危险的性质。若是“盲人瞎马，夜半深池”那就危险万分，那就是最可恐怖的事情。可见危险和恐怖，都是愚昧造出来的，都是黑暗造出来的。

人生第一要求，就是光明与真实。只要得了光明与真实，什么东西、什么境界都不危险。知识是引导人生到光明与真实境界的灯烛，愚暗是达到光明与真实境界的障碍，也就是人生发展的障碍。

思想自由与言论自由，都是为保障人生达于光明与真实的境界而设的。无论什么思想言论，只要能够容他的真实没有矫揉造作的尽量发露出来，都是于人生有益，绝无一点害处。

说某种主义、学说是异端邪说的人，第一要知道他自己所排斥的主义、学说是什么东西，然后把这种主义、学说的真象，尽量传播，使人人都能认识他是异端邪说，大家自然不去信他，不至受他的害。若是自己未曾认清，只是强行禁止，就犯了泯没真实的罪恶。假使一种学说确与情理相合，我们硬要禁止他，不许公然传布，那是绝对无效。因为他的原素仍然在情理之中，情理不灭，这种学说也终不灭。假使一种学说确与情理相背，我以为不可禁止，不必禁止。因为大背情理的学说，正应该让大家知道，大家才不去信。若是把他隐蔽起来，很有容易被人误信的危险。

禁止人研究一种学说的，犯了使人愚暗的罪恶。禁止人信仰一种学说的，犯了教人虚伪的罪恶。世间本来没有“天经地义”与“异端邪说”这样东西。就说是有，也要听人去自由知识，自由信仰。就是错知识了、错信仰了所谓邪说异端，只要他的知识与信仰，是本于他思想的自由、知念的真实，一则得了自信，二则免了欺人，都是有益于人生的，都比那无知的排斥、自欺的顺从远好得多。

禁止思想是绝对不可能的，因为思想有超越一切的力量。监狱、刑罚、苦痛、穷困，乃至死杀，思想都能自由去思想他们，超越他们。这些东西，都不能钳制思想，束缚思想，禁止思想。这些东西，在思想中全没有一点价值，没有一点权威。

思想是绝对的自由，是不能禁止的自由，禁止思想自由的，断断没有一点的效果。你要禁止他，他的力量便跟着你的禁止越发强大。你怎样禁止他、制抑他、绝灭他、摧残他，他便怎样生存、发展、传播、滋荣，因为思想的性质力量，本来如此。我奉劝禁遏言论、思想自由的注意，要利用言论自由来破坏危险思想，不要借口危险思想来禁止言论自由。

（原刊 1919 年 6 月 1 日《每周评论》第 24 号）

阶级竞争与互助

Ruskin 说过①："竞争的法则，常是死亡的法则。协合的法则，常是生存法则。" William Morris 也说②："有友谊是天堂，没有友谊是地狱。" 这都是互助的理想。

一切形式的社会主义的根萌，都纯粹是伦理的。协合与友谊，就是人类社会生活的普遍法则。

我们要晓得人间社会的生活，永远受这个普遍法则的支配，就可以发见出来社会主义者共同一致认定的基础，何时何处，都有他潜在。不论他是梦想的，或是科学的，都随着他的知识与能力，把他的概念建立在这个基础上。

这基础就是协合、友谊、互助、博爱的精神。就是把家族的精神推及于四海，推及于人类全体的生活的精神。

我们试一翻 Kropotkin 的《互助论》(*Mutual Aid*)③，必可晓得"由人类以至禽兽都有他的生存权，依协合与友谊的精神构成社会本身的法则"的道理。我们在生物学上寻出来许多证据。自虫鸟牲畜乃至人类，都是依互助而进化的，不是依战争而进化的。由此可以看出人类的进化，是由个人主义向协合与平等的方面走的一个长路程。

人类应该相爱互助，可能依互助而生存，而进化；不可依战争

---

① Ruskin：拉斯金（1019—1900），英国文艺批评家、散文家。

② William Morris：威廉·默里（1889—1957），英国记者、评论家。

③ Kropotkin：克鲁泡特金（1842—1921），俄国革命者和地理学家，无政府主义运动主要理论家。

而生存，不能依战争而进化。这是我们确信不疑的道理。依人类最高的努力，从物心两方面改造世界、改造人类，必能创造出来一个互助生存的世界。我信这是必然的事实。

与这“互助论”仿佛相反的，还有那“阶级竞争”（Class Struggle）说。

这个阶级竞争说，是 Karl Marx 倡的[①]，和他那经济的历史观很有关系。他说人类的生产方法随着生产力的发展而变化，人类的社会关系又随着人类生产方法的变化而变化，人类的精神的文化更随着人类的社会关系的变化而变化。社会组织固然可以说是随着生产力的变动而变动，但是社会组织的改造，必须假手于其社会内的多数人。而为改造运动的基础势力，又必发源于在现在的社会组织下立于不利地位的阶级。那些居于有利地位的阶级，除去少数有志的人，必都反对改造。一阶级运动改造，一阶级反对改造，遂以造成阶级竞争的形势。他在《共产者宣言》里说过：“所有从来的历史，都是阶级竞争的历史。”又说：“从来社会的历史都在阶级对立中进行。”他的意思就是说，自太古土地共有制崩坏以来，凡过去的历史，社会的经济构造，都建设在阶级对立之上。所谓阶级，就是指经济上利害相反的阶级。具体讲出来，地主、资本家是有生产手段的阶级，工人、农夫是没有生产手段的阶级。在原始社会，经济上的技术不很发达，一个人的劳动只能自给，并无余裕，所以不发生阶级。后来技术日精，经济上发展日进，一人的劳动渐有余裕。这个余裕，就是剩余劳工。剩余劳工，渐次增加，持有生产手段的起来乘机夺取，遂造成阶级对立的社会。到了生产力非常发展的时候，与现存的社会组织不相应，最后的阶级争斗，就成了改造社会、消泯阶级的最后手段。

有许多人听见这阶级竞争说，很觉可怕。以为人类的生活，若是常此争夺、强掠、残杀，必没有光明的希望，拿着阶级竞争作改

① Karl Marx：卡尔·马克思。

造社会的手段，结果怕造不出光明社会来。所以对于此说，很抱疑虑。

但是 Marx 明明的说："所有从来的历史，都是阶级竞争的历史。"又说："资本家的生产关系，是社会的生产方法采敌对形态者的最后。"又说："人类历史的前史，以今日的社会组织终。"可见他并不是承认人类的全历史，通过去、未来都是阶级竞争的历史。他的阶级竞争说，不过是把他的经济史观应用于人类历史的前史一段，不是通用于人类历史的全体。他是确信人类真历史的第一页，当与互助的经济组织同时肇启。他是确信继人类历史的前史，应该辟一个真历史的新纪元。

现在的世界，黑暗到了极点。我们为继续人类的历史，当然要起一个大变化。这个大变化，就是诺亚以后的大洪水，把从前阶级竞争的世界洗得干干净净，洗出一个崭新光明的互助的世界来。这最后的阶级竞争，是阶级社会自灭的途辙，必须经过的，必不能避免的。

在那人类历史的前史时代，互助的精神并未灭绝，但因有与互助相反的社会组织，他在世间，遂不断的被毁。人类的真历史开始以后，那自私自利的恶萌，也不敢说就全然灭尽。但是互助的社会组织既然实现，那互助精神的火光，可以烧他，使他不能发生。

最后的阶级竞争，是改造社会组织的手段。这互助的原理，是改造人类精神的信条。我们主张物心两面的改造，灵肉一致的改造。

总结一句话：我信人类不是争斗着、掠夺着生活的，总应该是互助着、友爱着生活的。阶级的竞争，快要息了。互助的光明，快要现了。我们可以觉悟了。

（1919 年 7 月 6 日《每周评论》第 29 号）

再论问题与主义[①]

适之先生：

我出京的时候，读了先生在本报三十一号发表的那篇论文，题目是《多研究些问题少谈些主义》，就发生了一些感想。其中有的或可与先生的主张互相发明，有的是我们对社会的告白。现在把他一一写出，请先生指正。

一、"主义"与"问题"

我觉得"问题"与"主义"，有不能十分分离的关系。因为一个社会问题的解决，必须靠着社会上多数人共同的运动。那么我们要想解决一个问题，应该设法使他成了社会上多数人共同的问题。要想使一个社会问题，成了社会上多数人共同的问题，应该使这社会上可以共同解决这个那个社会问题的多数人，先有一个共同趋向的理想、主义，作他们实验自己生活上满意不满意的尺度（即是一种工具）。那共同感觉生活上不满意的事实，才能一个一个的成了社会问题，才有解决的希望。不然，你尽管研究你的社会问题，社会上多数人，却一点不生关系。那个社会问题，是仍然永没有解决的希望；那个社会问题的研究，也仍然是不能影响于实际。所以我们的社会运动，一方面固然要研究实际的问题，一方面也要宣传理想的主义。这是交相为用的，这是并行不悖的。不过谈主义的人，

① 此文实为李大钊给胡适的公开信。胡适发表《多研究些问题，少谈些主义》后，蓝公武曾写过一篇《论问题与主义》，故此文名"再论"。

高谈却没有甚么不可，也须求一个实验。这个实验，无论失败与成功，在人类的精神里，终能留下个很大的痕影，永久不能消灭。从前信奉英国的 Owen 的主义的人，和信奉法国 Fourier 的主义的人[①]，在美洲新大陆上都组织过一种新村落、新团体。最近日本武者小路氏等[②]，在那日向地方，也组织了一个“新村”。这都是世人指为空想家的实验，都是他们的实际运动中最有兴味的事实，都是他们同志中的有志者或继承者集合起来组织一个团体在那里实现他们所理想的社会组织，作一个关于理想社会的标本，使一般人由此知道这新社会的生活可以希望，以求实现世界的改造的计划。Owen 派与 Fourier 派在美洲的运动，虽然因为离开了多数人民去传播他们的理想，就像在那没有深厚土壤的地方撒布种子的一样，归于失败了。而 Noyes[③] 作《美国社会主义史》却批评他们说，Owen 主义的新村落，Fourier 主义的新团体，差不多生下来就死掉了。现在人都把他们忘了。可是社会主义的精神，永远存留在国民生命之中。如今在那几百万不曾参加他们的实验生活，又不是 Owen 主义者，又不是 Fourier 主义者，只是没有理论的社会主义者，只信社会有科学的及道德的改造的可能的人人中，还有方在待晓的一个希望，犹尚俨存。这日向的“新村”，有许多点像那在美洲新大陆上已成旧梦的新村。而日本的学者及社会，却很注意。河上肇博士说：他们的企画中所含的社会改造的精神，也可以作方在待晓的一个希望，永存在人人心中。最近本社仲密先生自日本来信也说：“此次东行在日向颇觉愉快。”可见就是这种高谈的理想，只要能寻一个地方去实验，不把他作了纸上的空谈，也能发生些工具的效用，也会在人类社会中有相当的价值。不论高揭什么主义，只要你

---

① Owen：欧文（1771—1858），英国空想社会主义者，著有《致拉纳克郡报告》。Fourier：傅立叶（1772—1837），法国空想社会主义者，著有《普通统一论》等。

② 武者小路氏：武者小路实笃（1885—1976），日本小说家、戏剧家，著有《幸福者》等。

③ Noyes：诺伊斯（1811—1886），美国至善主义派牧师，美国最成功的空想社会主义团体奥奈达社团的创立者。

肯竭力向实际运动的方面努力去作，都是对的，都是有效果的。这一点我的意见稍与先生不同，但也承认我们最近发表的言论，偏于纸上空谈的多，涉及实际问题的少，以后誓向实际的方面去作。这是读先生那篇论文后发生的觉悟。

大凡一个主义，都有理想与实用两面。例如民主主义的理想，不论在那一国，大致都很相同。把这个理想适用到实际的政治上去，那就因时、因所、因事的性质情形，有些不同。社会主义，亦复如是。他那互助友谊的精神，不论是科学派、空想派，都拿他来作基础。把这个精神适用到实际的方法上去，又都不同。我们只要把这个那个的主义，拿来作工具，用以为实际的运动，他会因时、因所、因事的性质情形生一种适应环境的变化。在清朝时，我们可用民主主义作工具去推翻爱新觉罗家的皇统。在今日，我们也可以用他作工具，去推翻那军阀的势力。在别的资本主义盛行的国家，他们可以用社会主义作工具去打倒资本阶级。在我们这不事生产的官僚强盗横行的国家，我们也可以用他作工具，去驱除这一班不劳而生的官僚强盗。一个社会主义者，为使他的主义在世界上发生一些影响，必须要研究怎么可以把他的理想尽量应用于环绕着他的实境。所以现代的社会主义，包含着许多把他的精神变作实际的形式使合于现在需要的企图。这可以证明主义的本性，原有适应实际的可能性，不过被专事空谈的人用了，就变成空的罢了。那么，先生所说主义的危险，只怕不是主义的本身带来的，是空谈他的人给他的。

二、假冒牌号的危险

一个学者一旦成名，他的著作恒至不为人读，而其学说却如通货一样，因为不断的流通传播，渐渐磨灭，乃至发行人的形象、印章，都难分清。亚丹·斯密史留下了一部书，人人都称赞他，却没有人读他。马查士留下了一部书，没有一个人读他，大家却都来滥用他。英人邦纳（Bonar）氏早已发过这种感慨。况在今日群众运动的时代，这个主义、那个主义多半是群众运动的隐语、旗帜，多半带着些招牌的性质。既然带着招牌的性质，就难免招假冒牌号的危险。王麻子的刀剪得了群众的赞许，就有旺麻子等来混他的招牌；王正大的茶叶得了群众的照顾，就有汪正大等来混他的招牌。今日社会主义的名辞，很在社会上流行，就有安福派的社会主义，跟着发现。这种假冒招牌的现象，讨厌诚然讨厌，危险诚然危险，淆乱真实也诚然淆乱真实。可是这种现象，正如中山先生所云新开荒的时候，有些杂草毒草，夹杂在善良的谷物花草里长出，也是当然应有的现象。王麻子不能因为旺麻子等也来卖刀剪，就闭了他的剪铺。王正大不能因为汪正大等也来贩茶叶，就歇了他的茶庄。开荒的人，不能因为长了杂草毒草，就并善良的谷物花草一齐都收拾了。我们又何能因为安福派也来讲社会主义，就停止了我们正义的宣传？因为有了假冒牌号的人，我们愈发应该一面宣传我们的主义，一面就种种问题研究实用的方法，好去本着主义作实际的运动，免得阿猫、阿狗、鹦鹉、留声机来混我们骗大家。

三、所谓过激主义

《新青年》和《每周评论》的同人，谈俄国的布尔扎维主义的议论很少[①]。仲甫先生和先生等的思想运动、文学运动[②]，据日本《日日新闻》的批评，且说是支那民主主义的正统思想。一方要与旧式的顽迷思想奋战，一方要防遏俄国布尔扎维主义的潮流。我可以自白，我是喜欢谈谈布尔扎维主义的。当那举世若狂庆祝协约国战胜的时候，我就作了一篇《Bolshevism 的胜利》的论文，登在《新青年》上。当时听说孟和先生因为对于布尔扎维克不满意，对于我的对于布尔扎维克的态度也很不满意（孟和先生欧游归来，思

---

① 布尔扎维主义：布尔什维主义。

② 仲甫：陈独秀字仲甫。

想有无变动，此时不敢断定）。或者因为我这篇论文，给《新青年》的同人惹出了麻烦，仲甫先生今犹幽闭狱中，而先生又横被过激党的诬名，这真是我的罪过了。不过我总觉得布尔扎维主义的流行，实在是世界文化上的一大变动。我们应该研究他，介绍他，把他的实象昭布在人类社会，不可一味听信人家为他们造的谣言，就拿凶暴残忍的话抹煞他们的一切。所以一听人说他们实行“妇女国有”，就按情理断定是人家给他们造的谣言。后来看见美国 *New Republic* 登出此事的原委，知道这话果然是种谣言，原是布尔扎维克政府给俄国某城的无政府党人造的。以后展转传讹，人又给他们加上了。最近有了慰慈先生在本报发表的俄国的新宪法、土地法、婚姻法等几篇论文，很可以供我们研究俄事的参考，更可以证明妇女国有的话全然无根了。后来又听人说他们把克鲁泡脱金氏枪毙了，又疑这话也是谣言。据近来欧美各报的消息，克氏在莫斯科附近安然无恙。在我们这盲目的社会，他们那里知道 Bolshevism 是什么东西？这个名辞怎么解释？不过因为迷这资本主义、军国主义的日本人把他译作过激主义，他们看“过激”这两个字很带着些危险，所以顺手拿来，乱给人戴。看见先生们的文学改革论，激烈一点，他们就说先生是过激党。看见章太炎、孙伯兰的政治论，激烈一点，他们又说这两位先生是过激党。这个口吻是根据我们四千年先圣先贤道统的薪传。那“杨子为我，是无君也。墨子兼爱，是无父也。无父无君，是禽兽也”的逻辑，就是他们唯一的经典。现在就没有“过激党”这个新名辞，他们也不难把那旧武器拿出来攻击我们。什么“邪说异端”哪，“洪水猛兽”哪，也都可以给我们随便戴上。若说这是谈主义的不是，我们就谈贞操问题，他们又来说我们主张处女应该与人私通。我们译了一篇社会问题的小说，他们又来说我们提倡私生子可以杀他父母。在这种浅薄无知的社会里，发言论事，简直的是万难，东也不是，西也不是。我们惟有一面认定我们的主义，用他作材料、作工具，以为实际的运动；一面宣传我们的主义，使社会上多数人都能用他作材料、作工具，以解决具体的社会问题。那些猫、狗、鹦鹉、留声机，尽管任他们在旁边乱响，过激主义哪，洪水猛兽哪，邪说异端哪，尽管任他们乱给我们作头衔，那有闲工夫去理他！

四、根本解决

“根本解决”这个话，很容易使人闲却了现在不去努力，这实在是一个危险。但这也不可一概而论。若在有组织有生机的社会，一切机能都很敏活，只要你有一个工具，就有你使用他的机会，马上就可以用这工具作起工来。若在没有组织没有生机的社会，一切机能，都已闭止，任你有什么工具，都没有你使用他作工的机会。这个时候，恐怕必须有一个根本解决，才有把一个一个的具体问题都解决了的希望。就以俄国而论，罗曼诺夫家没有颠覆，经济组织没有改造以前，一切问题，丝毫不能解决。今则全都解决了。依马克思的唯物史观，社会上法律、政治、伦理等精神的构造，都是表面的构造。他的下面，有经济的构造作他们一切的基础。经济组织一有变动，他们都跟着变动。换一句话说，就是经济问题的解决，是根本解决。经济问题一旦解决，什么政治问题、法律问题、家族制度问题、女子解放问题、工人解放问题，都可以解决。可是专取这唯物史观（又称历史的唯物主义）的第一说，只信这经济的变动是必然的，是不能免的，而于他的第二说，就是阶级竞争说，了不注意，丝毫不去用这个学理作工具，为工人联合的实际运动，那经济的革命，恐怕永远不能实现，就能实现，也不知迟了多少时期。有许多马克思派的社会主义者，很吃了这个观念的亏。天天只是在群众里传布那集产制必然的降临的福音，结果除去等着集产制必然的成熟以外，一点的预备也没有作，这实在是现在各国社会党遭了很大危机的主要原因。我们应该承认：遇着时机，因着情形，或须取一个根本解决的方法，而在根本解决以前，还须有相当的准备活动才是。

以上拉杂写来，有的和先生的意见完全相同，有的稍相差异，已经占了很多的篇幅了。如有未当，请赐指教。以后再谈吧。

李大钊寄自昌黎五峰

（1919 年 8 月 17 日《每周评论》第 35 号）

艰难的国运与雄健的国民

历史的道路，不全是坦平的，有时走到艰难险阻的境界。这是全靠雄健的精神才能冲过去的。

一条浩浩荡荡的长江大河，有时流到很宽阔的境界，平原无际，一泻万里。有时流到很逼狭的境界，两岸丛山叠岭，绝壁断崖，江河流于其间，曲折回环，极其险峻。民族生命的进展其经历，亦复如是。

人类在历史上的生活，正如旅行一样。旅途上的征人所经过的地方，有时是坦荡平原，有时是崎岖险路。老于旅途的人，走到平坦的地方，固是高高兴兴的向前走，走到崎岖的境界，愈是奇趣横生，觉得在此奇绝壮绝的境界，愈能感得一种冒险的美趣。

中华民族现在所逢的史路，是一段崎岖险阻的道路。在这一段道路上实在亦有一种奇绝壮绝的景致，使我们经过此段道路的人，感得一种壮美的趣味。但这种壮美的趣味，是非有雄健的精神的，不能够感觉到的。

我们的扬子江、黄河，可以代表我们的民族精神，扬子江及黄河遇见沙漠、遇见山峡都是浩浩荡荡的往前流过去，以成其浊流滚滚，一泻万里的魄势。目前的艰难境界，那能阻抑我们民族生命的前进！我们应该拿出雄健的精神，高唱着进行的曲调，在这悲壮歌声中，走过这崎岖险阻的道路。要知在艰难的国运中建造国家，亦是人生最有趣味的事……

（1923 年 12 月 20 日《新国民》第 1 卷第 2 号）

风　俗

哀莫大于心死，痛莫深于亡群。一群之人心死，则其群必亡。今人但惧亡国之祸至，而不知其群之已亡也；但知亡国之祸烈，而不知亡群之祸更烈于亡国也。群之既亡，国未亡而犹亡，将亡而必亡；亡国而不亡其群，国虽亡而未亡，暂亡而终不亡。顾氏亭林有言曰："有亡国，有亡天下。亡国与亡天下奚辨？曰：易姓改号，谓之亡国；仁义充塞而至于率兽食人，人人将相食，谓之亡天下。"谓亭林亡国之说，仅指一姓之丧灭，则其亡天下之说，即今日亡国之说也。谓其亡国之说，乃混易姓、亡国于一事，则其亡天下之说，即今日亡群之说也。今日之群象，人欲横于洪流，衣冠沦于禽兽，斯真所谓仁义充塞、人将相食之时也，斯真亡群之日也。群之人而甘于亡也，夫又何说？其不然也，则保群之事，必有任其责者矣。

夫群之存亡，非人体之聚散也。盖群云者，不仅人体之集合，乃具同一思想者之总称。此种团体，实积有暗示力与暗示于他人者之层级而结合者。结合之容愈扩，暗示之力愈强。群之分子，既先天后天受此力之范制，因以成共是之意志，郁之而为风俗，章之而为制度，相维相系以建其群之基。群，其形也；风俗，其神也。群，其质也；风俗，其力也。风俗之变，捷于雷火。《易》曰："挠万物者，莫疾乎风。"今其所挠，挠于人心也。龚氏自珍亦尝为说以释之，曰："古人之世倏而为今之世，今人之世倏而为后之世，旋转簸荡而不已，万状而无状，万形而无形，风之本义也。"今其所倏，亦倏于人心也。是故离于人心则无风俗，离于风俗则无群。

人心向道义，则风俗日跻于纯；人心向势利，则风俗日趋于敝。声之所播，力之所被，足以披靡一世之人心。人心之所向，风俗之所由成也。人心死于势利，则群之所以亡也。故曰："一群之人心死，则其群必亡。"

一群之中，必有其中枢人物以泰斗其群，是曰群枢。风之以义者，众与之赴义；风之以利者，众与之赴利。顾群枢之所在，亦因世运之隆污而殊。世运隆也，其人恒显于政，而势与义合，故其致俗于善也较易；世运污也，其人恒隐于学，而势与利合，义与势分，故其致俗于善也较难。前者易奏登高而呼之功，后者愈重障而东之之责。世无论其否泰，要于其群有自宅之位；功不问难易，要于其群负克尽之任。在朝可也，在野亦可也；因政可也，因学亦可也。惟群枢既离于政，则高明之地必为势利所僭居，夺天下之观听，贼风俗之大本。斯时苟非别建群枢，以隐相与抗，则权势之所丛，利禄之所诱，群之人靡然趋之，亡群之祸，将无可幸免。仲尼之论政也，有风行草偃之说，垂上好下甚之戒。匡稚圭之疏政也，亦曰："朝廷者，天下之桢干也。公卿大夫，相与循礼恭让，则民不争；好仁乐施，则下不暴；上义高节，则民兴行；宽柔和惠，则众相爱。朝有变色之言，则下有争斗之患；上有自专之主，则下有不让之人；上有克胜之佐，则下有伤害之心；上有好利之臣，则下有盗窃之民。……考《国风》之诗《周南》、《召南》，被圣贤之化深，故笃于行而廉于色。郑伯好勇而国人暴虎；秦穆贵信而士多从死；陈夫人好巫而民淫祀；晋侯好俭而民畜聚；太王躬仁，邠国贵恕。"诚以化俗于政，力非加强，势使然也。汉之光武，崇尚名节，士风丕变。哀、平之衰，而能进于东京之盛，变齐至鲁，功亦何伟！流风所被，虽至末造，党锢之流，独行之士，犹能依仁蹈义，舍命不渝。而孟德既有冀州，崇奖跅弛之士，观其下令再三，至于求负污辱之名、见笑之行，不仁不孝，而有治国用兵之术者。于是权诈迭进，奸逆萌生。故董昭太和之疏，已谓当今年少不复以学问为本，乃以趋势求利为先。光武、明、章数世为之而不足，孟德一人变之而有余，毁世败德，可胜慨哉！《宋史》言士大夫忠义之气，至于五季，变化殆尽。宋之初兴，范质、王溥，犹有余憾。艺祖首褒韩通，次表卫融，以示意向。真、仁之世，田锡、王禹偁、范仲淹、欧阳修、唐介诸贤，以直言谠论倡于朝。于是中外荐绅，知以名节为高，尽去五季之陋。故靖康之变，志士投袂，起而勤王，临难不屈，所在有之；及宋之亡，忠节相望。亭林躬逢亡国之痛，深致慨于风俗之靡敝。而风俗之厚薄，自乎一二人之心之所向，曾涤生原才之言[①]，殆亦非欺我者矣！

今以观于朝，执政之人，则如何者？政如疾风，民如秋草。施其暴也，上之所好，下必有甚；逞其杀也，盈廷皆争权攘利之桀，承颜尽寡廉鲜耻之客，钩心斗角，诈变机谲。将军变色于庙堂，豺狼横行于道路，雄豪自专其政柄，强藩把持其兵权。论功闻击柱之声，思乱多满山之寇。勇不如郑伯，其民敢劫货杀人；信不如秦穆，有士皆鸡鸣狗盗。祭祷开淫祀之风，有类好巫；嘉禾锡聚敛之臣[②]，庸知尚俭。仁暴不同，流风自异。与人以术不以诚，取士以才不以德。不仁不孝，乃受崇奖；有气有节，则遭摈斥。意向既示，靡然向风。少年不以学问为本，士夫但以势利为荣。谗谄面谀，青蝇惑耳；直言谠论，寒蝉销声。不为光武之成，徒事孟德之毁。群学告我，风俗之行，一缘暗示，一缘模仿，相应并行，群之人且不识不知，顺率其则矣，况以有意之揣摩，益造一时之风气。嗟呼！汉室之倾，宋社之屋，尚有一二慷慨就义、从容尽节之士，以殉其所忠。循是以往，任群德之沦丧，若江河之日下，智者尽其智，勇者尽其勇，肆恶作孽，惟所欲为，似太平天日之无多，胥奴隶生活之是备，国终于必亡，人尚希苟免。一旦天倾地折，神州陆沉，旌旗飘扬于海外，壶箪奉负于中原，将求一正邱首而死者，亦不可得。亡群之祸，于斯为痛已！吾尝论之，群与己之关系，盖互为因果者也。有如何之人群，斯产如何之人物；有如何之人物，更

① 曾涤生：曾国藩字涤生。
② 嘉禾：民国时期的一种勋章。

造如何之人群。必有法之人群，始产拿破仑；亦自有拿破仑之人物，而后法之人群至今犹尚权诈。必有美之人群，始产华盛顿；亦自有华盛顿之人物，而后美之人群至今犹重道义。昔人评骘孟德，亦谓为治世能臣，乱世奸雄。同一人也，胡以可为能臣，可为奸雄，则世之治乱为之也，则所产孕之人群异也。深山大泽，实生龙蛇；亡国废墟，乃兴妖孽。平心论之，亡群之罪，不必全尸于助长之人群之自身，亦实有自作之业。惟幸而遇光明之人物，与人为善，则世风可隆；不幸而更遇桀黠之人物，助桀为虐，则世风愈下。观于哀、平可变于东京，五季可变于宋世，今之风俗，胡遽不可反于纯良？既握政权，世风攸系，赫赫师尹，民具尔瞻，未可以挽狂，适益以阶厉，竟其所造，险恶秽暗，正不知其胡底。属望已绝，责备斯严，所不能为当今执政之人物讳，愈不能不为未来之人群忧者此也。

大《易》之道，《剥》上而《复》下，改邑不改井。群枢倾于朝，未必不能兴于野；风俗坏于政，未必不可正于学。立于朝显于政者，吾无敢责矣。草茅之士，宜有投袂而起，慨然以澄清世运、纲纪人心为己任者。而以观于野，或则以圣人自居，有奉之者，利禄之徒也；或则以英雄自命，有从之者，暴厉之子也。一将以术取，一将以力夺，阴希政柄，殊途同归。及其究也，圣人得志，欺世盗名，英雄吐气，殃民乱国，均非吾侪所敢望也。馀若一般士夫，则又鸡鸣而起，暮夜叩门，孳孳焉以求官为业，逢恶为能。势在一党，则蝇附一党，势在一人，则狐媚一人，既以贿而猎官，更以官而害民，栖栖皇皇，席不暇暖，各择其地位之便，从而发挥其才智聪明，尽量以行于恶。满清之亡，民国之乱，党人之狂，政府之暴，皆有若辈之幻影，趋承缘附于其间，以长其恶。一旦恶贯满盈，则首示离异，争下落井之石者，又若人也。突梯滑稽，暮楚朝秦，世运有时而沧桑，人情有时而荣枯，若辈总无失势之日。明之亡也，朱舜水究致虏之由，归莫大之罪于士大夫。今之士夫，其罪视明之士夫为何如？而望其培刚正之风俗，倾罪恶之势力，石烂海枯，绝无可望，欲群不亡而国或保，乌可得哉！乌可得哉！然灵均去国，犹冀改俗；之推仕人，尚知明耻。凄凄碑碣，永招党锢之魂；滚滚黄河，不没清流之骨。松柏未凋于岁寒，鸡鸣讵已于风雨？纵遘彼昏之日，宁无独醒之人。时至今日，术不能制，力亦弗胜，谋遏洪涛，昌学而已。圣人既不足依，英雄亦莫可恃，昌学之责，匹夫而已。国一日未亡，责一日未卸。我尽我责，以求亡国之后，无憾而已。论者得毋谓祸已迫于眉睫，计尚求之迂缓，此诵经退敌之事也。曰，是不然。宇宙尚存，良知未泯。苟有好学知耻之士，以讲学明耻为天下倡，崇尚道义，砥砺廉节，播为风气，蒸为习尚。四方之士，望风兴起，千里一人焉，百里一人焉。或闻名而向慕，十人之尤者，百人之尤者；或吊风而感叹，声应气求，流湿就燥。未尝以志道相约也，而士皆和之；未尝以徒党相召也，而士皆归之。利达不易其心，威武不夺其气，力矫凉薄之习，共切澄清之志。朝有乱政，议论以裁抑之，于是世复有清议；人而无耻，风节以折服之，于是世复知耻辱。严杜求仕之风，恬安百姓之分，积为群力，蔚成国风，其效至迅。群枢潜树于野，风俗默成于学，元恶大憝，必不敢披昌于吾群矣。亭林所谓“匹夫之责”，涤生所云“一命之士”，拯救国群，是在君子。虽以不肖之陋，亦将赑屃其匹夫之任以从之。

（原刊1914年8月10日《甲寅》杂志第1卷第3号“论坛”）

厌世心与自觉心

——致《甲寅》杂志记者

记者足下：

前于大志四期独秀君之《爱国心与自觉心》，风诵回环，伤心无已！有国若此，深思挚爱之士，苟一自反，要无不情智俱穷，不为屈子之怀沙自沉，则为老子之骑牛而逝，厌世之怀，所由起也。有友来告，谓斯篇之作，伤感过甚。政治之罪恶既极，厌世之思潮，隐伏于社会，际兹晦盲否塞之运，哀哀斯民，谁则复有生趣？益以悲观之说，最易动人心脾。最初反问，我需国家，必有其的，苟中其的，则国家者，方为可爱。设与背驰，爱将何起？必欲爱之，非愚则妄。循是以进，自觉之境，诚为在迩。然若所思及此而止，将由兹自堕于万劫不复之渊，而以亡国灭种之分为可安，夫又安用此亡国灭种之自觉心为也？愚惟独秀君构文之旨，当不若是。观其言曰："国人无爱国心者，其国恒亡；国人无自觉心者，其国亦殆。"似其言外所蓄之意，未为牢骚抑郁之辞所尽也。厥后此友有燕京之行，旋即返东。询以国门近象，辄又未言先叹曰："一切颓丧枯亡之象，均如吾侪悬想之所能及，更无可说。惟兹行颇赐我以觉悟，吾侪小民，侈言爱国，诚为多事。曩读独秀君之论，曾不敢谓然，今而悟其言之可味，而不禁以其自觉心自觉也。"是则世人于独秀君之文，赞可与否，似皆误解，而人心所蒙之影响，亦且甚钜。盖其文中，厌世之辞，嫌其泰多；自觉之义，嫌其泰少。愚则自忘其无似，僭欲申独秀君言外之旨，稍进一解。诚以政俗靡污，已臻此极，伤时之士，默怀隐痛，不与独秀君同情者，宁复几人！颠頞行吟，怅然何之！欲寻自觉之关头，辄为厌世之云雾所迷，此际最为可怖，所述友言，即其征也。他人有心，予忖度之，妄言梗喉，不吐不释，独秀君其许我乎？

国家善恶之辨，古今学者，纷纷聚讼，亚里士多德、柏拉图、黑智儿诸人，赞扬国家之善，装潢备至。自然法派，则谓为必要之罪恶，而昌无治之义者，辄又遮拨国家，几欲根本推翻，不稍宽假。此事诉于哲理，太涉邈玄，非本篇所欲问。惟就今世论今世。国家为物，既为生存所必需，字以罪恶，未免过当。至若国家目的，东西政俗之精神，本自不同。东方特质，则在自贬以奉人；西方特质，则在自存以相安。风俗名教，既以此种特质精神为之基，政治亦即建于其上，无或异致。但东西文明之融合，政俗特质之变革，自赖先觉者之尽力，然非可期成功于旦夕也。惟吾民于此，诚当自觉。自觉之义，即在改进立国之精神，求一可爱之国家而爱之，不宜因其国家之不足爱，遂致断念于国家而不爱，更不宜以吾民从未享有可爱之国家，遂乃自暴自弃，以侪于无国之民，自居为无建可爱之国之能力者也。夫国家之成，由人创造；宇宙之大，自我主宰。宇宙之间，而容有我，同类之人，而克造国，我则何独不然？吾人苟不自薄，惟有本其自觉力，黾勉奋进，以向所志，何时得达，不遑问也。若夫国家兴亡，民族消长，历史所告，沧桑陵谷，迁流罔极，代兴代亡者，艸然其非一姓氏一种族也。秦皇、元代之雄图，波斯、罗马之霸业，当其盛时，丰功伟烈，固莫不震赫于当世。曾几何时，江山依旧，人事全非，英雄世主之陈迹，均已荒凉沦没于残碑断阙之间，杳如烟雾，不可复识。所谓帝国宏规者，而今安在哉！是故自古无不亡之国，国苟未亡，亦无不可爱之国。必谓有国如英、法、俄、美而后可爱，则若而国者，初非与宇宙并起，纯由天赐者。初哉首基，亦由人造，其所由造，又罔不凭其国民之爱国心，发挥而光大之，底于有成也。既有其国，爱固不妄。溯其建国伊始，或纵有国，而远不逮，今斯其爱国，又将云何！复次谓朝鲜、土耳其、墨西哥乃至中国之民，虽有其国，亦不必爱，则是韩并于日，土裂于人，墨联于美，或尚足夸为得所。如吾国者，同一自损，更何所择？惟有坐以待亡，听人宰割，附俄从日，惟强者之威命是听，方为得计。斯而可乐，人间更有何事足为畏怖？愚不识斯时果有何幸福加于国家尚存残体之时，并不识斯时自甘居亡国奴地位以外，究有奚裨助于吾侪者。独秀君之所谓自觉心者，必不若是矣。

恶政苦民，有如猛虎，斯诚可痛，亦宜亟谋所以自救之道。但以校失国之民，犹为惨酷，殆亦悲观过激蔽于感情之辞。即果有之，亦不过一时之象，非如亡国惨劫，永世不复也。昔有文人 Souvestre① 者，尝游巴黎，感怀所触，著为笔录。曾纪一日漫游曲巷，目击穷苦细民，杂处蓬窦，褴褛曝日，风飘蔽牖，泥沟流秽，臭气逼人。亦有孤客，愁死他乡，累然一棺，零丁过市，北邙委骨，狐狸食之，泉台咽恨，幽魂何依！感此惨象，归而永叹，辄谓人世悲苦，真不如草木之无知、鸟兽之自得也。迨见梁前燕子，雏俱分飞，中有弱稚，弃于故巢，绕室哀鸣，母燕不顾，呢喃自啭，竟以僵死。以视人间母子之爱，海枯石烂，卒无穷期者，判若天渊矣。则又憬然曰："佳儿慈母，例证若斯，其足令人反省，使仍乐为人类者，何其深也！一时激于厌世之思，则羡蛮貊之人为幸运，谓以人而不如飞鸟之回翔自得，但平允之明察，旋即轨似是而非之念于正理。试深考之，当知人性于善恶杂陈之间，善量如此之宏，乃以惯见而不觉，恶一感人，辄全觉之，以其为善之例外也。"（见所著 *An Attic Philosopher in Paris* 第八章 Misanthropy and Repentance）与其于恶国家而盲然爱之，诚不若致国家于善良可爱之域而怡然爱之。顾以一时激于政治之恶潮，厌倦之极，遽祈无国，至不惮以印韩亡国之故墟，为避世之桃源，此其宅心，对于国家，已同自杀，涉想及此，亦可哀已。第平心以思，国苟残存，善之足以庇民而为惯见不觉者何限，其恶之为吾人所不耐者，乃以其为善之例外，感而易察。反之，亡国之境，甘苦若何，印韩之民，类能道之。万一不

① Souvestre：苏维斯特（1806—1854），法国作家，著有《贫民窟的哲学家》。

幸，吾人而躬蹈其遇，亲尝其苦，异日者天涯沦落，同作亡民，相逢作楚囚之泣，或将兴狐兔之悲矣。吾人今日取以自况，而羡为善者，殆以为其恶之例外耳。故吾人自愧于印韩之民，乃与厌世者之憎恶人间，以为不如草木鸟兽之无知者，出于同一之心理。是当于厌倦（Misanthropy）之后，继以觉悟（Repentance），纯正之自觉，斯萌发于此时矣。

中国至于今日，诚已濒于绝境，但一息尚存，断不许吾人以绝望自灰。挽近公民精神之进行，其坚毅足以壮吾人之意气。人类云为，固有制于境遇而不可争者，但境遇之成，未始不可参以人为。故吾人不得自画于消极之宿命说（Determinus），以尼精神之奋进。须本自由意志之理（Theory of free will），进而努力，发展向上，以易其境，俾得适于所志，则 Henri Bergson[①] 氏之“创造进化论”（Creative Evolution）尚矣。吾民具有良知良能，乌可过自菲薄，至不侪于他族之列？他人之国，既依其奋力而造成，其间智勇，本不甚悬，舜人亦人，我何弗若？必谓他人能之，我殊未必，则此特别之民，当隶于特别之国，治以特别之政，此种论调，客卿尝以之惑吾当局，而若吾民，又何可以此自鄙也。吾民今日之责，一面宜自觉近世国家之真意义，而改进其本质，使之确足福民而不损民。民之于国，斯为甘心之爱，不为违情之爱。一面宜自觉近世公民之新精神，勿谓所逢情势，绝无可为，乐利之境，陈于吾前，苟有为者，当能立致，惟奋其精诚之所至以求之，慎勿灰冷自放也。倘谓河清已叹无期，风云又复卷地，人寿百年，斯何可望！则愚闻之，国之存亡，其于吾人，亦犹身之生死。日人中江兆民[②]，晚年罹恶疾不治，医言一年有半且死。兆民曰：“命之修短，宁有定限？若以为短，则百年犹旦夕耳。若以为修，则此一年有半，亦足为余寿命之丰年矣。”遂力疾著书不稍倦。愚今举此，或且嗤为拟于不伦，但哲士言行，发人深省，吾国今日所中之疾，是否果不可为，尚属疑

---

① Henri Bergson：亨利·柏格森（1859—1941），法国哲学家，生命哲学代表人物。

② 中江兆民（1847—1901）：日本思想家，著有《一年有半》、《续一年有半》。

问；即真不可为，犹有兆民之一年有半，为吾民最终奋斗之期，所敢断言。吾民果能谛兆民精勤不懈之意，利此余年，尽我天职，前途当发曙光，导吾民于光华郅治之运，庸得以目前国步之崎岖，猥自沮丧哉！

近者中日交涉，丧权甚钜，国人愤激，骇汗奔呼。湘中少年，至有相率自裁者。爱国之诚，至于不顾身命，其志亦良可敬，其行则至可闵，而亦大足戒也。国中分子，昏梦罔觉者去其泰半，其余丧心溃气者又泰半，聪颖优秀者，悉数且甚寥寥，国或不亡，命脉所系，即在于是。而今或以精神，或以躯干，纷纷以向自杀之途，人之云亡，邦国殄瘁，国真万万无救矣。然则国家之亡，非人亡我，我自亡之；亡国之罪，无与于人，我自尸之。少年锐志，而亦若此，是亡国之少年，非兴国之少年也。夫自杀之举，非出于精神丧失之徒，即出于薄志弱行之辈。日本少年，一遘艰窘，只有投华严之泷之本领，哲人每以是薄之。今吾少年，亦欲以湘水之波，拟彼华严之泷，人其又谓我何也？且时日害丧，国耻难忘，充吾人之薪胆精神，迟早当求一雪，即怀必死之志，亦当忍死须臾，以待横刀跃马，效命疆场，则男儿之死，为不虚死。不此之图，一朝之忿，遽效匹夫匹妇之自经沟渎，是人不战而已屈我于无形，曹社之鬼，嘻嘻笑于其侧矣。是皆于自觉之义有未明也。往岁愚居京师，暗杀、自杀之风，并炽于时，乃因蒋某自铳之事，作《原杀》一文以论之。兹复摘录其一节：

> 自杀何由起乎？宇宙万象，影响于人类精神之变化者，至极复杂，渺不知其主因何在也。即如蒋君自杀一端，就蒋个人观之，则出于一时愤激，就其愤激之原因考之，则又原于校事棘手。其影响及于一人，其原因基于一事，其愤激起于一时。若作社会见象观之，则蒋君自杀之见象，实为无量之他种社会见象促动之结果，模仿、激昂、厌倦、绝望，皆其造因，积此种种之心理见象，而缘于一事，发于一朝。其所由来者渐，其所蕴蓄者素，而所以激发此心理见象者，实以有罪恶之社会见

象为其对象也。人类行为，有不识不知而从其途辙者，谓之模仿，是乃社会力之一种。今人轻生好杀，相习成风，自清季已然。陈星台、杨笃生诸先辈①，均以爱国热诚，愤极蹈海而死，自杀之风，遂昌于国，而接其踵者，时有所闻，则模仿之力也。鄙陬之夫，有自裁者，其家人或相继出此，至有以同一方法行于同一场所者，庸俗不察，指为冤魂作祟，抑知此亦模仿之故，然发见此类事实之家庭，其隐痛必有难言者矣。复次。社会不平，郁之既久，往往激起人心之激昂。光复以还，人心世道，江河日下，政治纷紊，世途险诈，廉耻丧尽，贿赂公行，士不知学，官不守职，强凌弱，众暴寡，天地闭，贤人隐，君子道消，小人道长，稽神州四千余年社会之黑暗，未有甚于此时者，人心由不平而激昂，由激昂而轻生，而自杀，社会见象，激之使然，乌足怪者。夫世之衰也，政俗不良，人怀厌倦之思，忠贤放逐，归隐林泉，其极乃至厌弃人世，饮恨自裁者有之。在昔暴秦肆虐，仲连蹈海，荆楚不纲，灵均投江，一瞑不顾，千古同悲。而清洁之流，不为世容，相率黄冠草履，歌哭空山者，征诸史册，又未可以偻指数。则厌倦浊世，宁蹈东海而死，古今盖有同兹感慨者矣。抑自杀亦为绝望之结果也。自古忠臣殉国，烈妇殉夫，临危尽节，芳烈千秋，此其忠肝义胆，固足以惊天地而泣鬼神。然人见忠臣之殉国也难，而忠臣之所以殉其国也不难；人见烈妇之殉夫也难，而烈妇之所以殉其夫也不难。盖忠臣烈妇之所望于其国其夫者，至恳且厚，既举其毕生之希望，寄于其国其夫，一旦国危夫死，天长地久，绵绵无尽，更安可望者？则殉之以出自裁，其于精神，实觉死而愉快，有甚于生而痛苦者焉。满清末造，吾人犹有光复之希望、共和之希望，故虽内虐外侵，压迫横来，而以有前途一线之望，不肯遽灰其志，卒忍受其毒苦。今理想中之光复

① 陈星台：即陈天华，在日本蹈海而死。杨笃生：原名毓麟，改名守仁，字笃生。清末革新派人士。因忧愤国事，在英国蹈海自尽。

佳运，希望中之共和幸福，不惟毫末无闻，政俗且愈趋愈下，日即卑污，伤心之士，安有不痛愤欲绝，万念俱灰，以求一暝，绝闻睹于此万恶之世也。呜呼！社会郁塞，人心愤慨，至于此极，仁者于此，犹不谋所以救济之方。世变愈急，人生苦痛，且随之益增，而生活艰窘，饥寒更相困迫。佛说天堂，而天堂无路；耶说天国，而天国无门。万象森罗，但有解脱之一路，即自杀是。哀哀禹域，行见其民之相杀自杀以终也。然则求之荒渺，索之幽玄，毋宁各自忏悔，涤濯罪恶，建天堂天国于人世，化荆棘为坦途，救世救人，且以自救，茫茫来纪，庶尚有生人之趣乎！

由斯以谈，自杀之象，其发也虽由一时一事之激动，而究其原，则因果复杂，其酝酿郁积者，固非一朝一夕之故也。今欲遏之，惟望政治及社会，各宜痛自忏悔；而在个人，则对之不可蔽于物象，猥为失望，致丧厥本能，此即自觉之机，亦即天堂天国之胚种也。尤有进者，文学为物，感人至深，俄人困于虐政之下，郁不得伸，一二文士，悲愤满腔，诉吁无所，发为文章，以诡幻之笔，写死之趣，颇足摄人灵魄。中学少年，智力单纯，辄为所感，因而自杀者日众。文学本质，固在写现代生活之思想，社会黑暗，文学自畸于悲哀，斯何与于作者？然社会之乐有文人，为其以先觉之明，觉醒斯世也。方今政象阴霾，风俗卑下，举世滔滔，沉溺于罪恶之中，而不自知。天地为之晦冥，众生为之厌倦，设无文人，应时而出，奋生花之笔，扬木铎之声，人心来复之残久塞，忏悔之念，更何由发？将与禽兽为侣，暴掠强食以自灭也。若乃耽于厌世之思、哀感之文，悲人心骨，不惟不能唤人于罪恶之迷梦，适以益其愁哀。驱聪悟之才，悲愤以戕厥生，斯又当代作者之责，不可不慎也。

偶有枨触，拉杂书之，仅以述感，不复成文。惟足下进而教之，余不白。李大钊白。

（原刊 1915 年 8 月 10 日《甲寅》杂志第 1 卷第 8 号）

矛盾生活与二重负担

吾侪际此新旧衔嬗之交，一切之生活现象，陈于吾侪之前者，无在不呈矛盾之观。即吾侪对于此种之生活负担，无在不肩二重之任。吾侪欲于此矛盾生活中胜此二重之负担，实不可不以沉雄之气力、奋斗之精神处之。

新年才过，旧岁又阑，一切岁前岁后之所需，凡夫清结债务，购置物品，乃至一切新年之风俗礼节，有如宴会贺礼等事，均为二重之负担。对于新人，则当于新年以新礼节为新社交；对于旧人，则当于旧年以旧礼节行旧社交。若者脱帽，若者拱揖，若者鞠躬，若者拜跪，或则松坊焕采，或则爆竹迎神，或则桃符更新，或则悬旗志贺，纷纭错杂，莫所适从。此矛盾之生活一也。

因是联想，北京之地，警队林列，夜则荷枪通衢，梭巡不已。而一方则鸣锣更夫，抱关击柝，一仍其旧。试问此鸣锣更夫与荷枪警士之俸费，何莫非吾民之负担？既有警士，何用更夫？苟取更夫，焉需警士？此矛盾之生活二也。

因是联想，辛亥之役，武汉一呼，天惊石破，南部义师，北方将士，均以共和立宪要挟清廷，逊位之诏朝颁，统一之业夕就。其间使节轺车，南至沪渎，议和电报，各处交驰，结果以优待条文载在盟府。于是一方则负皇室经费，一方则增公府经费、元首岁俸，蚩蚩者氓，不知不识之间，又增一种之二重负担。此矛盾之生活三也。

因是联想，文豪政客，十年以还，多以立宪政治之实行，为唯一之希望。自戊戌以迄辛亥，其间政派无间，其为温和为激烈，有所言动，无不以此为归。而今国会开矣，代议政治（立宪政治）稍具形式矣。默察夫国中贤者，一面要求国会，一面嫌恶国会，一面施行代议政治，一面鼓吹开明专制。此矛盾之生活四也。

因是联想，青年学子，修学庠校之中，一面须涉猎本国之经史子集，一面须研究现代之新式科学，一面须讲周孔之学，一面须取卢孟之说[1]。以视四十年以往之前辈，其心思神脑之负担，加重之度，正不仅二重而止。此矛盾之生活五也。

因是联想，吾侪日常生活，乃至应用什器，无一不兼尚并需。衣冠为物，乃人生三大要需之一，苟其但求整饬，无事美观，亦须一面制洋服一套，一面备华服一身。即记者伏案构此文时，眼中映陈之物，一方则为毛锥，一方则为 Pen，一方则有松烟，一方则有 Blue Ink。斯篇如不以鄙俚见弃，则付印时，一方又须排华字，一方又须排英字。即此艰苦之排字工人，亦需具差能胜此之二重智识。否则此种营生，不能不让之他人，而其人或以是不免于冻馁。此矛盾之生活六也。

因是联想，一夫一妻之制，衡诸天理人道，最称允当，不可渝犯。文明各国，悉本此义，制为法律，有犯之者，则为重婚。重婚者，罪律有明条。今于吾国，一方则有禁止重婚之法律，一方则欲保存蓄妾之恶风。为妾之女，于法无受其保障之权；重婚之夫，于法无施以制裁之效。此矛盾之生活七也。

因是联想，最终及于宪法。夫旧式礼教与现代生活，本不并容。吾侪既不能离于现代生活，而返于草昧半开之时代，而偏欲以旧式礼教使人循守于今日。于是当兹制宪之际，一方则绝叫保障信仰自由，一方则运动以孔教为国教；一方尊重国民之自我，一方保持偶像之位置。纷呶叫喧，今犹未已。此矛盾之生活八也。

以上种种，不过就一时联想之所及，拉杂陈之，雅无伦次。其他类此者，正复不可殚述。一言以蔽之，中国今日之社会，矛盾之

---

① 卢孟：指卢梭、孟德斯鸠。

社会也；今日之政治，矛盾之政治也；今日之法律，矛盾之法律也；今日之伦理，矛盾之伦理也；今日之经济，矛盾之经济也；乃至今日之文艺、美术、宗教、哲学，矛盾之文艺、美术、宗教、哲学也。国民之生活以是等为基础。生活之基础既陷于矛盾之域，故今日之生活现象，无往而非矛盾之生活现象也。

以何因缘而成此矛盾之生活现象乎？欲答此问，因果繁赜，殊难悉举。简言之，亦曰新旧不调和而已矣。旧者自守其旧，新者自用其新，二者分野，俨若鸿沟。既无同化之功，亦鲜融合之效，卒至新者自新，旧者自旧，同时同地而不容并存者，乃竟各存其形式。即其实质，察其精神，终于新者不能成其新，旧者不能存其旧。凡夫新旧伦理、法制、艺术、哲、宗，将悉臻于破产之境。青黄不接，矛盾相寻，此一阶段之国民生活史，最为危险。故曰：矛盾之生活，不调和之生活也。

所以造成此不调和之生活者，其主因亦有二端：一由于累代之专制政治戕贼民性泰甚，以成此不自然之状态，并以助长好同恶异之根性，致保守之力过坚，但知拒而不知迎，但知避而不知引。重以吾国历史之悠久，有吾民族固有之文明，逮夫近代西方文明汹涌东渐，一方迫之愈急，一方拒之愈甚，遂现此不调和之象焉。日人市村赞次郎氏尝谓吾国民生性有五大矛盾：（一）保守而不厌变化，（二）从顺而有时反抗，（三）一般文弱而个人有所不屈，（四）极好主我而又能雷同，（五）贵实行而溺于形式。此其所言，未必皆中，愚则谓苟有此态，是亦专制政治造成之果。故曰：矛盾之生活，不调和之生活，亦不自然之生活也。

一由于东西文明接触之初，未能调融一致，则其相摩相荡、相攻相守之际，当然呈此矛盾之象，无足怪者。日本无固有文明之国也，其于调和东西之文明，介绍东西之文明，吸收东西之文明，最易奏功。彼邦先觉之士，以调和东西文明自任者，犹不惮大声疾呼之劳，以图殊途同归之效。况在吾国，以其固有之文明与外来之文明相遇，离心力强，向心力弱，即同化之机不易得，即归一之径不易达。故曰：矛盾之生活，不调和之生活，亦不统一之生活也。

吾侪既一时不能骤脱此矛盾之生活，不调和之生活，不自然之生活，不统一之生活，即一时不能不竭其心思气力以负荷此二重之生活负担。然此种生活状态，只于新旧文明过渡之时期可以安忍于一时，而不能长此以终古。吾侪当进而以负荷此二重生活负担之心思气力，谋所以打破此矛盾生活之阶级，而使之新旧合一，以轻此负担。其打破之方术，在固新文明新生活之地位，以与旧文明、旧生活分对等之势力，而深养其锋，以迫旧文明旧生活与新文明新生活相妥协、相调和，否则征服之而已矣。此则视乎醉心新文明、新生活者，沉雄之气力，奋斗之精神何如耳！愚于新旧元旦，谨各浮三大白，以壮吾青年之勇气。行矣，任重道远之青年！凯歌之声，将与岁岁之春风以俱至也。

（原刊 1917 年 1 月 10 日《宪法公言》第 9 期）

动的生活与静的生活

吾人于东西之文明，发见一绝异之特质，即动的与静的而已矣。东方文明之特质，全为静的；西方文明之特质，全为动的。文明与生活，盖相为因果者。惟其有动的文明，所以有动的生活；惟其有静的生活，所以有静的文明。故东方之生活为静的生活，西方之生活为动的生活。

以何因缘，东西之文明之生活，各驰一端，适相反对？此其故固甚复杂，而其最要之点，则在东西民族之祖先，其生活之依据不同。东方之生计以农业为主，西方之生计以商业为主。惟其务农，故利于固定；惟其营商，故利于流通。惟其固定居处之久也，故血统日繁，而庞大之家族主义于以盛行；惟其流通转徙之远也，故族系日分，而简单之个人主义于以建立。又固定则女多于男，渐演而有一夫多妻之风；流转则男多于女，渐演而有尊重妇人之习。于是著于政治，一则趋于专制，一则倾于自由；显于社会，一则重乎阶级，一则贵乎平等。乃至饮食、居处、车马、衣服，无不具动静二种之采色。譬彼泉源浊，则万流皆浊，清则万流皆清。文明之于一切生活，亦犹是耳。

百年以还，西方之动的生活，挟其风驰云卷之势力，以侵入东方静的生活之范围，而沉沉大陆之酣梦为之惊破。盖以劳遇逸，以动临静，无在不呈披靡之观，无往不有摧拉之势。于是始悟以逸待劳之失策，以静制动之非计，乃谋变法维新，不惜弃其从来之一切静的生活，取彼西洋之一切动的生活，去其从来之一切静的文明，迎彼西洋之一切动的文明。顾宇宙间之质力，稍一凝静，惰性即从之而生。矧以数千万年惯习自然之静的生活，而欲革除之于一旦，此为必不可能之事，于是矛盾之生活现象，乃随处而皆是。即如吾人于日常生活所肩之负担，无论其为空间的、时间的、精神的、物质的，均有气竭声嘶日不暇给之势。吾尝求其故，而知西洋人之生活，以动为原则，以静为例外，故其应动的生活而能绰有余裕；吾人之生活，以静为原则，以动为例外，故其应动的生活而觉应接不暇。盖以动为原则者，于不知不识之中皆动，皆所以顺其生活者也；而以静为原则者，于不知不识之中皆静，皆所以反其生活者也。以今日动的文明之发达，动的生活之烦累，而吾人乃日在矛盾生活之中，以反其道而行之，乌在其有济乎？乌在其能胜乎？

吾人认定于今日动的世界之中，非创造一种动的生活，不足以自存。吾人又认定于静的文明之上，而欲创造一种动的生活，非依绝大之努力不足以有成。故甚希望吾沉毅有为坚忍不挠之青年，出而肩此钜任。俾我国家由静的国家变而为动的国家，我民族由静的民族变而为动的民族，我之文明由静的文明变而为动的文明，我之生活由静的生活变而为动的生活；勿令动的国家、动的民族、动的文明、动的生活，为白皙人种所专有；以应兹世变，当此潮流。若而青年，方为动的青年而非静的青年，方为活泼泼地之青年，而非奄奄待死之青年。

（原刊 1917 年 4 月 12 日《甲寅》日刊）

罪恶与忏悔

俄国大哲托尔斯泰诠释革命之意义，谓惟有忏悔一语足以当之。今吾国历更革命已经三度，而于忏悔之义犹未尽喻。似此造劫之人心，尚未知何日始能脱幽暗而向光明。瞻念前途，浩劫未已。廉耻扫地，滋可痛矣！

夫以一二人之罹于罪恶，吾人为其个人已不胜悼惜；而其个人之罪恶，同时又为吾人所与共处之社会现象，故其罪恶同时亦为社会之罪恶。斯则忏悔之责，固不仅为躬犯罪恶之人所独任，即呈布此罪恶之社会中之各个分子，亦当因之以痛加省察，深为忏悔。须知一个罪恶之构成，因果复杂，决非当事者之一人所能致。在个人固不可以此自脱，在吾人对于其个人亦不宜以此恕之。而在社会本身，则当以此自责；在吾人对于此社会，亦当为沉痛之警告也。

吾人试寻政治上、社会上之腐败，足与个人以易堕落于罪恶之暗示模仿者，其端甚多，不遑枚举，兹特择其要者言之。

一、势位之足以保障罪恶也。今之膺显职握实权者，莫不以敛钱为事。鸦片可买也，公帑可盗也，民脂民膏可以任意剥蔽也。凡夫坐拥重兵、列职疆吏者，对于其治下之财政，直视为一人之私，囊括席卷，莫可谁何！以致举国空虚，官僚厚富，其所剥民蠹国而得之财货，与其所居位置之级、所握权势之分，成一正比例。上行下效，全国风从，而大盗民贼，盈天下矣。

一、法律失其权威也。中国承专制之余，本于法治之精神多所舛背。又以袁氏当国数年，蔑弃法纪，纵容奸宄。但为一姓之鹰犬，虽犯盗国殃民之罪，而亦为所优容，甚且在赏奖之列焉！法律不敢过问，即问之而亦无效。今袁氏虽殒，一般人民心理，对于法律之信畏，终不甚厚。一旦为罪恶所诱惑，遂忘却法律之权威，而悍然不顾以行之。

一、奢侈之风盛行也。书生得志，一跃而置身荣显，辄如乞儿暴富，极欲穷奢。于是衣必金紫，食必甘旨，居必广宇，行必汽车，内以骄夸于妻妾，外以酬应乎亲朋，每月俸资有限，乌能供尔许之挥霍？迨其亏累日多，无以弥偿，而受贿中饱、鬻爵卖官之事，乃以迭见层出矣。推其原因，个人浪费，固为自取之咎，而社会风俗之奢靡，亦殊有及于个人之影响焉。

吾人今为此言，非以委过于社会，而以轻个人之责也。盖冀社会中之各个人人，对此罪恶之事实，皆当反躬自课，引以为戒。庶几积小己之忏悔而为大群之忏悔，而造成善良清洁之社会力，以贯注于一群之精神，使人人不得不弃旧恶，就新善，涤秽暗，复光明。此即儒家日新之德，耶教复活之义，佛门忏悔之功矣！

（原刊 1917 年 4 月 21 日《甲寅》日刊）

简易生活之必要

斯武英有言曰："除道义外，一切事物皆嫌过多。"盖今世之生活，泰半倚于过度。衣食之享用过度也，戚友之酬应过度也，物质之销耗过度也，精神之劳役过度也。以有限之精力，有限之物质，应过度之要求，肩过度之负担，鲜不气竭声嘶，疲于奔命。实力不足以达者，则觅捷径以达之；正轨不足以济者，则走曲线以济之。于是虚伪、夸张、奢侈、贪婪种种罪恶，皆因此过度之生活以丛滋矣。

今欲有以救之，舍提倡简易之生活，别无善途。衣食宜俭其享用，戚友宜俭其酬应，物质宜俭其销耗，精神宜俭其劳役。务使自己现有之精力、物质，克以应与已缘接而生之要求之负担，绰有余裕。而后道义可守，节操可保，威武不能挫其气，利禄不能动其心，处固能安其朴素，出亦不易其清廉，俯仰天地之间，全无所于愧怍也。

今之人独不知此。一介书生，跻身荣显，遂而高车驷马，锦衣玉食，奢靡成风，夸耀井里。其家族戚友，亦皆群起而欲沾其余润，分其余荣，得之则赞颂不置，不得则怨声载道。夫以素无修养之人，骤然投身于恶浊政海之中，操持不坚，已足为浮名虚利所歆动，而沦溺于罪恶之陷阱，益以无情之社会，不义之戚族，横相要索，重其负担。禄俸之数，所得几何？若者用于必需之生活，若者用于适当之交际，已虞其不能敷衍，今又重以意外之烦累，扰以意外之要求。应用不足，贪念斯起，洁白廉正之精神与虚荣夸张之欲望交战于胸中，而不获胜，遂为所囚缚以献于法网之中。其事可丑，其情亦可怜矣。推原其故，则皆不安于简易生活之一念有以误之也。试思吾人之躯干，块然五尺耳，一榻之域足以安息之而有余，安用此华楼广厦也？吾人之口腹，所求者瞬间一饱耳，箪食瓢饮足以飨应之而有余，安用此甘旨珍错也？吾人之家族，纯实之爱即足以慰安之，安用此无谓之虚荣也？吾人之戚友，淡泊之情即足以结纳之，安用此不当之酬赠也？吾人自有其光明磊落之人格，自有真实简朴之生活，当珍之、惜之、宝之、贵之，断不可轻轻掷去，为家族戚友作牺牲，为浮华俗利作奴隶。社会不情之依赖、不义之要求减少一分，即个人过度之负担、失当之应酬减少一分，亦即虚伪之过失、贪婪之罪恶减少一分。此种生活，即简易之生活也。此种社会，即简易生活之社会也。苟能变今日繁华之社会、奢靡之风俗而致之简易，则社会所生之罪恶，必不若今日之多且重。然则简易生活者，实罪恶社会之福音也。

余既于本报示忏悔之义，而忏悔之义，即当以实行简易生活为其第一步。吾人而欲自拔于罪恶也，尚其于此加之意焉。

（原刊 1917 年 4 月 22 日《甲寅》日刊）

自然与人生

一

有一天早晨，天刚破晓，我的小女在窗外放出一群她所最爱的小鸡小鸭来。她便对他们说、笑，表示一种不知怎样爱怜他们的样子。

一个天真的小孩子，对着些无知的小动物，说些没有意味的话，倒觉得很有趣味！

她进房来，我便问她为什么那样爱那些小动物？她答道："什么东西都是小的好。小的时候，才讨人欢喜，一到大了，就不讨人欢喜了。"

不讨人欢喜的东西，自己也没有欢喜，没有趣味，只剩下悲哀和苦痛。

一切生命，都是由幼小向老大、死亡里走。

中央公园里带着枯枝的老柏对着几株含蕊欲放的花，显出他那生的悲哀，孤独的悲哀，衰老的悲哀。

二

迟迟的春日，占领了静寂的农村。篱下雄鸡，一声长鸣，活绘出那懒睡的春的姿容。

街头院内，更听不着别的声音，只有那算命的瞽者吹的笛子，一阵一阵的响。

“打春的瞎子，开河的鸭子。”这是我们乡土的谚语。

鸭出现了，知道春江的水暖了；瞽者的笛响了，知道乡村的春来了。

“黯然销魂者，惟别而已！”家家都有在外的人，或者在关外营商，或者在边城作客。一到春天，思人的感更深，诸姑姊妹们坐在一团，都要问起在外的人有没有信来。母亲思念儿子，妻子思念丈夫，更是恳切；倘若几个月没有书信，不知道怎样的忧虑。

那街头的笛韵，吹动了她们思人的感怀，不由的不向那吹笛的人问卜。

也有那命薄的女子，受尽了家庭痛苦，尝尽了孤零况味。满怀的哀怨，没有诉处，没有人能替她说出；只有那算命的瞽者，却能了解那些乡村女子的普遍心理，却能把她们的哀怨，随着他的歌词弦调，一一弹奏出来，一一弹入她们的心曲，令她们得个片刻的慰安。那么，乡村里吹笛游街的瞽者，不只是妇女们的运命占卜者，实在是她们的痛苦同情者，悲哀弹奏者了。

三

我在乡里住了几日，有一天在一邻人家里，遇见一位和蔼的少年，他已竟有二十岁左右了。

我不认识他，他倒认识我。向我叫了一声“叔”，并且自己说出他的乳名。

沉了一会儿，我才想起他是谁了。他是一个孤苦零丁的孩子，他是一个可怜的孤儿。

他的父亲早已去世了，那时他是一个不知世事的孩子。

他父亲死的时候，除去欠人家的零星债务，只抛下一个可怜的寡妇，和一个可怜的孤儿。

他的母亲耐了三年的困苦，才带着他改嫁了。因为不改嫁，就要饿死。

他的母亲照养他成人以后，他又归他本家的叔父母，不久便随他叔父到关外学习生意，如今他是第一次回家了。我问他道："你去看你的母亲了吗？"

他说："没有。"

我说："你的母亲照养你一回，听说你回家了，一定盼望你去看她，你怎么不去看看她呢？"

他说："怕我叔婶知道了不大好。"

唉！亲爱的母子别了多年，如今近在咫尺，却又不能相见！是人情的凉薄呢？还是风俗习惯的残酷呢？

四

死！死！死！

自从稍知人事的时候，提起这个字来，就起一种恐怖心。

去年夏天在五峰避暑。下山的时候，瘟疫正在猖獗。路经四五十里，村里尽是哭声，村边都是新冢，死的现象，几乎把我包围了。

我当时在这种悲哀恐怖的境界里走，对于"死"的本质，发生很深刻的思索。

死是怎么一回事？死真是可恐怖的么？死了的人，还有什么悲哀痛苦么？这些问题，都从我脑海的底下翻浮上来。

我当时的感想是：

"死与生同是全生命的一部，生死相间，才成无始无终的大生命，大生命就是大自然，死同生一样是大自然中的自然的现象。"

"对于自然的现象的'生'，既不感什么可以恐怖；那么，对于自然的现象的'死'，也不应该感什么可以恐怖。我们直可以断定死是没有什么可以恐怖的。"

"死既与生同是自然的现象，那么，死如果是可悲哀的，生也是可悲哀的；死如果是有苦痛的，生也是有苦痛的。生死相较，没有多大的区别。”

人为什么都乐生怕死呢？这都是依恋的缘故。

物理上有一种“惰性”，人性亦然。由天津往上海迁居，对于故居，总不免有些依恋，其实上海的新居，未必比天津旧居有什么苦痛。冬天早起，临行冷水浴，望见冷水总觉得有些战栗。跳入其中，沐浴顷刻，也还有一种的佳境。出浴后，更觉得严寒的空气与春风一样和暖。人对着死依恋生，也是一样的心理。

赤裸裸的人生，总不要有所依恋，总不要穿上惰性的衣裳。

我们行了海水浴，行了春风浴，还要时时行自然浴。

死的池，死的岭，都是联络人生与自然的途径。

匆匆又是一年了。我再过昌黎的时候，去年的新冢，已经丛了一层荒草；遥看那荒草里，仿佛又现了青青的颜色了。

东坟一个老妪，西坟一个少妇，都跪在地下哭。那种悲声，和烧纸的飞灰，似乎一样的高低上下。

啊！今日是寒食节了！

我细听他们的哭声，里边都有怨诉的话。大概都是说死者抛了生者去了，死者无知，而生者苦了。

这样看来，在死人前的哭，不是哭死者，乃是哭生者；不是吊坟里的人，乃是吊坟外的人；那山前山后的野哭，不是死亡的悲声，乃是生活的哀调。

（1920 年 6 月 20 日《新生活》第 38 期）

游碣石山杂记

予家渤海之滨，北望辄见碣石，高峰隐峙天际，盖相越仅八十里许。予性乐山，遇崇丘峻岭，每流连弗忍去。而于童年昕夕遥见之碣石，尤为神往。曩者与二三友辈归自津门，卸装昌黎，游兴勃发，时适溽夏，虽盛炎不以尼斯志，相率竟至西五峰韩昌黎祠一憩。是日零雨不止，山中浓雾荡胸，途次所经半石径，崎岖不易行，惟奇花异卉，铺地参天，骤见惊为世外桃源，故不以为苦。犹忆五峰前马家山湾，树林蓊郁接云际，层层碧叶，青透重霄，虽暴雨行其下不知也。初入山，不识路径，牧童樵子，又以雨不出，陟一峰巅，徘徊不知何往，乃于无意中大呼："何处为五峰？"而云树缥缈间，竟有声应者曰："此处即是五峰。"遂欣然往，相讶为人间奇境。至则守祠人欢迎于门外。延入祠，则用松枝烹茶，更为煮米粥以进。食之别有清味，大异人间烟火气。守祠者刘姓，此为予与碣石山初度之缘，生平此游最乐，故今犹忆之。古诗有云"而今再过经行处，树老花残僧白头"，重寄感旧之思。予之重来五峰，青山依旧，森树丛茂，不减当年，守祠人仍为前度刘郎，健干一如曩昔，而同游者则易为子默，且仅一人。回首旧游，天涯零散，子蘅则从戎南下，守恒则执法塞北，际青则侨寓云津，乱离身世，而予尚得汗漫到此，不胜今昔之感也已！

五峰在昌黎城北十二里，仙人顶迤东，群山矗立，峻岭亘天，怪石高撑云际，五峰环峙，势若列屏，自东向北、西历数：曰望海，曰锦绣，曰平斗，最高曰飞来，曰挂月。昌黎祠在山腹，建自有明崇祯年间，本圆通寺旧址。积石叠起，扩其地基，敷筑庭宇，盛植花木，于虚无缥渺间，万树森森，拥空中楼阁。凭垣一眺，东南天海一碧，茫无涯际，俯视人寰，炊烟树影，渺然微矣。

圆通寺规模故小，明季关东边患起，蓟、榆一带，为辽左咽喉，京畿屏障，昌黎尤为榆关内之要隘。军务重镇之驻邑城者，乃得时来五峰。今昌黎祠内有二配像，复有四牌位：（一）署钦差巡抚山永等处地方赞理军务都察院右都御史朱，（二）署钦命督师总率关辽兼制昌、蓟、通、保、登、津等处军务兵部尚书范，（三）署钦差分守宣化府兵备道山西布政司参议朱，（四）署知昌黎县事蒋。心窃疑之，追摩挲断碣，知是祠也，乃朱、范等因昌黎二字而建，以五峰名胜，必因人始彰，故借文公为名山生色[①]，而四子之配享，则邑人士所建之生祠也。出祠沿西山坡南行，至挂月峰下，有一洞，石门半掩，苍苔满地，白云出入其中，额曰范公洞。有石刻像，是即祠中配享之范志完也。相传卒于山中，故邑人造像以志之。余闻之乡先生，满清之入关也，首攻昌黎，邑人悉数入城坚守之，围七日不破。虏急于据燕京，遂西行，弃之去。全邑民命，获以保全。朱、范诸人，既握兵柄，自必与于此役。然则疆臣重镇，虽不能摧败强敌，捍卫疆土，而当亡国之际，尚能死守孤城，厥功亦不可没。故谓数子皆明末遗老，鼎革后隐居于此，信有由也。顾吾以为数子者，或握兵符，或膺疆寄，或职亲民，果于戎马倥偬之际，卧薪尝胆之秋，尚忍荒嬉林泉，流连风景，则明之亡，庸岂无故？而数子者，又乌容辞荒职误国之咎？若至事不可为，满人已僭窃中土，始相率隐避，空山歌哭，借保明室衣冠，则数子者，殆亦不失为明季之伤心人也。后之游者，得毋兴故国河山之慨乎！

范氏名志完，中州人，予于祠壁见刻其游水岩长歌一首，颇足纪此山景物之一斑，兹录于下：

游水岩歌（并序）

辛巳春日，予以北平谒孤竹而还，道经昌黎，瞻文公祠。

---

① 韩昌黎：即韩愈，昌黎是他自谓的郡望。他去世后谥文公，下文提及。

次日，同郡丞冯诗吾、蒋魁宇，访胜水岩。过中庵仙人台。东迤则为龙潭、瀑布泉。又东则为西五峰。层峦叠嶂，迥出尘寰，俯而视之，昌邑瀚海，较若列眉。诸峰环峙，若拱若卫。遂据此山之胜，因弄笔记之。

春朝访胜水岩边，桃柳迎风色正妍。偶延二客来翩翩，掀髯相谈意更玄。叠嶂堆里步蹁跹，行行且止共盘旋。山中老树不记年，松子森森似球圆。中峰再上半云烟，层峦相对两峰联。老僧引路视龙潭，上有仙岩下有川。石花层层密似竿，古松斜挂如画悬。龙潭迤东瀑布泉，银碗盛来不用盘。把酒峰前杯胪传，椿头菽芽味正鲜。遥望五峰境如仙，二客乘马我腾颠。须臾相会五峰前，景色幽然别有天。诸峰错落如珠璇，三泉涓涓清且涟。松风鸟韵奏管弦，石洞幽幽可参禅。昌邑城市灿如廛，瀚海汪洋列画船。登高览胜忆先贤，一僧孤立高峰巅。我欲往从解尘缘，佛骨一表法凛然。

文公案前置有枯松，枝作龙形。盖闻祠后故有三泉，今仅存其东西二者，中泉正与祠宇相值，巍石壁立，有小泉突出石隙，可一尺。尤侗题壁诗云：“五峰清不断，引入白云中。春后山崖雪，秋空海上风。三钩菩提井（祠后有泉三口），一尺大夫松（石缝迸松长仅尺许，寺僧云已数十年矣）。怪石排如笔，森严拱巨公。”而范氏诗中亦有“三泉涓涓清且涟”之句，则松与泉已久供诗人吟咏之资。泉水自石罅流贯入口，浸润松根，收天然灌溉之利。厥后泉忽涸而松亦随枯，工人伐木，辄加雕斲成龙形，置案上，为存一故迹也。

挂月峰东南角，层峦高耸，片石突起，作龟形，故名龟石。石上有印月痕，如弓弯然。相传每岁阴历七月十五夜，月华团圞，如挂龟石上，此挂月之所由名也。

自文公祠东绕，出望海峰，下坡沿岭东走，为东五峰。山村四五家，果树环绕，不见屋瓦。山犬不惯见人，辄狺狺狂吠，逐白云出。时值秋梨正熟，与园主话片刻，竟由树摘数十枚赠焉，坚不受价。此种人惟于山陬间尚能遇之，久居都市者乌肯为此？予等坐石上濯足毕，乃踉跄寻故路。途次摘采山花，兼拾松子，不知夕阳已下西岭。倦游归去，长歌《采薇》，悄然有慕古之思矣。

水岩寺亦碣石胜境之一，在五峰西南五里许。予与子默唱三往，古寺荒凉，了无奇迹。惟正殿阶栏有二石柱，八角棱形，镌唐经文，摩挲久之，苔侵雨蚀，已模糊不克尽识。末署保宁元年。盖辽代物也。寺东院有得月亭，每值夏季，游人麇集，地近城市，人迹甚杂，俗嚣侵染，其幽雅迥不若五峰远甚也。

自邑城入山，东西二馒首山，犄角相持，如天然门户。东馒首山后为桃源山，旧为崔氏有。崔故昌邑望族，累代书香，名流辈出，崔子玉及其哲嗣伯振，均以能文著于时。广修文公祠记勒碑铭壁，文字俱奇健不群，即子玉作也。录如下：

> 碣石苍苍，溟海茫茫，佳气孕灵，宜有磊落奇伟任大任者，崛起于其乡。孤竹子清风其杳如耶？相与二三同志，俯仰今古，涔涔下岘山之泪。客有指顾五峰，称道唐贤韩文公者，公家世邑乘有书。明季朱、范两公，购置圆通禅院，建公祠。今春晓山贤裔，以妥神之余，大启尔宇，为谒山祠者游憩地。当夫山雨过檐，海月度岭，披云兀坐，手公遗文一编，朗诵数过，觉涛声万里，沸沸松岩间。时而壮公微言阐道，正论格君，使有唐三百年来天下，如乍闻雷霆而复见日月。时复悲公磨蝎之运，遭际屯蹇而卒，气数不易乐道之胸，谗谤益昭永世之名。不禁酹酒阶前，拜手稽首，望我公翩然来下大荒也。同治十三年春崔树宝。

斯文虽寥寥短幅，足见其胸中蕴积，有奇气，睚俗士所能道其只字。更于壁间见一绝句，题为《桃源山访崔子玉》，诗云：“寂寞遥天带晚霞，云深何处是君家。渔人未识桃源路，不问樵夫问落花。”知其相与过从者，亦为一时隐逸清高之士。名山得名士足迹往还其间，草木云烟，当时亦颇不寂寞。厥后伯振亦尝设馆山中，吾友刘允之，即出其门。高躅前修，杳不可复睹，伯振闻亦于近岁以病死。桃源山松梨故宅，近复展转以归他氏有。家山沦落，名士漂零，吾辈游人过其侧者，犹徘徊不忍去。而允之年来牢骚避世，执教鞭于碣阳成美学馆。课余之暇，时或于荒凉云树间，追寻陈迹，故山函丈，形影依稀，纵有松风泉石，亦岂足以塞允之之悲也！

桃源山今主为浙江陈氏，现在兴京，供职督府。闻以束钱四万串购得之。于梨园中构一居宅，颇幽雅。惟以移借道路，与山中人涉讼，恐不得久居此。信乎尘海深山，清浊异趣之扞格不相容也。余居山中，每入城，过陈家山（陈氏改为陈家山），辄羡叹不置。盖吾侪野人，久怀厌倦风尘之思，曩尝与同志抱买山之愿，而苦于无钱。噫！安得黄金三百万，买尽香山净土，为朋辈招隐之所。斯则吾与青山之缘遇何如？且当于吾与黄金之缘遇何如卜之矣！

碣石山中，猛兽绝少，惟傍晚则有狼狐等小兽出没。曩者亦尝有虎豹藏匿其间。数十年前，樵夫尚于平斗峰上得一死豹，近以人迹日多，兽类避去。故独行深山中，了无顾忌云。

余自山中访允之，再往始遇。盖余以京友函招，须西上，且当旋里一行，故匆匆立谈片刻，仅为子默介绍，恐其独处山中嫌寂寞也。迨自家返昌黎，复与子默、允之等入山一次，居成美学馆二日，备受杜瀛州夫妇之优遇。宗教家之诚恳与世，其爱綦宏，感且不绝于余之心矣。惟此荏苒十日间，昌黎惨毙路警五人[①]，已孤棺冷落，寄地藏寺中。彼倭奴者，乃洋洋得意，昂头阔步于中华领土，以戕我国士，伤心之士，能无愤慨！自是昌黎遂为国仇纪念地，山盟海誓，愿中原健儿，勿忘此弥天之耻辱，所不与倭奴不共戴天者，有如碣石。

山中十日，游兴未尽，其中庵龙潭、瀑布泉、仙人顶、石佛洞等处，则期以后日焉。

（原刊 1913 年 11 月 1 日《言治》月刊第 1 年第 6 期）

① 1913 年 9 月 11 日夜，日本侵华驻屯军在昌黎车站枪杀中国路警五人。

五峰游记

我向来惯过“山中无历日，寒尽不知年”的日子，一切日常生活的经过，都记不住时日。

我们那晚八时顷，由京奉线出发，次日早晨曙光刚发的时候，到滦州车站。此地是辛亥年，张绍曾将军督率第二十镇停军不发，拿十九信条要胁清廷的地方。后来到底有一标在此起义，以众寡不敌失败，营长施从云、王金铭，参谋长白亚雨等殉难。这是历史上的纪念地。

车站在滦州城北五里许，紧靠着横山。横山东北下临滦河的地方，有一个行宫，地势很险，风景却佳。而今作了我们老百姓旅行游览的地方。

由横山往北，四十里可达卢龙。山路崎岖，水路两岸万山重叠，暗崖很多，行舟最要留神，而景致绝美。由横山往南，滦河曲折南流入海，以陆路计约有百数十里。

我们在此雇了一只小舟，顺流而南。两岸都是平原，遍地的禾苗，都很茂盛，但已觉受旱。禾苗的种类，以高粱为多，因为滦河一带，主要的食粮，就是高粱。谷黍豆类也有。滦水每年泛滥，河身移徙无定，居民都以为苦。其实滦河经过的地方，虽有时受害，而大体看来，却很富厚，因为他的破坏中，却带来了很多的新生活种子、原料。房屋老了，经他一番破坏，新的便可产生。土质乏了，经他一回滩淤，肥的就会出现。这条滦河，简直是这一方的旧生活破坏者，新生活创造者。可惜人都是苟安，但看见他的破坏，看不见他的建设，却很冤枉了他。

河里小舟飘着。一片斜阳射在水面，一种金色的浅光，衬着那岸上的绿野。景色真是好看。

天到黄昏，我们还未上岸。从舟人摇橹的声中，隐约透出了远村的犬吠，知道要到我们上岸的村落了。

到了家乡，才知道境内很不安静。正有“绑票”的土匪，在各村骚扰。还有“花会”照旧开设。

过了两三日，我便带一个小孩，来到昌黎的五峰。是由陆路来的，约有八十里。从前昌黎的铁路警察，因在车站干涉日本驻屯军的无礼的行动，曾有五警士为日兵惨毙。这也算是一个纪念地。

五峰是碣石山的一部，离车站十余里，在昌黎城北。我们清早雇骡车运行李到山下，车不能行了，只好步行上山。一路石径崎岖，曲折的很，两旁松林密布，间或有一两人家很清妙的几间屋，筑在山上，大概窗前都有果园。泉水从石上流着，潺潺作响。当日恰遇着微雨，山景格外的新鲜。走了约四里许，才到五峰的韩公祠。

五峰有个胜境，就在山腹。望海、锦绣、平斗、飞来、挂月五个山峰环抱如椅。好事的人，在此建了一座韩文公祠。下临深涧，涧中树木丛森。东南可望渤海，碧波万顷，一览无尽。我们就在此借居了。

看守祠宇的，是一双老夫妇，年事都在六十岁以上，却很健康。此外一狗、一猫、两只母鸡，构成他们那山居的生活。我们在此，老夫妇很替我们操作。

祠内有两个山泉可饮。煮饭烹茶，都从那里取水，用松枝作柴，颇有一种趣味。

山中松树最多，果树有苹果、桃、杏、梨、葡萄、黑枣、胡桃等。今年果收都不佳。

来游的人却也常有，但是来到山中，不是吃喝，便是赌博，真是大杀风景。

山中没有野兽，没有盗贼，我们可以夜不闭户，高枕而眠。

久旱乡间多求雨的，都很热闹。这是中国人的群众运动。

昨日山中落雨，云气把全山包围。树里风声雨声，有波涛澎湃的样子。水自山间流下，却成了瀑布。雨后大有秋意。

（原刊1919年8月31日、9月7日《新生活》第2、3期）

《晨钟》短章

介绍哲人托尔斯泰（Lev Tolstoy）

托尔斯泰者，近代之伟人也，举世倾仰之理想人物也。彼生于专制国中，以热烈之赤诚，唱导博爱主义，传布爱之福音于天下，扶弱摧强，知劳动之所以为神圣。身为贵族，而甘于菲食敝衣，与农民为伍，自挥额上之汗，以从事劳作，此其德行之美为何如耶？

氏之言曰：人之性质，本由灵性与兽性相合而成，然皆为兽性所蔽，故灵性失其光明，徒求满其物欲。人之往往自蹈于可怖之罪恶中、忧闷中，而沉于暗惨之坟墓者，以此矣。人若了悟，当弃可卑之物欲，使兽性服从灵性，离自己之利害，增进他人之安宁幸福，人始得入于灵界，享永远美丽之心灵的生活。夫人之真相为无限发现之爱，爱者实崇高无对之理，体既通于神明，先天内容之动机，天真自然之情也。即一切道德之渊源，自他融合之，胸中之光明也。沮碍此爱发现之物及物欲之满足，皆为罪恶博爱之牺牲者，即死于肉而生于灵者。故人当有不惮为博爱而死之觉悟也。

嗟呼！托氏生平著作，充栋汗牛，一经杀青，传译殆遍，自谓倾终身之生活于墨汁瓶中，此其抱负可谓豪矣！为文字字皆含血泪，为人道驰驱，为同胞奋斗，为农民呼吁，彼其眼中无权威，无富贵，无俄罗斯之皇帝。而欲以貔貅之威屈之，千万之富动之，使之稍变其主义，彼惟悍然答曰“否”而已。

托氏人格之崇高，气魄之雄厚，足为兹世青年之泰斗，暇当布其全传，摭其学说，以饷吾最亲爱纯洁之学子。兹先以数语，介绍于此云。

（原刊1916年8月20日《晨钟》报）

介绍哲人尼杰（Friedrich Wilhelm Nietzsche）

尼杰之名[①]，久已喧噪于世，而能理解其说者殆鲜。此皆由于宗教之徒，愿谨之士，牖于偷安之习、伪善之说，浸染既深，罔自解脱，一闻尼杰之名，辄以危险思想目之，而利其堙没弗彰，斯实最可痛惜者也。

尼氏为近代思想大家，欲稔其为人及其学说，非兹短幅所能尽。兹揭其要以饷读者。

尼杰者，乃欲于其自己要求与确信之上，建设真实生活之人也。对于弱而求强，缺而求完，悲惨而严肃深刻之生活，奋往突进，以蕲人性之解放与向上，有虽犯百战而莫辞之勇，内对一己之自我与生活，为锐敏之省察，外对当时社会之实状，为深刻之批判，以根究人性之弱点与文明之缺陷，而以匡救其弱点与缺陷为自己之天职。彼固爱自己、爱社会、爱文明，而又酷爱生命者也。

尼氏思潮凡三变，最初受叔本华、洼古聂之影响，以人生全为美而存在；次则因包尔雷之说而重视智力；又次则括美与智，而以意志与创造为中心要素，以立主我思想之基础，极力攻击十九稘凡俗主义、物质主义之文明。以谓人生之真意义，皆隐于宗教、道德、博爱、人道是等美名之下，戴虚伪之假面，以求调和，求苟安，如堕疾病丑恶之窟中，无能振拔。而倡言超人哲学，鼓吹英雄主义，赞美力之享乐，高唱人格之权威，宣传战争之福音，而欲导现代文明于新理想主义之域。其说颇能起衰振敝，而于吾最拘形

---

① 尼杰，今通译尼采（1844—1900），德国哲学家、唯意志论者，著有《权力意志》等。

式，重因袭，囚锢于奴隶道德之国，尤足以鼓舞青年之精神，奋发国民之勇气。此则记者介绍其人之微意，幸勿泛漠置之也。

（原刊 1916 年 8 月 22 日《晨钟》报）

权

德国凯撒[1]，驱全德之民族驰驱于硝烟弹雨之中，连年鏖战，流血成池，千辛万苦而不辞。所争者何物？曰“权”而已。

联军各国，相率督其盟军，与凯撒抗战，昂首阔步，以登龙骧虎斗之场。所争者何物？曰“权”而已。

袁项城生当民主政治炽盛之世[2]，不惜以豪杰有为之凭借，而牺牲于黄袍加身之迷梦，卒之身败名裂，为世僇笑。所贪者何事？曰“权”而已。

吾民处兹风雨飘摇之中，不惮冒国家之危险，兴西南之师，以与袁氏抗争。所争者何物？曰“权”而已。

项城既陨，各政团互相猜忌，此詈彼以阴谋，彼讦此以诡诈。所注视者何物？曰“权”而已。

府院之间，恒欠融洽，今日秘书长辞职，明日总理告假，后日内务总长又辞职。所争议者何事？亦曰“权”而已。

权无限则专，权不清则争，惟专与争，乃立宪政治之大忌，而制国民之常态也。故欲行立宪政治，必先去专与争。欲去专与争，必先划除专制国民之根性。

（原刊 1916 年 8 月 29 日《晨钟》报）

---

① 德国凯撒：指希特勒。

② 袁项城：即袁世凯，他是河北项城人。

政坛演说会之必要

专制政治尚秘密，立宪政治尚公开。秘密者，每出诡谲之权谋；公开者，必有鲜明之旗帜。

吾国政客，不问其系于何派，究其蕲求，罔不在立宪政治为无容疑。顾何以党伐之际，互以阴谋相诋诮，岂果有神出鬼没之权术欤？毋亦于堂堂正正旗帜有所缺憾耳。文明国之政争，皆在演说台上，入日本政治演说之场，犹恍闻“板垣虽死自由不死”之声，登美国政治演说之堂，犹恍见前总统罗斯福氏之血。盖于稠人广众之中，公布其主张，以求舆论之同情，乃政治家之天经地义，虽刀锯在前，鼎镬在后，有所不顾。区区反对之声浪，乌能摧卷其政帜者？

而吾国之政争，则何如者？钩心斗角，恒在暗潮黑幕之中，双方相持，无论若何激昂，而慷慨淋漓热烈蓬勃之政坛演说会无闻焉。是非之公，遂不能与天下以共见，斯于公开之义有未当，而阴谋猜忌之说之所由兴欤？

（原刊 1916 年 8 月 30 日《晨钟》报）

达科儿之“爱”观①

哲人达科儿，东游日本，社友侣白君，已略举其事，并介绍其说之概略矣。余复简述其言爱之理，布之当世。

其说曰：“爱非单纯之情念，而真理也，横于一切创造之根柢之欢喜也，由梵天映出纯粹意识之白光也。故吾等为与遍在外界天空暨内界灵魂之全觉的实在一致，不可不达于意识之顶点。其意识

① 达科儿，今通译泰戈尔（1861—1941），印度著名诗人，1913 年诺贝尔文学奖获得者。1923 年、1929 年两次来华。

之顶点，即爱也。”又曰：“于爱之内，差别之感，全然消灭，人间之灵魂，超乎自我之樊笼，达于无限之域，而完其目的。故爱者，人间能得之最高幸福也。何则？人间惟依此识彼，较彼自身为大，并识彼与一切，同时为一故也。”准达氏之言，则爱者，宇宙之灵也，人天之交也。吾人当信仰真理，吾人即当尊重爱。故爱者，神圣也，不许假人为之造作，伤其真也。天下之善男善女，其谛此矣！

（原刊 1916 年 8 月 31 日《晨钟》报）

倍根之偶像说[①]

昔者，倍根氏创说，首提出四类偶像，谓欲得真理之奥，必先破坏此四类偶像。盖偶像云者，即先入为主之偏见妄想也。

四类偶像维何？一曰：岩窟之偶像，即由于个人之癖性或偶然之事情而来之偏见。囚锢于此偏见者，恰如笼人于岩窟之中，而有坐井观天之象也。二曰：剧场之偶像，即认传袭之言说、流行之风俗为有权威，不加批评思考而生之偏见也。三曰：市场之偶像，是乃纯由言语而生之偏见。夫言语者，表布思想之具，今乃忘其为记号之用，而信为有应之之实物，非偏而何？四曰：种性之偶像，此由人类之本性而生，浸淫于人间思想之偏见也。五官错觉，即其例焉。其或因人间境势之便，施以解释而枉人以从己者皆是也。

吾国历史传袭最久，举国昏昏皆为崇拜偶像之人，闻倍氏说，其亦知所感奋乎？

（原刊 1916 年 8 月 31 日《晨钟》报）

---

① 倍根，今通译培根（1561—1626），英国哲学家，主张打破偶像，强调知识就是力量，被马克思称做“英国唯物主义和整个现代实验哲学的真正始祖”。

《甲寅》时评

调和之美

人莫不爱美，故人咸宜爱调和。盖美者，调和之产物；而调和者，美之母也。

宇宙间一切美尚之性品，美满之境遇，罔不由异样殊态相调和、相配称之间荡漾而出者。美味，吾人之所甘也，然当知味之最美者，殆皆苦辛酸甜咸相调和之所成也。美色，吾人之所好也，然当知色之最美者，殆皆青黄赤白黑相调和之所显也。美音，吾人之所悦也，然当知音之最美者，殆皆宫商角徵羽相调和之所出也。美因缘，吾人之所羡也，然当知因缘之最美者，殆皆男女两性相调和之所就也。饮食、男女如是，宇宙一切事物罔不如是。故爱美者，当先爱调和。

……

（原刊 1917 年 1 月 29 日《甲寅》日刊“时评”栏）

真理（一）

余信宇宙间有唯一无二之真理。此真理者，乃宇宙之本体，非一人一教所得而私也。

余信世界文明日进。此真理者，必能基于科学，循其逻辑之境，以表现于人类各个之智察，非传说之迷信所得而蔽也。

孔子之道也，佛法也，耶教也，未尝不本此真理而成也。然既称为真理，毕竟宇宙之间无古今、无中外，常有此真实之一境，非孔子、释迦、耶苏辈之私有物也。

由是言之，不惟宪法上规定孔道为无用，即信教自由之条文亦为无用。吾人苟希冀此宪法而有保持真理、助进文化之用者，且当排斥信教自由，主张不信教自由矣。

（原刊 1917 年 2 月 1 日《甲寅》日刊“时评”栏）

真理（二）

吾人欲寻真理之所在，当先知我之所在，即其我之身分、智识、境遇以求逻辑上真实之本分，即为真理。

孔子之道有几分合于此真理者，我则取之；否者，斥之。释迦之说有几分合于此真理者，我则取之；否者，斥之。耶稣之教有几分合于此真理者，我则取之；否者，斥之。乃至各宗各派，吾人对之罔不若是。盖其传说中所含之真理，偏而不全，驳而不确。吾人断不可举其自我以贡崇奉偶像威灵之牺牲，仅可取其传说之几分以为发育自我性灵之资养。

真理乃自然的因果的，宗教传说乃神秘的迷信的。故吾人与其信孔子，信释迦，信耶稣，不如信真理。

（原刊 1917 年 2 月 2 日《甲寅》日刊“时评”栏）

回春之北京

星移物换，斗柄回寅，此枯寂陈腐黯淡阴霾之北京，居然与勾萌甲坼蛰动昭苏之群生，共呈回春之象焉。

他且勿论，即就新年之景象而言，据久居北京者云：“今岁与去年已大不同，去年则人怀戒惧，今岁则共庆升平，以昔视今，苦乐悬绝。”此足以见专制之害恶、共和之幸福矣。

爆竹一物，为新年中儿童最快乐之玩具，且足以励其武勇之精神。只以政象险恶，人人皆疑大祸之来不知爆发于何时，是以一闻声响，则风声鹤唳，草木皆兵。故在去年警厅概禁止之，今则演放自由矣。

即此区区之自由，亦为共和之所赐、专制之所斩。寄语街头小儿女，年年都有爆竹，岁岁勿忘共和。盖以爆竹之声，即自由之声也。吾谨为之拟一春联曰：“爆竹一声，共和万岁！”

（原刊 1917 年 2 月 7 日《甲寅》日刊“时评”栏）

元宵痛史[1]

洪宪时代，禁人说“元宵”二字，恶其发音与“袁消”相同也。此段痛史，都人士当尚忆之。

日前为元宵佳节，偶与朋俦散步街衢，仰见明月，人影在地，而烟花爆竹，灯火万家，欢欣之声，达于户巷。风景依稀似去年，而人民之心理迥异矣。

使洪宪帝业竟成者，则此庆祝元宵之乐，亦遭剥夺。曾几何时，元宵二字昔曾禁人偶语，今则都成谶言。吾人可以自由享用于谈笑间，无复曩者之禁令矣。噫！是皆共和复活之所赐也。

永叔词云：“去年元夜时，花市灯如昼；今年元夜时，月和灯依旧。”从兹岁岁年年，吾人之春宵永在，而此禁说元宵之去年人，新华一梦，久已雾散烟消，不复知人间尚有今年元宵之盛。洪宪劫后，吾人尚有此新纪元，抚今思昔，感慨何如矣！

（原刊 1917 年 2 月 8 日《甲寅》日刊“时评”栏）

---

① 在“洪宪”时期，北洋政府禁止人们过元宵节，因为元宵与“袁消”同音，触犯了袁世凯的名讳。1916 年袁世凯死后，欢度元宵节又成热闹景象。

《每周评论》断想

北京的“华严”

北京有个净业湖，是梁巨川氏自杀的地方[①]。不几天又有一位吴梓箴，也在那里自杀。我听得这般事情，就联想起那日本日光山上的“华严”泷。明治三十六年，有一位京都帝国大学生叫藤村操的，因为人生不可解，起了哲学上的怀疑，跑到瀑边，在树上题了“岩头之感”几个字，就投入那瀑的冷净的怀中了。从此日本青年，因为这件事的暗示模仿，你投入浅间山的喷火口，他死在富士山巅，他们的理由，都是厌世悲观，那投入“华严”的，更是不计其数了。把个“华严”做成一个唯一的死所，人都叫他为“死之瀑”。这净业湖中的自杀者，若是联续不绝，净业湖也要成了“死之湖”，就是北京的“华严”了。我们把两处的自杀者比较起来，有的是青年，有的是老人，有的是为人生问题而死的，有的是为古人传说而死的。其间虽大不同，我说这种人对于他自己的生命，都比那醉生梦死的青年、历仕五朝的元老，还亲切的多呢！

（原刊 1919 年 1 月 19 日《每周评论》第 5 号）

---

① 净业湖：即今积水潭。因其北岸有净业寺，故称。梁巨川（1858—1918），名济，清末学者。

政　客

主、客是对待的名辞，既有政客必有政主。今日中国的政治现象，但见有几个政客，抱着强盗的大腿转来转去，混一口饭吃，看不见主人影儿。请问这种客吃的饭是那个款待他们的？共和国的政主到底是谁？

平民独裁政治

俄、德起了社会革命，世人又造出一种新名辞来，叫做什么“平民独裁政治”，就是说这种政治是平民一阶级的“狄克铁特”(Dictator)[①]。这话骤然听了，似乎可以成理，仔细想来却是非逻辑的。君主贵族资本阶级可以独裁，平民怎么能够独裁呢？平民不能尽化为君主贵族资本家，而君主贵族资本家都可以化为平民。平民政治的真精神，就是要泯除一切阶级，都使他们化为平民。你们若想做平民，那个不许你们来做？我们若想都做你们一样的贵族，是万万不能的。你们若想保存你们的阶级，那就是你们要独裁。所以我说只有君主贵族资本家的独裁政治，断乎没有“平民独裁政治”。

过激乎？过惰乎？

人类所以总是这不长进的样子，实因社会上有一种力量作怪，就是惰性（Inertia）。他的力量，实在比进步的力量大的多。有了进步的举动，人就说是过激，因为他是在惰性空气包围的中间。其实世间只有过惰，那有过激！不说是自己过惰，却说人家过激，这是人类的劣根性。

---

① 狄克铁特（Dictator）：独裁者的音译。

乡愿与大盗

中国一部历史，是乡愿与大盗结合的纪录。大盗不结合乡愿，作不成皇帝；乡愿不结合大盗，作不成圣人。所以我说皇帝是大盗的代表，圣人是乡愿的代表。到了现在，那些皇帝与圣人的灵魂，捣复辟尊孔的鬼，自不用提，就是这些跋扈的武人，无聊的政客，那个不是大盗与乡愿的化身呢？

（以上原刊1919年1月26日《每周评论》第6号）

罪恶之守护者

日本少壮学者永井柳太郎氏漫游中国，看见北京各机关门首警备森严军士林立的景象，起了一种感想。他说仿佛这些机关都包藏着许多罪恶，所以要武装来守护他。如今想起来，这话很是有理。世界上的武装，那个不是守护罪恶的呢？世界上的罪恶，那个不是要武装来守护的呢？岂独中国的政治机关！岂独北京的军警！

（原刊1919年2月16日《每周评论》第9号）

死　　动

日本的浪人会，专去逆着世界大势作那拥护国体的运动。彼邦酷评家说他们是“死动”，不是活动。我想这种“死动”，几乎遍中国都是。不是拜倒在偶像之前鬼混，就是倒行逆施往死路走。人家的社会，还有大部分“人的活动”，几个顽冥的“死动”，不至永远成了黑暗的鬼世界。像我们的社会，“人的活动”，很是稀少。起初还是“死动”，后来恐怕就剩下了一个“死”，连“动”也不会“动”了。

普通选举

世界上未行普通选举的国，只有我们中国和日本、土尔其。日本现在普通选举的声音，几乎震动了三岛。上杉慎吉也不倡他那凯撒复辟论了，德富苏峰也不说他那贫国强兵论了，大石正已也暂且不提他那大陆膨胀主义了，却都来鼓吹普通选举。回头看看我们中国！你说武力统一，他说武力护法。那有人提到这个问题！那能够提到这个问题！可是我有一个疑问，到了今日，没有普通选举，还称得起是个共和国么?

（原刊 1919 年 2 月 23 日《每周评论》第 10 号）

光明与黑暗

听说北京有位美术家，每日早晨，登城眺望，到了晌午以后，就闭户不出了。人问他什么缘故，他说早晨看见的，不是担菜进城的劳动者，便是携书入校的小学生。就是那推粪的工人，也有一种清白的趣味，可以掩住那粪溺的污秽。因为他们的活动，都是人的活动。他们的生活，都是人的生活。他们大概都是生产者，都能靠着工作发挥人生之美。到了午间，那些不生产只消费的恶魔们、强盗们，一个个都出现了。你驾着呜呜的汽车，他带着凶赳赳的侍卫，就把人世界变成鬼世界了。这也是光明与黑暗两界的区分。

（原刊 1919 年 3 月 2 日《每周评论》第 11 号）

统一癖

中国人说到国家组织，最怕联邦妨害了统一。说到道德，最愿把孔子拿来定为国教，去统一人心。日本人也是常讲国民思想统一，教育划一。去年全国教育会议，又有人提出人心归向统一案，敬神、崇祖是他们统一人心的手段。统一！统一！真是东洋人的通癖了。可是中国人的威信统一、武力统一，已经把个国家弄得七乱八糟，不可收拾。日本人的神祖统一、文教统一，又得甚么样的结果？

混充牌号

世间有一种人物、主义或是货品流行，就有混充他的牌号的纷纷四起。王麻子的刀剪好用，什么王麻子、旺麻子、真王麻子、老王麻子，闹个不清。稻香村东西好吃，什么稻香春、新稻香村、老稻香村、真稻香村，闹个不清。茶庄有王正大、汪正大的混杂，也是这个道理。“民本主义”的话，在日本很流行，什么民本的军国主义、君主民本主义，闹个不清。卖药的广告，也说“民本主义”。“社会主义”流行，就有“皇室中心的社会主义”、“基督教的社会主义”出现。社会上有一二清流学者，很得大众的信仰，一班官僚帝孽，就想处处借他的名字作招牌。这都是“混充牌号”。

（以上原刊 1919 年 4 月 6 日《每周评论》第 16 号）

宰猪场式的政治

日本人说他们的政治，是动物园式的政治，把人民用铁栅栏牢牢的关住，给他们一片肉吃，说是什么“温情主义”。我说我们的政治，是宰猪场式的政治，把我们人民当作猪宰，拿我们的血肉骨头，喂饱了那些文武豺狼。

（1919 年 4 月 20 日《每周评论》第 18 号）

牢狱的生活

现代的生活，还都是牢狱的生活啊！像这样的世界、国家、社会、家庭，那一样不是我们的一层一层的牢狱、一扣一扣的铁锁！倒是为运动解放入了牢狱的人，还算得了一块自由的小天地！

不要再说吉祥话

明明是相杀的世界，偏要说什么“互助”。明明是黑暗的世界，偏要说什么“光明”。明明是压缚的世界，偏要说什么“解放”。明明是兽行的世界，偏要说什么“人道”。明明是强权的世界，偏要说什么“正义”。这正是我们的大罪。

改　　造

交通部的大门，因为曹汝霖被学生们攻击去职，部员都说他的方向不利，请勘舆家为之改造。海军部的围墙，也因为有勘舆家说他不吉利，故近来各处舰队时起风波，听说也要改造。我说中国近年南北争哄，民生困苦到这步田地，也是因为一种大门——阀——建立的不好，也应该改造。可惜我又不是勘舆家，没有人信我的话！

（以上原刊 1919 年 6 月 29 日《每周评论》第 28 号）

最危险的东西

我常和友人在北京市里步行，每过那颓废墙下，很觉可怕。怕他倒了，把行路的人活活压死。请问世间最危险的东西，到底是新的，还是旧的？

光 明 权

北京市民对于电灯公司颇不满意，说电光不足，很妨害市民的“光明权”。嗳！在这黑暗世界中任是生活的那一方面，一线的光明，都没有希望。我们当真要求光明权，应该不止对于电灯公司。

（以上原刊 1919 年 7 月 6 日《每周评论》第 29 号）

真正的解放

真正的解放，不是央求人家“网开三面”，把我们解放出来，是要靠自己的力量，抗拒冲决，使他们不得不任我们自己解放自己；不是仰赖那权威的恩典，给我们把头上的铁锁解开，是要靠自己的努力，把他打破，从那黑暗的牢狱中，打出一道光明来。

万恶之原

中国现在的社会，万恶之原，都在家族制度。一个人要是有点知识聪明，一般的亲族戚属，总是希望他去做官僚式的强盗，牺牲了他一个人，供他们大家的荒淫作乐。这样子待人，分明是莫大的冤仇，那里有丝毫的亲义！

灰色的中国

人说政治革命是白革命，社会革命是赤革命。我说无论是白是赤，总在本质稍有光明的国家，才能发现这样鲜明的颜色。像我们中国这样黑暗的国家，对于世界革命的潮流，不问他是白是赤，一味作盲目的抗拒。等到潮流逼进了门，大家仍是昏沉沉的在黑尘中乱滚，白革命会变成灰色，赤革命会变成黑色。辛亥以后的军阀政客，已竟把个中国弄成灰色了，盼望以后你们不要把中国再弄成黑色才好。

是谁夺了我们的光明？

有一位爱读本报的人来信说："我们对于世界的新生活，都是瞎子。亏了贵报的'只眼'，常常给我们点光明。我们实在感谢。现在好久不见'只眼'了[①]。是谁夺了我们的光明？

（以上原刊1919年7月13日《每周评论》第30号）

① "只眼"：陈独秀在《每周评论》等报刊发表文章时常用的笔名。"好久不见'只眼'了"，乃因陈独秀于1919年6月11日被捕，直至同年9月16日被释放。

《新生活》片语

黑暗运动

前年有一位元老，半夜三更叩清宫的大门，拉出小宣统来，演了一出滑稽剧。今年又有一位元老，半夜三更跑到大成殿里磕头。这都是支那元老黑暗运动！

圣人与皇帝

我总觉得中国的圣人与皇帝有些关系。洪宪皇帝出现以前，先有尊孔祭天的事；南海圣人与辫子大帅同时来京，就发生皇帝回任的事。现在又有人拚命在圣人上作工夫，我很骇怕，我很替中华民国担忧！

（以上原刊1919年10月5日《新生活》第7期）

时代的落伍者

时代是最残酷的东西，时代的落伍者是最可怜的人。时代的进行像电光一样的快，人间的思想总是在过去和现在上恋着。这个中间，就发生了许多的落伍者。他们的生活与时代不相应，就发生了许多的怨恨。怨恨时代，怨恨时代的思想、制度、文学、艺术及至人身。唉！他们实在是悲哀、苦痛、可怜呵！

应考的遗传性

中国人有一种遗传性，就是应考的遗传性。什么运动，什么文学，什么制度，什么事业，都带着些应考的性质，就是迎合当时主考的意旨，说些不是发自本心的话。甚至把时代思潮、文化运动、社会心理，都看作主考一样。所说的话、作的文，都是揣摩主考的一种墨卷，与他的实生活都不生关系。是甚么残酷的制度，把我的民族性弄成这样的不自然！

东西村落生活的异点

有人从美国来说，美国的村落生活，有三个东西是不可少的，就是图书馆、邮局、礼拜堂。我们家乡的村落生活，也有三样东西是必不可少的，乃是子曰铺、鸦片馆、庙宇。

（以上原刊1919年10月26日《新生活》第10期）

时间浪费者

中国人都是时间浪费者，都是生命牺牲者。若叫中国人牺牲他的生命，他是万万不肯的。可是他天天都在牺牲，终身都在牺牲，却一点也不爱惜。时间就是生命，浪费了时间就是牺牲了生命。我们每日生活的时间，平均总是自己浪费了一半，别人为我浪费了一半。在我自己浪费时间的时候，还要浪费些别人的时间。这样核算起来，全社会浪费的时间该有多少？全民族的生命牺牲的该有多少？唉！中国人的生命，真贱啊！

人与禽兽

人类的妄自尊大，真是讨厌，动不动拿禽兽来形容他的高超。这种非科学的态度、口吻，实在不对。以我所知，禽兽里比人类德性优良的很多，人类比不上这些优良禽兽的更多。现在我们作伪的黑幕，已竟揭穿了。不要再拿那些良善的生物，形容我们自己的优越，欺骗同类了！

（以上原刊 1919 年 11 月 2 日《新生活》第 11 期）

牺　牲

人生的目的，在发展自己的生命，可是也有为发展生命必须牺牲生命的时候。因为平凡的发展，有时不如壮烈的牺牲足以延长生命的音响和光华。绝美的风景，多在奇险的山川。绝壮的音乐，都多是悲凉的韵调。高尚的生活，常在壮烈的牺牲中。

妨害治安

“妨害治安!”“妨害治安!”在这句话的声音里，常常有言论出版的自由被剥夺了，有自由公民被囚禁了。但我要问，这个“治安”，究竟是谁的“治安”? 妨害大多数“治安”的，到底是谁? 我们大多数人的“治安”，并不泰奢，并不过分，也只求个穿衣吃饭而已。

我们“治安”范围，减到穿衣吃饭，应该无可再减了。你们还不答应，还要把我们穿衣吃饭的“治安”都牺牲了，供你们少数人奢侈淫乐的“治安”。你们拍拍良心，到底是谁妨害谁的“治安”?

出卖官吏——蹂躏人格

文官考试，听说三千元可以买得一个。你愿得官，我愿得钱，日中为市，交易而退，也算是一个公平买卖，我们没得可说。独有那应考诸君的神圣人格，被蹂躏到这步田地，我实在为他们抱憾！

掠夺物品的遗迹

一群告化子拥着一顶红轿，帘幕封得紧紧的，几个人抬着飞跑，好像掠夺来的物品一样。这是中国结婚的仪式！这是中国女子的人格！

死

胆小的人总是怕死，卑劣无聊的人总是盼反对他的人死，咒反对他的人死，阴贼阴狠的人总是想法把反对他的人置于死地。死是什么东西？死是这样可怕的么？死是这样有用的么？罗素说过："你可以杀一个艺术家或思想家，但你不能得他的艺术或思想。你可以因为一个人爱他的同类把他置于死地，但你不能由这样的行为得到造成他的愉快的爱。"死不是那样可怕的啊！置人于死，于你不是那样有用啊！造谣咒人死，更是卑劣无聊之极啊！

（以上原刊 1919 年 11 月 9 日《新生活》第 12 期）

那里还有自由

"约法"上明明有言论自由，可是记者可以随便被捕，报馆可以随便被封。"约法"上明明有出版自由，可是印刷局可以随便被干涉，背反"约法"的管理印刷法可以随便颁布，邮局收下的印刷物可以随便扣留。“约法”上明明有书信秘密的自由，可是邮电可以随时随意派人检查。可怜中国人呵！你那里还有“约法”！那里还有自由！

（原刊1919年11月1日《新生活》第13期）

“一心一德”

参谋部的大参案，结果是把几个告发的部员免职，并且下了一道谆谆告诫的命令，令他们“一心一德”。这个意思，就是叫全国的大官小吏，都要“一心一德”的保住官僚团体，“一心一德”的……，不要揭破自家的黑幕。

“五星联珠”“文运大昌”

近日观象台有人报告说，“五星联珠”的天象，主“文运大昌”。我听了此话，联想到“五世其昌”、“文治派”两句话，就想这不分明是一幅活人造的新推背图么？他们并引据历史说，“汉高入关时，五星聚东井”，“宋艺祖开国，五星聚奎”的故事，来证明如今五星由东南方向西北方成一直线，长约二丈，“分明是南北统一的意思”，“分明是五族共和，不可涣散的意思”，“从明年起，文运大昌，国家富强，升平约有六十年”。这些吉祥话、鬼话、梦话，我倒不愿批评他。但是我却担心着又要有“入关的汉高帝”，“开国的宋艺祖”啊！但是我的担心，却又不是从“天垂象”看出来的。前些日子，地上忽然铺了黄土，孔庙忽然开了大门，我就早有这个忧虑了！

（以上原刊1919年11月30日《新生活》第15期）

“中日亲善”

日本人的吗啡针，和中国人的肉皮亲善。日本人的商品，和中国人的金钱亲善。日本人的铁棍手枪，和中国人的头颅血肉亲善。日本的侵略主义，和中国的土地亲善。日本的军舰，和中国的福建亲善。这就叫“中日亲善”。

（原刊 1919 年 12 月 7 日《新生活》第 16 期）

什么是歪史

前几天看见文治总统出了一道命令，说某人作的《元史》，是“名山盛业”，“应列入正史”①。我想出版自由，载在“约法”；判断一切史传文书良否，自有社会上公允的批评在。不但不劳政府当局，用法令来断定那个是“正史”，那个是歪史，而且政府当局，实在没有这个权力。如果政府硬要妄行此种权力，以文饰文治的昌运，那就无异于侵犯人民的著作自由权、出版自由权，我们不可把这事看作无关轻重的事情。

禁止说话

报载某督军请政府禁止白话文，广义的解释，就是禁止人说话了。秦政是一代的专制魔王，不过禁止偶语，如今并白话也要禁止，真是秦政的知己。

---

① 1919 年 12 月 4 日，北洋政府总统徐世昌批准教育部呈请，仿照《新唐书》、《新五代史》前例，将清末柯劭忞所著《新元史》列入“正史”，与二十四史共称二十五史。

又是一年

时光似箭，糊里糊涂的又是一年！我们身当这无终无始大自然的冲流的断续关头，觉得杂着些悲哀、恐惧和欢喜。我们看许多的朋友们，因为走的步数稍微慢了一点，就赶不上进步的潮流，成了过去的人了。过去的人，看着现在和将来，都和他的生活不合；现在和将来，也没有一点的幸福和希望给他，所能给他的只是些悲哀、烦闷和苦痛。我们眼望着他们落后，受些悲哀、烦闷和苦痛，也觉得十分悲痛，十分伤感。我们实在怜惜他们，精神上已成了过去的人啊！我们自己呢？也是危险的很。时间总是在我们前面走，总不停留，我们的惰性总是想不跟着他走，一不小心，也和我们所悲痛的那些朋友们一样作了时代的落伍者，岂不可怜！岂不可怕！一年是一段生活的结束，我们应该有一回总计算。一时一刻，也不该令他零下去，我们的生活，才能和大生命联结上。不零下去的方法，就是不断的创造新生活。我今天只有欢天喜地的祝福诸位又开始了一段新生活！

忏悔的人

最可敬的是忏悔的人，因为他是从罪恶里逃出来的，所以他对于罪恶的本体和自己堕落的生活，都有一层深严而且透彻的认识。以后任是罪恶怎样来诱惑他，他绝不会再上当了。我们对于忏悔的人，十分尊敬。我们觉得忏悔的文字，十分沉痛、严肃，有光华，有声响，实在是一种神圣的人生福音。

（以上原刊 1920 年 1 月 4 日《新生活》第 20 期）

低级劳动者

有一种自命为绅士的人说："智识阶级的运动，不可学低级劳动者的行为。"这话很是奇怪。我请问低级高级从那里分别？凡是劳作的人，都是高尚的，都是神圣的，都比你们这些吃人血不作人事的绅士、贤人、政客们强得多。

精神解放！

现在是解放时代了！解放的声音，天天传入我们的耳鼓。但是我以为一切解放的基础，都在精神解放。我们觉得人间一切生活上的不安、不快，都是因为用了许多制度、习惯，把人间相互的好意隔绝，使社会成了一个精神孤立的社会。在这个社会里，个人的生活，无一处不感孤独的悲哀、苦痛；什么国，什么家，什么礼防，什么制度，都是束缚各个人精神上自由活动的东西，都是隔绝各个人间相互表示好意、同情、爱慕的东西。人类活泼泼的生活，受惯了这些积久的束缚、隔绝，自然渐成一种猜忌、嫉妒、仇视、怨恨的心理。这种病的心理，更反映到社会制度上，越颇加一层黑暗、障蔽，把愉快、幸福的光华完全排出，完全消灭。这种生活，我们岂能长此忍受！所以我们的解放运动第一声，就是"精神解放！"

（以上原刊 1920 年 2 月 8 日《新生活》第 25 期）

变革的原动力

饥饿是变革的原动力。法兰西大革命，饥饿是重要的原因；俄罗斯大革命，饥饿也是重要的原因。今年北方旱蝗并作，灾区很广，才是初秋，已经饿殍满野了，等到明春，更不知惨到甚么样子！军阀、财阀、政客们，还是旁观坐视，依样横行。将来恐不免要造一回大变革。

（原刊 1920 年 10 月 7 日《新生活》第 41 期）

民众的新年

民国以来，改了阳历，这亦是中国人加入世界的生活的一端，我们并不反对。可是这几年来的感验，总觉阳历新年不如阴历新年热闹；阳历新年不如阴历新年趣味浓厚；阳历新年不过是少数官场学界勉强的庆祝的虚礼，阴历新年乃真是大多数民众无老无少从心坎儿里欢欣庆祝的第一令节。从这一点看，我还是爱这民众的新年。

（原刊 1921 年 2 月 20 日《新生活》第 45 期）

文　豪

洒一滴墨，使天地改观，山河易色者，文豪之本领也。盖文之入人者深，而人之读其文者，展卷吟哦，辄神凝目炫于其文境。潜移默化，观感旋殊，虽旷世异域，有千秋万里之遥，而如置身其间，俨然其时其境也者。文字感化之伟，充其量可以化魔于道，化俗于雅，化厉于和，化凄切为幽闲，化狞恶为壮伟。三寸毛锥力，能造光明世界于人生厄运之中。则夫文豪者，诚人类之福星也矣。

长天一碧，万木葱森，人影在山，樵歌出谷，科学家视之，僵石枯木之类耳；而一经文豪之点缀，则觉清风习习，透人肌骨焉。枫叶萧萧，江滨渔火，钟声夜半，月落乌啼，科学家视之，声光变动之象耳；而一经文豪之绚绘，则幽深潇洒，万念俱息焉。尽文豪之眼界灵机，悠悠宇宙之间，形色万殊，无不可为发舒性灵，感触兴趣之资。造物者降生万物，而不能使其所生之物，各自直觉其生机之大本，局部自限，缺陷靡穷；文豪本其直觉，发为文章，俾人天物我之实相，稍能映露万一，以通消息于其间，而补造物者之缺陷，斯其有功于造物者不小也。

嗟嗟！古今文豪，其身世何多在怨悲凄苦、飘零沦落之中也。征之东西，如出一辙。文王锢居羑里，寂寞铁窗，乃演《周易》。左邱失明，乃传《春秋》。屈灵均忠爱缠绵，而蔽伤于谗，憔悴行吟，卒沈湘水，而《离骚》、《楚辞》，诗亡而后，此其继音。马迁身被宫刑，填胸愤慨，《史记》之作，模式来兹。乃至少陵忧国，血泪挥干。白也无家，佯狂弃世。放翁有种族之痛，渔洋有故国之思。他如金圣叹、李温陵之流[1]，千古奇才，竟罹惨祸，杀其身而不足，更毁其书。中土文豪，大抵有身世悲凉，家国陵夷之痛者。而环稽西乘，唐德系出名族[2]，中年飘泊，流寓天涯，《神曲》之作，为意大利文学之警钟。傑尔邦德士少年投笔[3]，荷戈从军，雷邦特之战，伤中左腕，展转归途，虏于海寇，五载穷岛，困苦作奴，僧侣救之，始返故国，潜心著作，致西班牙文学得跻于英、德之林。汉伯德曼目击社会[4]，悲惨痛心，阶级制度之不良，发愤著书，有十九世纪沙翁之目。伊普逊以贫商之子[5]，生于北欧，寂寞荒寒，贫且不能自给，童年供使，药屋偷闲，辄事文学，大学卒业后，伤祖国文学之不振，闭户著书，对兹缺陷社会，不惮口诛笔伐，文章声价，重于全欧。士多林贝尔西幼时[6]，无力求学，艰苦卓绝，著书自活，为文伤时厌世，颇极深酷凄切之致，瑞典奄无生气之文学，至是始有新机。托尔斯泰生暴俄专制之下，扬博爱赤帜，为真理人道与百万貔貅、巨家阀阅、教魔、权威相搏战，宣告破门，杀身之祸，几于不免，而百折不挠，著书益力，充栋汗牛，风行一世。高尔基身自髫龄，备历惨苦，故其文沉痛，写社会下层之黑暗，几于声泪俱下。凡此者类皆艰苦备尝，而巨帙宏篇，独能照耀千古者也；是岂文章憎命，才华有以使之然欤？抑遭时不遇，荡析流离，余兹历劫之身，乃得优游以事文学，故其言之深长足以动人欤？嗟嗟！江山故宅，文藻空存，册籍千秋，声华不朽。吾侪生兹末世，不见古人之面影，不闻古人之欬謦，徒对陈编，怅维遗迹，叹文豪之遭遇，不禁掩卷失声也矣。而于彼古人，虽躯尽骨灰，一点灵光，尚能岿然与天地终古，亦安庸吾辈之欷歔慨感为

---

① 金圣叹（1608—1661）：明末清初文学家、批评家。曾点评《水浒传》、《西游记》等名著。李温陵：即李贽（1527—1602），别号温陵居士。明代思想家、文学家。著有《焚书》、《藏书》等。

② 唐德：今通译但丁。

③ 傑尔邦德士：今通译塞万提斯（1547—1616），西班牙作家。

④ 汉伯德曼：今通译霍普德曼，德国作家。

⑤ 伊普逊：今通译易卜生（1828—1906），挪威戏剧家。

⑥ 士多林贝尔西：今通译斯特林堡（1849—1912），瑞典作家。

者！文豪之幸不幸，夫岂在瞬息百年之遭遇也哉！

吾尝论文豪与世运之关系，其见重于社会，不在盛世，而在衰世。盖当承平之世，物阜民康，群德日进，饮食各适其宜，作息各得其所，凡属圆颅方趾之伦，均得优游歌舞于熙皞和乐之天，击壤鼓腹之歌，曲巷流俗之谚，何莫非盛世元音？粉饰泰平，文章祝颂，岂必俟夫文豪者？若夫世衰道微，国风不作，举世滔滔，相率而趋于罪恶之途，百物丧尽，民不聊生，天地有晦冥之象，群象无生人之趣，倘无文豪者应运而出，奋生花之笔，歌《黍离》之章，则蚩蚩者不平之诉，呼吁何从？而精神上乏优美高尚之感化，忏悔之念，亦无自而发？人心来复之机既塞，惟日与禽兽暴掠强夺，相残杀以自活，其类将绝灭于天地之间也久矣。文豪之于衰世也，顾不重哉！顾不重哉！

抑吾闻之，千古之文章，千古文人之血泪也。盖欢愉之词难工，而愁苦之音易好。昔人尝有“诗以穷而益工”之语矣。夫喜怒哀乐，同为心理之变象，胡以一时感性之殊，发为文章，遂有声韵工拙之别。盖尝考之，其因缘有二：一世界观，一同情心也。吾人幻身于兹，假现世界，形躯虽间物我，精神则源于一。故优美高尚之文章，每为世人所同好。作者执笔之际，愁思郁结，哀感万端，悄然有厌倦浊世之思，精神之所倾注，恍然若见。彼真实世界之光影，不自知其流露于声气之间。人天物我，息息相见以神，故能得宇宙之真趣，而令读之者，有优美之感。若彼欢愉之词，大抵囿于兹世，纷纭人事，幻妄尘缘，乌从窥宇宙之美，又乌能深动乎人者？此愁苦之辞易动世界观者一也。人之生也，一切苦恼，环集厥躬，匆匆百年，黄粱梦冷，无强弱，无智愚，无贫富，无贵贱，无男女，生老病死，苦海沉沦，必至末日，忏悔始有解脱之期。芸芸有众，夫谁无隐痛者，平居特未尝以示人耳。一旦读愁苦之词，哀怨之什，觉满腔热泪，洒泄无从者，作者已先我而淋漓痛切出之，安能与作者无同情之感者？骚人之怨，秋士之悲，幽恨缠绵，有展转不忍释手者矣！此愁苦之文之易动同情心者二也。

嗟嗟！世之衰也！怨气郁结，人怀厌世之悲观，文人于此，当以全副血泪，倾注墨池，启发众生之天良，觉醒众生之忏悔。昭示人心来复之机，方能救人救世，使更以愁怨之声，凄怆之语，痛其心脾，断其希望，则求一瞑而自绝者，将接踵以闻也。暴俄肆虐，民遭荼毒，一时文豪哲士，痛人生之困苦颠连，字里行间，每含厌世之彩色。凶生赞死，厌倦人间，如苏罗古夫、阿尔慈巴塞夫、载切夫等①，各以诡幻慑人灵魂之笔墨论“死”，致一般青年厌世、自裁者日益加多。虽文学本质，在写现代生活之思想，社会黑暗，固无与于作者，而社会之乐有文豪，固将期以救世也。徒为厌世之文，不布忏悔之旨，致社会蒙自杀流行之影响，责又岂容辞乎？

嗟呼！嗟呼！中土不造，民德沦丧，天理人纪，荡然无存，愤世者已极厌世之怀，当代作者，其有大声疾呼，以唤醒众生于罪恶迷梦之中者乎？宜知所慎择，勿蹈俄人之覆辙，度人度世，其在兹矣。

（1913 年 11 月 1 日《言治》月刊第 1 年第 6 期）

---

① 苏罗古夫：今通译索罗古夫。阿尔慈巴塞夫：今通译阿尔志跋绥夫。载切夫：今通译契诃夫。

朱舜水之海天鸿爪（筑声剑影楼纪丛）①

舜水先生名之瑜，字鲁玙，余姚诸生，从朱永祐、张肯堂、吴钟峦学。崇祯十七年，特征不就；弘光十一年，复征不就；授江西按察使司副使兼兵部职方清司郎中、监国安军，复不拜。被劾，避于舟山。永历五年，满兵屠城，肯堂等死之。先生知事既去，豫避日本，移交趾，复还舟山。寻将之越南，而风不利，再至日本，又还舟山。其旨欲乞外援以图光复，乃三至日本，而援兵竟不可得，于是复至越南。十二年，郑成功将大举，招至厦门，先生见其将吏寓绅，皆佻达屏礼，知大事难成，居其营中，舳舻日接，避不相见。事后，寄书规之，书中愤惜金陵之役，责备延平，词志甚为悲峻。当是时，满清入主中原，先生义不媚清，四至日本，遂终身焉。永历十三年也，先生怆怀故国，痛哭天涯，血泪余痕，有足纪者，惟拾零存轶，杂次无纪，序而规之，以俟史者。

鲁王尝欲召还先生。监国九年三月，敕谕玺书，永历十一年一月，始达越南。书曰："尔矫矫不折，远避忘家，阳武之椎，尚堪再试，终军之请，岂竟忘情？予梦寐求贤，延伫以俟，恢复事业，当资尔节义文章。"先生谢表曰："臣虽无节义文章足副主上梦寐延伫之求，至于犬马恋主之诚，回天衡命之志，未尝一刻少弛也。静候夏间，前去日本，复从日本，方达思明。所以纡回其道者，臣之苦衷，不便明言。"则先生之志可知矣！

---

① 《言治》原刊目录上此文标题为《筑声剑影楼纪丛（未完）》。"筑声剑影楼"，是李大钊留学日本之前所用斋名。朱舜水（1600—1682），名之瑜，字鲁玙，号舜水，余姚（今属浙江）人，明清之际思想家。

先生寄郑成功书曰：六月七、八日，入南京，兵围瓜州，十七晨克城。贼兵断胫折股，贼马截伤惊驰，浮尸积野蔽江，束手就缚，远近欢跃，声震天地，贼兵扼江而守，列炮如星，马玉擐甲直冲，一鼓登陴。贼骑所称犷悍骁雄者，歼夷殆尽，大贼管效忠，最为桀黠，喙息鼠窜，惟恐不前。二十三日，镇江内降，市肆不易，然而纪律时有未严，上情不能下究，有识蚤已忧之。从陆无救焚之策，侯风有师老之虞。藩台似谓贼在目中，徒使英雄顿足耳。七月八、九日至南京，其下骄而不戢，涣而不萃，中有一二要人，刚愎贪忌，狃于小胜，不用上命，舍其瑕，攻其坚，不离之使分，反慢而使合，徒效姚苌之覆羌羯，不念苻坚之溃合肥，遂而一败至此，虽死何足赎罪！上游则豫章、江、黄，迤北则淮阳、庐、凤、蒿目以待王师，拔于水火，输粮运米，会同有绎，送印内款，惧于后期，民心思汉之诚，于兹大验，一旦辜负之，真可大恸！今退守舟山、闽、浙，意在重来，若能自怨自艾，深思前过，则转败为功，直唾手间耳。幸总督忠靖伯陈灿，老成持重，镇定周详；提督马玉，雄豪激烈，吐气吞胡；况复谦雅和衷，刚柔相济，分陕犹兴，文武同心，岂不足以复高皇哉！

先生与乡人招其孙书曰："英俊有耻者为上，性淳洁者次之，循循雅饬者又次之。"其作人设教之意若此。

先生为人，谨严而抗爽。平居论学，是非程、朱、陆、王而不失其衡，专贵有作用。当时儒流，动辄高谈性命，争论太极、无极。先生乃曰："夫子至圣，不言天道，子贡名贤，言天道不可得闻，今贵国诸儒，贤于古人，而宋儒过于夫子、子贡也。"其尚友古人，尤推重诸葛亮、陆贽。先生自持颇高，对于日本，终以异国视之。故其上长崎官吏书云："贵国甚重我国之珍品药饵等，不惜以重价贾之，然贤人君子，国之至宝，而冷遇之，本末轻重失矣！"又云："容我一身，一以全孤臣之节，一以增贵国之光。"寄人篱下，抗不自卑，日人以是益钦重之。晚近日人，颇以是自诩其国优待国事犯之义风，自先生始。

先生居日时，德川光国公欲为起其第，先生固辞曰："吾借公眷顾，藏孤踪于外邦，养志守节，以保明室衣冠，感恩浴德莫大焉。且吾祖宗坟墓乔木秀美，想必为虏发掘翦除，每念及此，五内惨烈，奈何独丰屋安居乎！"

先生遁居日本，仍著明衣冠，其遗像尚存水户。故义公吊先生文有云："流离转蓬，经几年所，衣冠慕古，未尝变夷。"

先生尝致书省庵，祝其子康健。书中有云："倘中原有复然之势，不佞归途或得一见，不然不佞老令郎小，恐终无刮目之期矣。无限怀思，非笔端可绘，徒付之浩叹而已！"悲愤凄怆，不忍卒读。

先生致省庵书，有七十通。中有云："日本兵至大明，自然全胜，所谓义兵也。贵国有此意否？"愈见先生居日，无时不以光复中原为念。

先生生平最心服日本筑城术。尝以是问于田鹿素行。素行固当代名流，荐加贺之有田氏某于先生，某乃为先生记筑城术以赠之。后有田氏没，其稿本尚流传于加贺州藩，迄今存否，未可知也。

先生善贮蓄，储有三千金。尝叹曰："吾老矣，金多奈何？然移用中国，则事济矣！"临卒，尽内于水户库。盖先生八十颓龄，壮心未已，其欲伺虏廷之隙，航海归来，以图再举之雄怀，直至死而后已也。

经略直浙兵部左侍郎王翊，最与先生善。及讨贼战死，实八月十五日，先生闻之大伤，为文祭之。自是每岁中秋，必杜门废节。观其答田犀书曰："中秋为知友王侍郎完节之日，惨逾柴市，烈倍文山，仆至其时，备怀伤感，终身遂废此令节。"其笃念殉国之友若此。

神州沦陷后，自日本正保四年迄万治二年，此十三年间，先生凡五至日本。日人安积澹泊尝曰："先生所以屡至日本者，盖欲乞援图光复也。"可谓深知先生者。其后复至日本，遂以终焉。则以明社既屋，满人入主中原，转徙波涛，蹈迹东海，以全大节，先生之心，可昭日月矣！

先生初留长崎，安东省庵师事之，以其禄之半养先生，古今传为美谈，如是者六载余。后始应水户之聘之江户。居长崎之六年，为先生最困难时代。盖先生转徙流离，孤身只影，窜于海外，贫苦不能自给，省庵之禄，名为二百石，实不过八十石，又兼供二处之用，愈益艰窘。厥后长崎惨遭回禄，先生身外之物，悉化灰烬，乃寄寓于皓台寺中，风雨萧条，造次颠沛，省庵闻之，乃趋就而往，为援拯。先生虽在患难之中，兴复故国，固未尝一日忘。故先生行述有云："先生虽客寓于兹，日向乡关泣血，无时不北望切齿，唯以国仇未雪为憾。"盖指此也。

先生尝谓学者有二派，即贤士与学士。博学多识，谓之学士；节义识见，谓之贤士。先生殆以贤士自况。

先生既往江户，为水户之宾师，不苟言动，慎避悲愤之言，以自掩其形迹。故读其行述文集者，往往误认先生为道学。然先生固黄冠草履，不忍见神州陆沉之痛者，彼邦人士，辄以先生为归化者，厚诬先生甚矣！

先生与省庵自评之言曰："吾之为人，以心为上，德次之，行次之，文学书法又其次者。"此亦足见其抱负。

先生曾为楠公赞像，其文有三，载《舜水文集》。

日本水户彰考馆，存先生遗物颇多。

先生长于诗，惟至日本时，未尝有所吟咏。

先生至日本，携孔子像二：一赠安东省庵，现存省庵家中；一则展转传于日本今上之手。琴二，流离颠沛间，尚有弹琴余兴，其风雅如是。

先生与阳明先生同乡，山水有灵，钟于二子，地灵人杰之说，或其然欤！

东京第一高等学校，为先生侨居故址。数百载后，尚为文教之区，亦奇缘也。

先生强记精敏，虽老疾手不释卷。博而约，达而醇。尝曰："学问之道如治裘，遴其粹然者取之，若曰某氏学某氏学，则非所谓博学审问之谓也。”又曰：“所贵乎儒者，修身之谓也。身既修矣，必博学以实之。学既博矣，必作文以明之。不读书，则不能作文，不能作文，虽学富五车，忠如比干，孝如奇伯、曾参，亦冥冥没没而已，故作文为第二义。至于做诗，今诗不比古诗，无根之华藻，无益于民风世教，而人汲汲为之，不过取名干誉而已。”其论文曰：“大凡作文，须根本六经，佐以子史，而润泽之以古文，内既充溢，则下笔自然凑泊，不期文而自文。若有意为文，便非文章之至也。”故自作文古雅，逸宕成章。

先生有自制大成殿模型，存彰考馆。日本汤岛大成殿，即仿此而作。此殿为日本政学革新之一大纪念物。

大成殿模型与弘道馆记碑，共辉耀于水户。水户党争，弹雨横飞之余，曾不少伤，天其或欲留此纪念物，冥冥中有所嘉护欤！

先生久客他邦，乡音阻绝。德川光国氏谕寄书故国，问其家信，且招一孙侍养焉。先生之在乡也，有二子一女。女幼字同邑何氏，其舅为清官，忿懑搆疾，未嫁而亡。子大成有二子，曰毓德、毓仁，孤贫养于外祖姚泰家。先生所寄书达姚家，家人相与惊叹，始知其尚在天壤间。日本延宝六年，其孙毓仁往长崎候问，而碍法禁不能东，先生亦老疾不能西，惟以书通情而已。先生离家四十余年，始得审问祖宗坟墓、旧友存殁，悲喜交至，且戒之曰：“国亡家破，宜农圃渔樵，自食其力，百工技艺亦不妨，惟清官决不可为也！”先生患咳血二十余年，至老疾稍渐，德川公使医诊之，先生谢曰：“犬马之齿，既过耄耋，而欲用药石延旦夕之命，未为知命者也。”先生作客久，善操日语，及病革，复操乡语，侍人不能解。年八十三，日本天和二年四月十七日殁。临终藏鲁王敕谕，以儒礼葬于瑞龙山麓。德川公亲临其葬，作文哭之，私谥文恭，又录遗集二十八卷，使门人今井弘济安积觉撰其行述行世。

先生殁前十一年，时年七十二，曾以桧木自作棺椁。谓门人曰：“我既老于异邦，自誓非中原恢复不能归。一旦老疾不起，则骸骨无所归，将葬于兹土。然汝曹不知制棺之法，数年后必枯残。

后来逆虏倘有败亡日，我子若孙其有血气者，或欲归葬我故土，而墓木未拱，棺椁朽敝，则非徒二三子之羞，抑亦日域之玷也。”呜呼！“死去元知万事空，唯恨〔但悲〕不见九州同；王师北定中原日，家祭勿忘告乃翁。”放翁临终之诗，其深于种族之痛，盖与先生今古一辙也。方今汉土光复，神州士夫，宜未忘先生制棺时之遗言，而亟谋迎骸骨以归，勿令英魂烈魄，终古淹沦于樱花三岛。先生有灵，亦当含笑于九京矣！

先生生平最爱樱花，故义公为先生建祠，植樱花数株，以志遗爱。近以碑碣建成，东邦志士有慨捐樱花二百株者。将来樱花灿烂，与短碣相掩映，益增吊古者之流连，亦盛迹也。去岁六月二号，日本志士，在东京第一高等学校伦理学讲室，举行朱舜水先生二百五十年祭大典，且建碑碣，题曰“朱舜水终焉之地”。盖自先生居日本迄今恰二百有五十年矣。是日彼邦当代名流，及当时与先生有关系者之后裔，若德川氏焉，悉集焉。先生十一世孙名辅基者（浙江绍兴人）航美留学，迂道日本，亦得与于此祭。噫！“王师北定中原日，家祭勿忘告乃翁。”光复之年，而有此祭，先生有灵，其可以瞑目矣！

此次祭典中，并附有舜水先生关系品展览会，所陈要品，记如下：

一、《华夷辨》原稿；

一、张斐诗六首；

一、棺盖图说；

一、张名振笔（《舜水文集》，日人安藤子约所藏，中有其全文原本）；

一、监国鲁王敕书（鲁王太祖之九世孙，燕都沦陷，南京不守，鲁王入浙江，以监国名义，下恢复令。此敕即监国九年所发，历三星霜，始得展转入于先生之手者。现藏德川国顺侯家）；

一、小李将军画卷（据先生跋云：“明代小李将军画卷，传者有三，一为太仓王元善家物，一为仇英所临者，其他即此也。”先生流离间关之际，尚刻不离此。现藏德川国顺侯家）；

一、安南供役记事（先生数次往来安南，亦有乞兵之意。此书即记其在安南时之始末。在安南时之寓主，为一日本人。鲁王敕书，亦由一日本船交付先生，亦奇矣。现藏德川国顺侯家）；

一、楠公诀子图（先生曾亲为题赞。此赞成于日本宽文十三年。元禄中，义公建楠公碑于凑川时，镌此赞于碑阴，但与原文颇有倒置处。现藏前田利为侯爵家）；

一、汉五杰像（先生赞萧何、诸葛亮。现藏前田利为侯爵家）；

一、白交趾将相诸大臣节文；

一、与安东省庵书；

（以上二者乃先生居长崎时，寄赠省庵者。二人缔交，即以此为介绍。现藏安东守男家）

一、张名振与朱舜水书（张名振者，与舜水奉鲁王共图恢复之主将也。此书即将舟山若何失陷之情形，报于先生者。书中有称国姓公云云者，殆指郑成功。现藏安东守男家）；

一、省庵遗爱七弦琴（此琴乃彭城素轩赠省庵者，铭文署万历己卯，殆明代盛时之遗物也。现藏安东守男家）；

一、孔子像（先生携孔子像二，一传安东氏家，一存日本今上）；

一、郑成功书（现藏德川国顺侯爵家）。

孔子像、白交趾将相诸大臣节文与安东省庵书及录杜诗一幅，余曾见其用铜版拓者，书法苍老奇绝，可想见其为人。

（原刊 1913 年 4 月 1 日《言治》月刊第 1 年第 1 期）

马克思与第一国际

在一千八百三十六年的时顷，有一团德国的亡命客在巴黎组织一种秘密会，名为“正义者的联合”（The Federation of the Just），或云“正义者的同盟”（The League of the Just），后来移到伦敦。一千八百四十七年，他们在伦敦开一次会议，改称“共产党同盟会”（The Communist League）。马克思和昂格思合作的那《共产党宣言》，就是替这个同盟会作的。这个在名义上虽然亦是一个工人的国际联合，但事实上却是一部分亡命客，会员很少。马克思和昂格思合作的宣言，他虽接受，但不能了解，所以马克思和昂格思不久便脱离了这个团体，这不能算作第一国际的先驱。

第一国际的起源，实由于一千八百六十二年的伦敦国际博览会中英、法工人的接洽，一千八百六十四年九月下旬在 E. Beesly① 教授主持之下开了一次国际工人会议，第一国际就在此时诞生。

有一位流寓伦敦的法国亡命客名叫 Le Lubez 的，想出一个中央委员会的办法来，这委员会常驻在伦敦，而在欧洲各首都遍立支部，他的计画既得大家认可，便推定委员给他们以总理一切的权力。驻总会的委员英人最多，意大利人马志尼②的秘书 Major L. Wolff 及马克思亦均在内。在第一国际的公式报告里，马克思的名字初见于被选的中央委员会的名单中，并且是在此名单的最下列。

---

① E. Beesly：倍倍尔（1840—1913），德国社会民主党领袖和创始人之一。著有《妇女和社会主义》等。

② 马志尼（1805—1972）：意大利民族运动领袖，曾发动和组织资产阶级革命，为“意大利建国三杰”之一。

关于他加入第一国际的情形只有这个事实可以证明。但马克思自己曾有陈述如下：

> 有位名叫 M. Lubez 的来问我愿否以德国工人的名义参与这次会议或推出一位德人为在会中的发言者等等，我令 Ekkarius 自己出席于讲坛上作一位替人，我知伦敦和法国的工人们主张实在的势力，以此理由决计变了我的惯行的主义，此次竟辞却了那样的招请。

一位木工 V. R. Cremer 曾寄给马氏一书邀他到会的信，信文大略如下：

> 马克思先生：
>
> 亲爱的先生！本会组织委员会敬请先生到会，携此通知来，便许入会场。

即使不能说马克思是第一国际的创造者，至少亦可说他由第一次会即为临时总会指导的精神。

第一国际这个婴孩自诞生的时候以至后来遭了灾难，都不是因为没有人照管，乃是因为义父太多的原故。创造这第一国际的人们，几乎都同床异梦。英国的 Howell 和 Odger 两君想用第一国际把英国的工联制推行到欧洲大陆上去。在英伦的法国亡命客想用此以导人去刺杀拿破仑三世。意大利的马志尼想藉他以恢复他们的已经消灭的秘密的共和国民的组织。只有马克思是想用他作一个伟大的社会主义宣传者，同时亦教育工人，联结工人，结局是马克思占了胜利。

在是年十月十一日，马志尼的秘书意大利人 Major Wolff 提议第一国际的中央委员会可采用意大利工人会的规则，马克思对于这个提议极力反对，以为若是这样无异于把第一国际变成一个秘密结社，此提议乃延搁下去，不到一个月，马克思把他自己拟出的第一国际的宪法草案提出，Major Wolff 的阴谋遂从此停止了。马克思这篇演说是他的小品著作中的佳构之一，起首用一个低声调引 Gladstone 的最近的演说，在此演说里他比较过英国的财富与英国工人卑贱的贫乏，从此便用一种强迫的逻辑，把读者放在阶级争斗的全学说上，这恐怕是马克思的特长。

Major Wolff 因为提出的宪法草案未能施行，愤而退出，从此多年，意大利实际上和第一国际断绝关系，后来马志尼虽然屡次声明 Wolff 的行动与他没有关系，而且他并不仇视第一国际，不幸他的话竟不诚实，他从一八六五那一年便是第一国际的仇敌了。

十一月八日马克思的草案正式的被采用了，十二日在 Beehive 付印，第一国际遂定名为国际工人会（The International Workingmen’s Association），正式的宣告成立了。

兹将第一国际会议年表列下，并略叙马克思与历次会议的关系：

会议次数	地点	年代	与马克思的关系
第一次	伦敦	1864	马克思起草宪法。
第二次	伦敦	1865	马克思指定宗教的影响为下届会议讨论的问题。
第三次	日内瓦（Geneva）	1866	朗读伦敦总会的报告，这报告是马克思作的。
第四次	劳山（Lausanne）	1867	马克思因家族的疾病与穷饿未能到会。
第五次	不律率（Brussels）	1868	马克思与蒲鲁东派争论。
第六次	贝苏尔（Basle）	1869	马克思与巴枯宁派争论。
第七次	伦敦	1871	两派的争益烈。
第八次	海牙	1872	马克思动议把总会迁往纽约，巴枯宁派与马克思派分裂。

两派分裂后的会议年表：

马克思派	巴枯宁派
日内瓦（1873）	日内瓦（1873） 不律率（1874）
费拉得尔菲亚（1876）	勃恩（Berne）（1876） 卧儿威儿（Verviers）（1877）

马克思将总会迁往纽约的提议，就把第一国际宣告死刑了。马克思为什么这样作呢？这有两个说：一说马克思苦于巴枯宁派的纷扰，故把他远远的移到美洲去，以避巴枯宁派的势力。可是第一国际往美洲一移，就丧失了他指导欧洲劳工运动的势力与便利，这个道理难道马克思看不到吗？一说马克思此时已竟看出第一国际已经是过时的东西了，他想不要他而又不愿令巴枯宁利用他，故把他远远的送到美洲去，好令他寿终正寝。两说以后说近是。到了最终的会议，就是费拉得尔菲亚的会议，只有由德国来的一位代表到会，其余的都是英国人。这就是马克思派的第一国际的末日了。巴枯宁派分裂后，亦开过四次会议，到会者亦寥寥，马上亦就消灭了。

（原刊1922年5月6日《晨报副刊》“马克思纪念专号”）

列宁不死

列宁逝世，全人类的损失，真不在小，尤其是我们中华民族损失了一个这样重要的朋友，更使我们感伤无已！

列宁的功业，在人已如日月炳天，江河行地。他的主义，亦经体现于全人类。革命的组织，日在发扬滋长中，以完成人类在历史上重大的使命，故列宁的躯干虽死，列宁的精神不死。

列宁是弱小民族的良朋，是被压迫者的忠仆，是献身于世界革命的一个仁勇的战士。他曾说过："苟能成就世界革命，即使俄罗斯民族蒙莫大的牺牲，所不敢辞！"从这句话，可以看出列宁的精神气魄，何等仁勇！何等悲壮！

这样一位仁慈忠勇献身于全人类的人，在他的生前不知蒙了多少怨谤，被了多少恶名；直到死后，大家才渐渐的认清了他的为人。可见，说出真理者之遭世僇辱，自古已然；而真理之终能昭著于人间，必恒在说出真理者之为举世所谤毁以后，亦几为人类历史上的常例。

列宁为主义而遭狙击，连年卧病，其薪酬之薄，至不足以维持他的病中的生活。国家虽屡为增加，而迄死之日，每月薪俸终不过二百元左右。就此一点，已足使我们惭愧无地。

（收入1924年3月30日中华民国国民追悼列宁大会刊行的《列宁纪念册》）

孙中山先生在中国民族革命史上之位置

由一八四〇年英人炮火击破中国的门户，强行输入毒害中国人民的鸦片，中经英法联军之役、中法之役、中日之役、庚子联军之役、日俄之役、日德之役，一直到一九二五年五卅运动以来，帝国主义者在上海、沙面、汉口、九江等处，对于中国民众的屠杀，是一部彻头彻尾的帝国主义压迫中国民族史。

由一八四一年，广东三元里乡民因愤英人挟战胜的余威，迫我偿军费六百万元，割香港，集众数万，奋起平英团。一八四二年粤人听到英迫我缔结南京条约，赔款二千一百万元，开五口通商，割香港，留下协定关税的根萌的消息，聚众数万，反抗英人，焚其商馆。一八四五年粤民举办团练，抗拒英人复入广州。一八四九年，粤人集乡团十余万于河干，拒禁英人入广州城。中经太平天国的革命运动，三合会、哥老会覆清仇洋的运动，乃至白莲教支流义和团扶清灭洋的运动，强学会、保国会的立宪运动，兴中会、同盟会的革命运动，一直到由“五四”到“五卅”弥漫全国的反帝国主义的大运动，是一部彻头彻尾的中国民众反抗帝国主义的民族革命史。

这一条浩浩荡荡的民族革命运动史的洪流，时而显现，时而潜伏，时而迂回旋绕，蓄势不前，时而急转直下，一泻万里。他的趋势是非流注于胜利的归宿而不止。简明的说，中国民族革命运动史，只在压迫中国民众的帝国主义完全消灭的时候，才有光荣的胜利的终结。

孙中山先生所指导的国民革命运动，在中国民族解放全部历史中，实据有中心的位置，实为最重要的部分。他承接了太平天国民族革命的系统，而把那个时代农业经济所反映出来的帝王思想，以及随着帝国主义进来的宗教迷信，一一淘洗净尽。他整理了许多明季清初流下来以反清复明为基础、后来因为受了帝国主义压迫而渐次扩大着有仇洋彩色的下层结社，使他们渐渐的脱弃农业的宗法的社会的会党的性质而入于国民革命的正轨。他揭破满清以预备立宪、欺骗民众的奸计，使那些实在起于民族解放运动而趋入于立宪运动的民众，不能不渐渐的回头，重新集合于革命旗帜之下。他经过了长时期矫正盲目的排外仇洋运动，以后更指导着国民革命的力量，集中于很鲜明的反帝国主义的战斗。他接受了代表中国工农阶级利益的共产党员，改组了中国国民党，使国民党注重工农的组织而成为普遍的群众的党，使中国国民运动很密切的与世界革命运动相联结。他这样指导革命的功绩，是何等的伟大！他这样的指导革命的全生涯，在中国民族解放运动中，是何等的重要！

我们要想了解中山先生的思想及其事业的重要，必须先考一考他的时代及境遇。先生的生存期，是从一八六六年到一九二五年，这是帝国主义侵略中国最酷烈的时代。先生的诞生地是广东省的香山县，距广州很近，广州是中国开放海禁最早的地方，这是帝国主义最初侵入中国的门户。西历纪元四世纪时，印度南洋一带，已有闽粤人的足迹。十世纪至十三世纪间，是广州的繁盛时代，最初来广州的是亚拉伯人，欧人是西、荷等国人。一七八四年美舰“中国皇后”号到粤。一八四〇年鸦片战争以前，广州成为澳门的季节出张所，外国在那里设立商馆，只准经过行商的手，与中国贸易。中国对于居留广州的外人，设有种种的限制。一六〇〇年英国东印度公司成立以来，伊利查别兹女士[①]特许其有对华贸易独占权。到了一八三三年，对华贸易权才由东印度公司，转移到私人商业手里。在这东印度公司有对华贸易独占权的期间，英帝国主义者只是羡忌

① 伊利查别兹：即伊莉萨白，当时的英国女王。

葡人先占的澳门，只是常常在广州的门户以外徘徊着，想伺一个机会进来占据广州，像葡人占据澳门一样；但是因为广东民众严密的监守，强烈的抵拒，终于没有能够偿了他的愿望。所以一八三〇年以前，中英商业的平准，还是于中国方面有利，银币不断的由印度、英国、美国输入中国。在那个时顷，英棉及一定限度的羊毛亦输入了少许。一八三三年以后，英棉及羊毛继长增高的以巨额输入于中国。鸦片的流毒，像潮水一般的涌进来。中国的银币，亦像潮水一般的流出于印度，几乎耗尽了中国民族的膏血。在那一世纪，英国政府的收入有七分之一靠着卖鸦片于华人，同时印人需求英国的制造品，亦全靠在印度的鸦片的出产。那时英国资本主义发展的结果，输出于印度的商品额量日以增高，则其取自印度而需要卖给华人的鸦片额量，亦必随着增高。英国此时需要打破中国门户，不仅是为印度出产的巨额鸦片谋一尾闾，并且是为那在他本国畅旺出产的制造品谋一销售的市场。英人为达此目的，乃于一八四〇年用猛烈的炮火，攻击中国南方不给外人开放的门户——广州，以武力强挟鸦片及其他商品等经济势力，压迫中国。结果英国的炮火打破了中国的门户，帝国主义遂由广州侵入了中国。

一八四〇年鸦片战争以后，中国的门户洞开，外国商品因得以畅行输入而无阻。这个外国制造品的引入，对于本国的制造品自然要发生破坏的影响。此时这个影响于中国与其曾影响于小亚细亚、波斯、印度者，全是一样。在外货竞争之下，中国的纺者织者遭遇了最大的艰难，社会生活随着外货压迫的比例，呈出不安的现象，发生了破产的手工业者及农民的大众，加以鸦片的不生产的消费，因鸦片贸易而生的贵金流出，鸦片战争的对英赔款，以及关于鸦片贩卖的贿赂公行，以及公家行政的弊端百出。总此诸因，增加了巨大的人民负担，新税增设，旧税增额，遂以酿成太平天国的大革命。

太平天国的运动，是并合明亡以来“反清复明”的民族运动，随着外力侵入中国的耶教运动，以及骤变帝国主义政治的、经济的压迫而发生的国民革命运动三大系统，汇注而成的。有明既亡，许多孤臣遗老，亡命南来。在闽粤一带的下层民众，留下了秘密组织，把反清复明的民族思想，深深的撒布在中国民族最深最下的层级，希图保存其种萌，而待时以发育，这个藏留民族思想于下层阶级的事实，足以昭示吾人以革命的力量，常含蓄于工农阶级的下层民众之间，并且预示吾人以中国民族解放的成功，多半要靠工农民众的努力。闽粤一带以及海外的三合会（一名天地会）即是这种反清复明的秘密团体。太平天国的运动中，亦曾容纳了三合会的一部。太平党与三合会的宗旨不能尽合的地方，约有二点：（一）太平党信耶教，而三合会信道教与佛教。（二）太平党主张于颠覆清朝以后建立新朝，而三合会则主张恢复明室。故二者未能完全合一。至于反清复明的民族运动，在满清初入关时，已经与耶教思想有了接触。明室遗族在广东曾与罗马教皇有文书的往来。明皇族及其遗臣，那时已有百数十人加入耶教。太平党人之有耶教的关系，一方是那个时代随着帝国主义侵入中国的耶教影响的反映，一方是明末的民族思想与耶教思想结合的历史的因缘。看那太平党人的教主“朱九畴”、“洪秀全”的名字，便知他们的教门，必与朱明孑遗洪门会党有所渊源。

太平天国的年代，是由一八五〇年到一八六四年。在这十四年间，正是英产业发长最猛的年代。这一班抱有民族思想的农村青年们，身受外来的经济压迫，目击鸦片的流毒，以及官僚政治的腐败，自然要发号召那些种田烧山不能自给的农夫，破产失业的手工业者，以及那些因为贿赂公行，而进身无路，落第不平的士子起来，恢复他们的民族的国家了。

太平天国的运动，是满清入关以来中国民族反抗满洲的民族革命运动，同时亦是反抗帝国主义武力的经济的压迫的民族革命运动，他们的严厉的禁吸鸦片，便是表示他们对帝国主义者以炮火护送来的毒物，非常的厌恶，同时又是帝国主义经济的压迫下的农民革命运动。看他们占据南京以后，颁布了一个含有平均性质的土地令，便知那次的革命，多半起于农民经济的要求。

太平党人虽然知道鸦片是帝国主义者麻醉中国民族的毒物，而不知宗教亦是帝国主义者麻醉中国民族的东西，其作用与鸦片一样。他们禁止了鸦片，却采用了宗教，不建设民国，而建设天国，这是他们失败的一个重要原因。他们宗教感念，在好的方面减少了狭隘的人种的仇视，在坏的方面，遮蔽了帝国主义者凶恶的真相，埋没了这次革命的反帝国主义性，使他们没有看清他们所认为洋兄弟的，可以摇身一变而为扶助满清、扑灭太平天国的长胜军。

一八五〇年顷，英国产业有猛厉无比的发展，有濒于产业危机的征象。即有大规模的移民出国，即有加里佛尼亚与澳洲，仍不能调剂英国产业的伸张与市场扩大的平衡。当时英国茶税的减低，希望以增加茶的输入，奖励增加对华制造品的输出，就是为了开新市场扩旧市场的必要。太平天国动乱，缩小了英国制造品的市场，可以使英国产业危机的迫至，加速社会的革命。大师马克思在当时说过，英国造成了中国的革命，中国的革命将要反响于英伦，经过英伦，反响于欧洲。所以英国对于太平军动乱取两面的态度，一面利用这次动乱，与法国联军压迫满清，使他放弃那天朝上国妄自尊大的态度，而不能不降服于帝国主义之前，许与增开口岸，为帝国主义者扩大市场；一面以武力干涉太平军，使之不能入重要的港口，援助满清，以消灭中国的民族解放运动。观于一八五八年天津条约成立以后，英公使巡游长江过南京时，以炮艇轰击南京太平军的炮台。一八六〇年李秀成攻上海时，英人卜罗斯以通商大臣的资格[①]，通告以武力干涉中国的内乱。一八六一年英海军大将何伯训令亚柏

① 卜罗斯：今通译普鲁斯。

林舰长[①]，干涉太平军入上海或吴淞境内，干涉太平军攻击宁波，并与太平军关税冲突。一八六二年英舰在长江为清军输送兵士，及接济军火。英法联军以武力干涉太平军入上海。英海军助清廷夺回宁波。英人与清恭王勾结组织中英舰队。一八六三年李鸿章以英将戈登统所谓长胜军，助平太平天国。至一八六四年，太平天国亡。

这样看来，太平天国的灭亡，不是亡于满清，乃是亡于英法帝国主义者。满清降服于帝国主义者，以中国民族的权利，贡献于其前。他们遂助满清，扑灭了含有民族革命性的太平军。自是以来，援助反动势力以扑灭民族革命运动，遂成为帝国主义者宰制中国民族的传统政策。

在太平天国的动乱中，英法忙于侵略中国的时候，美国的势力，遂压迫到日本，以后各国踵至，日本民族亦受了不平等条约的束缚。

这是太平天国时代帝国主义压迫东方的大势。

太平天国虽然灭亡，可是中国的民族解放运动，并未即此而中断。太平天国灭后二年——一八六六年，孙中山先生诞生。由一八六六年到中山先生逝世的一九二五年，中国民族解放运动，总在那里蓬蓬勃勃的向前涌进。中山先生在这个运动中，是个惟一的指导者。他以毕生的精力，把中国民族革命种种运动，疏导整理，溶解联合，以入于普遍的民众，革命的正轨。他那临终的遗嘱，明明白白告诉我们中国的国民革命，是世界革命的一部。

先生所生的时代及其环境，在在都使他自觉其所负民族的历史的使命的伟大；英法帝国主义的跋扈，太平天国的痛史，在在都足以激动他革命的情绪，而确立其决心，帝国主义对于中国进攻加紧一步，他的革命的奋斗猛进一步。

先生承接了太平天国的革命的正统，而淘汰了他们的帝王思

① 何伯（1808—1881），英国海军将领，1859 年任英国侵华舰队司令。亚柏林：今通译雅龄。

想、宗教思想。整理了三合会、哥老会一类的民间的民族的结社，改进了他们的思想，使入于革命的正轨，一九〇〇年合并了兴中会与三合会、哥老会而为中和党、兴汉会。一九〇五年，又在日本东京成立中国革命同盟会。二次革命失败后，又在东京改组中华革命党。一九二四年又在广州改组中国国民党，容纳中国共产党的分子，使中国的国民革命运动与世界革命运动，联成一体；使民族主义的秘密结社，过渡而扩成现代的工农团体，一体加入国民革命党，使少数革命的知识阶级的革命党，过渡而成为浩大的普遍的国民的群众党，这都是先生在中国民族革命史上继往开来，铸新淘旧，把革命的基础，深植于本国工农民众，广结于世界革命民众的伟大功绩。

（原刊1926年3月12日《国民新报·孙中山先生逝世周年纪念特刊》）

狱中自述[①]

李大钊，字守常，直隶乐亭人，现年三十九岁。在襁褓中即失怙恃，（初稿中为“在襁褓之中，即丧父母”。）既无兄弟，又鲜姊妹，为一垂老之祖父教养成人。幼时在乡村私校，曾读四书经史。年十六，应科举试，试未竟，（初稿中为“甫经府试”，二稿为“府试中”。）而停办科举令下，遂入永平府中学校肄业，在永读书二载。其时（初稿中“其时”之下有“祖母去世”四字。）祖父年逾八旬，只赖内人李赵氏在家服侍。不久，祖父弃世。

钊感于国势之危迫，急思深研政理，求得挽救民族、振奋国群之良策，乃赴天津投考北洋法政专门学校。［这一段在初稿中为：“钊感于国势之陵夷不振，颇起（二稿为“慨然起”）深研政治以期挽救民族（二稿下有“振奋国群”四字）之思想，遂与二三同学，乘暑假之便，赶天津投考学校。其时有三种学校正在招考：一系北洋军医学校；一系长芦银行专修所；一系北洋法政专门学校。军医非我所喜，故未投考。银行专修所我亦被考取，但理财致个人之富，亦殊违我素志，（二稿在此下为“故皆决然弃之，而入法政。”）乃决心投考法政专门学校，幸被录取。”］是校为袁世凯氏所创立，收录全国人士。钊既入校，习法政诸学及英、日语学，随政治知识之日进，而再建中国之志趣亦日益腾高。钊在该校肄业六

① 本文系李大钊1927年4月被捕后所撰，原件存中国革命历史博物馆。《李大钊文集》（人民出版社1984年12月版）首次收入该文时，有如下说明：“《狱中自述》共有三稿，收入《文集》的这一篇是第三稿。三稿的内容基本相同，只是文字有详有略。有些情节在初稿、二稿中有所叙述而为三稿所略者，皆于有关段落中加注说明，以资研究参考。”

年，均系自费。我家贫，只有薄田数十亩，学费所需，皆赖内人辛苦经营，典当挪借，始得勉强卒业。

卒业后我仍感学识之不足，乃承友朋之助，赴日本东京留学，入早稻田大学政治本科。留东三年，益感再造中国之不可缓，值洪宪之变而归国，暂留上海。后应北京大学之聘，任图书馆主任。历在北京大学、朝阳大学、女子师范大学、师范大学、中国大学教授史学思想史、社会学等科。数年研究之结果，深知中国今日扰乱之本原，全由于欧洲现代工业勃兴，形成帝国主义，而以其经济势力压迫吾产业落后之国家，用种种不平等条约束制吾法权税权之独立与自主。而吾之国民经济，遂以江河日下之势而趋于破产。今欲挽此危局，非将束制吾民族生机之不平等条约废止不可。从前英法联军有事于中国之日，正欧、美强迫日本以与之缔结不平等条约之时，日本之税权法权，亦一时丧失其独立自主之位置。厥后日本忧国之志士，不忍见其国运之沉沦，乃冒种种困难，完成其维新之大业，尊王覆幕，废止不平等条约，日本遂以回复其民族之独立，今亦列于帝国主义国家之林。惟吾中国，自鸦片战役而后，继之以英法联军之役，太平天国之变，甲午之战，庚子之变，乃至辛亥革命之变，直到于今，（在此以下，初稿为：“而民族独立运动之革命事业，尚未完成。中国如仍不适应世界之潮流，急起直追，以求民族独立与自主，则国脉民生，将无自振拔，以维持其存在于世界矣！”二稿为：“中国民族尚困制于列强不平等条约之下而未能解脱。此等不平等条约如不废除，则中国将永不能在国际上恢复其自由平等之位置。而长此以往，国计民生必将陷于绝无挽救之境界矣！然欲挽此危局，非唤起全国民众及愿与民众结合之武力，共同立于国民党旗帜之下不可，于是决心投入中国国民党。”）中国民族尚困轭于列强不平等条约之下，而未能解脱。此等不平等条约如不废除，则中国将永不能恢复其在国际上自由平等之位置。而长此以往，吾之国计民生，将必陷于绝无挽救之境界矣！然在今日谋中国民族之解放，已不能再用日本维新时代之政策，因在当时之世界，正是资本主义勃兴之时期，故日本能亦采用资本主义之制度，而成其民族解放之伟业。今日之世界，乃为资本主义渐次崩颓之时期，故必须采用一种新政策。对外联合以平等待我之民族及被压迫之弱小民族，并列强本国内之多数民众；对内唤起国内之多数民众，共同团结于一个挽救全民族之政治纲领之下，以抵制列强之压迫，而达到建立一恢复民族自主、保护民众利益、发达国家产业之国家之目的。因此，我乃决心加入中国国民党。

大约在四五年前，其时孙中山先生因陈炯明之叛变，避居上海。钊曾亲赴上海与孙先生晤面，讨论振兴国民党以振兴中国之问题。曾忆有一次孙先生与我畅论其建国方略，亘数时间，（初稿在“亘数时间”之后，尚有“先生与我等畅谈不倦，几乎忘食”之语。）即由先生亲自主盟，介绍我入国民党。是为钊献身于中国国民党之始。翌年夏，先生又召我赴粤一次，讨论外交政策。又翌年一月，国民党在广州召集第一次全国代表大会，钊曾被孙先生指派而出席，被选为中央执行委员。前岁先生北来，于临入医院施行手术时，又任钊为政治委员。其时同被指任者，有：汪精卫、吴稚晖、李石曾、于右任、陈友仁诸人。后来精卫回广州，政治委员会中央仍设在广州，其留在北京、上海之政治委员，又略加补充，称分会。留于北京之政治委员，则为吴稚晖、李石曾、陈友仁、于右任、徐谦、顾孟馀及钊等。去年国民党在广州开第二次全国代表大会，钊又被选为中央执行委员。北京执行部系从前之组织，自第二次全国代表大会后已议决取消。中央执行委员会为全国代表大会闭会中之全党最高中央机关，现设于武汉，内分组织、宣传、工人、农民、商人、青年、妇女、海外等部。政治委员会委员长系汪精卫，从前只在上海、北京设分会，今则中央已迁往武汉，广州遂又设立一分会。北京分会自吴稚晖、于右任等相继出京后，只余李石曾及钊，久已不能成会。近自石曾出京，只钊一人，更无从开会起矣。钊所以仍留居北京者，实因不得稳妥出京之道路，否则久已南行。此时南方建设多端，在在需人。目下在北方并无重要工作，亦只设法使北方民众了解国民党之主义，并以增收党员而已。

此外，则中外各方有须与党接洽者，吾等亦只任介绍与传达之劳。至于如何寄居于庚款委员会内，其原委亦甚简单。盖因徐谦、李石曾、顾孟馀等，皆先后任庚款委员，徐谦即寄居于其中，一切管理权皆在徐、顾，故当徐、顾离京时，钊即与徐、顾二君商，因得寄居于此。嗣后市党部中人，亦有偶然寄居于此者，并将名册等簿，寄存其中，钊均径自允许，并未与任何俄人商议。盖彼等似已默认此一隅之地，为中国人住居之所，一切归钊自行管理。至于钊与李石曾诸人在委员会会谈时，俄人向未参加。我等如有事须与俄使接洽时，即派代表往晤俄使。至如零星小事，则随时与使馆庶务接洽。

中山先生之外交政策，向主联俄联德，因其对于中国已取消不平等条约也。北上时路过日本，曾对其朝野人士，为极沉痛之演说，劝其毅然改变对华政策，赞助中国之民族解放运动。其联俄政策之实行，实始于在上海与俄代表越飞氏之会见。当时曾与共同签名发表一简短之宣言，谓中国今日尚不适宜于施行社会主义。以后中山先生返粤，即约聘俄顾问，赞助中山先生建立党军，改组党政。最近蒋介石先生刊行一种中山先生墨迹，关于其联俄计画之进行，颇有纪述，可参考之。至于国民政府与苏俄之外交关系，皆归外交部与驻粤苏俄代表在广州办理，故钊不知其详。惟据我所知，则确无何等密约。中山先生曾于其遗嘱中明白言之，与“以平等待我之民族，共同奋斗！”如其联俄政策之维持而有待于密约者，则俄已不是以平等待我之民族，尚何友谊之可言？而且国民党之对内对外诸大政策，向系公开与国人以共见，与世界民众以共见，因亦不许与任何国家结立密约。

政治委员会北京分会之用款，向系由广州汇寄，近则由武汉汇寄。当徐谦、顾孟馀离京之时，顾孟馀曾以万余元交付我手，此款本为设立印刷局而储存者。后因党员纷纷出京，多需旅费及安置家属费，并维持庚款委员会一切杂费及借给市党部之维持费。数月间，即行用尽。此后又汇来数万元，系令钊转交柏文蔚、王法勤等者，已陆续转交过去。去岁军兴以来，国民政府之经费亦不甚充裕，故数月以来，未曾有款寄到。必需之费，全赖托由李石曾借债维持。阳历及阴历年关，几乎无法过去。庚款委员会夫役人等之月薪，以及应交使馆之电灯、自来水等费，亦多积欠未付。委员会夫役阎振，已经拘押在案，可以质证。最近才由广州寄来两千元，由武汉寄来三千元，除陆续还付前托李石曾经借之债，已所余无几，大约不过千元，存在远东银行。历次汇款，无论由何银行汇来，钊皆用李鼎丞名义汇存之于远东银行，以为提取之便。

党中之左、右派向即存在，不过遇有政治问题主张不一致时，始更明显。其实，在主义之原则上原无不同，不过政策上有缓进急进之差耳。在北京之党员，皆入市党部，凡入市党部者，当然皆为国民党员。市、区党员之任务，乃在训练党员以政治的常识。区隶属于市，积若干区而成市，此为党员之初级组织，并无他项作用。北京为学术中心，非工业中心，故只有党之组织，而无工会之组织。在国民军时代，工人虽略有组织，而今则早已无复存在。党籍中之工人党员，亦甚罕见。近来传言党人在北京将有如何之计画，如何之举动，皆属杯弓市虎之谣，望当局勿致轻信，社会之纷扰，泰半由于谣传与误会。当局能从此番之逮捕，判明谣诼之无根，则对于吾党之政治主张，亦可有相当之谅解。苟能因此谅解而知吾党之所求，乃在谋国计民生之安康与进步，彼此间之误会，因以逐渐消除，则更幸矣！

钊自束发受书，即矢志努力于民族解放之事业，实践其所信，励行其所知，为功为罪，所不暇计。今既被逮，惟有直言。倘因此而重获罪戾，则钊实当负其全责。惟望当局对于此等爱国青年宽大处理，不事株连，则钊感且不尽矣！

又有陈者：钊夙研史学，平生搜集东西书籍颇不少，如已没收，尚希保存，以利文化。谨呈。

李大钊

编者后记

李大钊是最早向中国介绍马克思主义的人，也是中国共产党的创始人之一，在中国现代思想史和党史上有着重要的地位和影响。他也是学者，图书馆事业的专家；而且当我们读过一些他的作品，会发现他也可以称得文章大家。

鉴于李大钊最早在中国传播马克思主义的历史地位，我们的这个选集，把相关的几篇文章——当然不止这些，但这些是影响最大的——安排一小辑，放在了最前边。此外，李大钊研究史学、宣传唯物史观的文字很多，尤其是他的名著《史学要论》，影响甚巨，具有突出的学术史意义；限于篇幅，本书不能收录，但从《唯物史观在现代史学上的价值》、《史观》等篇中已能见其端倪。

李大钊有不少谈时间与今古、谈青春与青年的文章，论题集中，似为经意之作；而这，或许与他曾在《晨钟》报供职、为《新青年》撰稿有关，与他是史学家有关，更与他期盼一个新鲜活泼的“少年中国”有关。本书把这些论题的文章集中在了一起，作为一辑，以见二十世纪初叶一位哲人的思考和感发。

二十世纪初叶的中国启蒙思想家们，几乎无不在关注民族前途命运的基础上，对国家制度建设提出了自己的见解。李大钊也是如此，本书中的第三个部分就反映了这一点。从这些文章中，我们可以感受到作者情绪的炽烈和持久，思考的广泛和深刻。尤其是他不囿于前人的思想而能独立思考，提出不同于甚至是导师们的认识，可见他与谋国是的实事求是态度和脚踏实地作风，亦可见他使命感的激情万丈和责任心的一丝不苟。他多次论及国民素养问题（如选入本书的《立宪国民之修养》、《艰难的国运与雄健的国民》)，这其实是我们到今天也未能解决好的问题。

与陈独秀等人相同，李大钊也为一些报刊专栏撰写了大量时评短论，如《晨报》、《甲寅》、《每周评论》、《新生活》等。本书将这些短文结集，分别缀以“短章”、“时评”、“断想”、“片语”的总题（有的是原本就有的）。这些短论论题十分广泛，观点独到，文笔犀利，风格劲健，不可多得。

李大钊关注国民素养，也关注现实生活，在社会生活和个人生活方面均有论述。他尤其关注个人的精神生活，本书第四部分收录的文章中有好几篇是这方面的。显然，这对现代社会一些精神生活上“找不到北”的人来说，是有一定意义的。这部分也收录了两篇游记——作者这类题材的作品很少，与体例似不乖离太过，因为旅游现在早已成为人们生活的重要组成部分。特别想提到的是，《简易生活之必要》一篇，似乎已在数十年前得后现代风气之先。——这也说明，“道理”原本平常，并非高深莫测。

本书的最后一个部分，选收了几篇有关人物的作品。这些并不完全算是传记，有纪念、评论的性质。《文豪》是早期作品，非记一人一事，而是通过史上数位文豪的事迹来说明杰出知识人对社会的影响。而接着的朱舜水、孙中山、马克思、列宁，都是自己国家乃至全世界的典范人物。最后是兼有自传和遗笔性质的《狱中自述》。

还想说明的是，李大钊还有一种专著《平民主义》，也是该读的文字。因为我们以为，它不仅是历史的，也是现实的；不仅是学理的，也是社会生活的。

编　者

图书在版编目（CIP）数据

李大钊散文/李剑霞选编．—上海：上海科学技术文献出版社，2013.1

ISBN 978-7-5439-5725-1

Ⅰ.①李… Ⅱ.①李… Ⅲ.①散文集—中国—现代 Ⅳ.①I266

中国版本图书馆 CIP 数据核字(2013)第 000085 号

责任编辑： 张　树

封面设计： 戴东明

李大钊散文

李大钊／著　李剑霞／选编

*

上海科学技术文献出版社出版发行

（上海市长乐路746号　邮政编码200040）

全国新华书店经销

北京建泰印刷有限公司印刷

开本 150×230　1/16　印张 16　插页 2　字数 210 千字

2013 年 1 月第 1 版　2013 年 1 月第 1 次印刷

ISBN 978-7-5439-5725-1

定价：25.00 元

http：//www.sstlp.com